国家社科基金青年项目“巴西‘30 一代’左翼
作家研究”（编号：19CWW018）阶段性成果

发明巴西

若热·亚马多与巴西民族身份构建

樊　星著

商務印書館
创于1897 The Commercial Press

图书在版编目（CIP）数据

发明巴西：若热·亚马多与巴西民族身份构建 / 樊星著．— 北京：商务印书馆，2022

ISBN 978－7－100－21875－7

Ⅰ. ①发… Ⅱ. ①樊… Ⅲ. ①若热·亚马多—文学研究 Ⅳ. ① I777.065

中国版本图书馆 CIP 数据核字（2022）第 223253 号

发明巴西：若热·亚马多与巴西民族身份构建

樊 星 著

商 务 印 书 馆 出 版

（北京王府井大街 36 号 邮政编码 100710）

商 务 印 书 馆 发 行

北京虎彩文化传播有限公司印刷

ISBN 978－7－100－21875－7

2022 年 12 月第 1 版　　开本 787×1092 1/16

2022 年 12 月第 1 次印刷　　印张 12½

定价：68.00 元

目　录

前　言

巴西文学在拉美文学中处于怎样的位置？为何在讨论拉美“文学爆炸”时，鲜少见到巴西作家的身影？近年来，中国葡语学者一直致力于向大众澄清上述问题。闵雪飞曾从“拉丁美洲”一词的历史流变入手，厘清了“拉美文学”“西语美洲文学”“巴西文学”之间的关系，指出在中文语境中，常常出现以“拉美文学”指涉西语美洲文学的误用。[①]我也曾多次借助巴西作家若热·亚马多在中国的译介与接受情况，分析巴西文学之所以在中国相对“隐形”，主要在于缺少深入有效的阐释。[②]毋庸置疑的是，无论是“拉美文学”概念的混乱，还是巴西作家在学术研究中的缺席，其根源都在于对巴西缺乏了解。因此，若想真正改变巴西文学长久以来被误解与忽视的境况，便不能仅靠葡语学界内部的自说自话与泛泛而谈，而应该尽己所能，让不懂葡语的读者与学者认识巴西、认可巴西文学的价值，从而进一步促进中巴文学与文化的交流与互鉴。

若想实现这一目的，若热·亚马多无疑是最合适的研究对象。作为年少成名而又笔耕不辍的作家，在60多年的创作生涯中，亚马多一直致力于书写巴西。他对巴西现实的描绘不仅受到国内与葡语文坛的认可，为他赢得了巴西文学院院士、卡蒙斯文学奖等荣誉，更随着几十种语言的译本风靡全

① 闵雪飞：《“拉美文学”涵盖了巴西文学吗？》，《书写真实的奇迹——葡萄牙语文学漫谈》，北京：商务印书馆，2019年，第103—110页。

② 樊星：《隐形的巴西：论若热·亚马多在中国的译介》，《书写真实的奇迹——葡萄牙语文学漫谈》，北京：商务印书馆，2019年，第207—213页。Fan Xing, “Literatura brasileira oculta – tradução e recepção de Jorge Amado na China”, in *EXODUS: deslocamentos na literatura, no cinema e em outras artes*, Belo Horizonte: Editora Relicário, 2020, pp.77-89.

球，成为巴西形象构建的有力推手。即使在中国，虽然巴西文学研究者寥寥可数，但亚马多的译介却颇为可观。从1951年翻译家吴劳着手翻译《无边的土地》开始，经过20世纪50年代的革命文学译介、20世纪八九十年代的“拉美文学热”，再借着里约世界杯与奥运会的助力，八成以上的亚马多作品都已经被译成了中文，除了经典的长篇小说之外，还有回忆录、访谈集、短篇小说与人物传记。这些亚马多中译本构成了一座巨大的宝库，足以让我们窥见巴西精神的重要一隅，也是我选择在第一部专著中研究亚马多的原因。

恰如题目所示，本书的重点在于探究亚马多文学创作与巴西民族建构之间的关系。这当然不仅仅是借亚马多作品来揭示巴西的民族特质，也意味着要从文化视角来阐释亚马多的文学创作。之所以强调这一点，是因为即使看到了亚马多对于巴西的书写，也可能仅仅将它视为对现实的记录，而无视其在构建民族寓言与共同体想象过程中所展现的艺术价值。而亚马多并不只是历史的记录者，更是历史的创造者，因为许多特质正是经他挑选、变幻乃至再创造之后，才获得了巴西民众的普遍认同，从而构成了世界所认识的巴西形象。只不过，由于亚马多采用的是传统现实主义叙事手法，惯于对巴西社会进行全景式描写，因此在突出作品拟真性的同时，也往往会掩盖其象征性与寓言性的内涵。

为了体现出亚马多作品中拟真性与寓言性、历史性与思想性、个人性与集体性的平衡，本书采取了如下的章节设置。首先是绪论部分，目的是澄清亚马多创作与巴西历史文化之间的相互影响。之后是6个主要章节，分别从阶级、城乡、混血、狂欢、女性隐喻与历史重述的角度探讨亚马多对巴西的塑造。尽管这些章节是根据主题划分的，所选取的代表作品却几乎与出版顺序一致，这是因为亚马多的创作本身便是对于历史经验的有效提炼，其笔下的经典人物就仿佛是巴西各时代集体意识的象征。余论部分将对亚马多之于巴西的意义加以总结，并对当前重读亚马多的必要性进行反思。

除本书的基本内容之外，撰写过程中出现的两个问题也需要略作说明。

首先是亚马多译本的使用问题。前文已经提到，亚马多的中译本经过半个多世纪以来的积累，无论是从葡语直译，还是从英文、法文、俄文等译本转译，都共同组成了一座巨大的宝库。因此，为了表达对于前辈译者的尊敬，也为了方便读者进一步阅读、查证，在撰写这本书时，所有涉及亚马多原作的段落，我都会尽可能使用已有译文，只有在缺少中译本或是涉及删改、误译、改动以致影响分析时才会使用原文文献。在本书中，凡是没有标注中译本的，均为我本人从原文翻译。此外，由于亚马多中译历史跨度较长，且部分译本并非由葡语直接翻译，因此同一专有名词（如作品名、人物名等）可能出现多种译法。针对这种情况，我会在行文中尽量统一，在涉及直接引用时保留原译并添加注释。

其次，虽然这本书整体而言是全新的研究，但因为我从硕士期间便开始撰写有关亚马多的论文，部分论述免不了带有前作的影子，其中有3个部分需要特别说明：第三章第二小节，对于《奇迹之篷》中“模糊的种族界限”以及“狡黠的抗争手段”这两个问题，我此前在《“混血儿的面孔”：亚马多〈奇迹之篷〉中的混血文化书写》（载《外国文学评论》）中已经做过相关讨论；第四章第二小节，关于《金卡斯的两次死亡》中所蕴含的狂欢精神，我也在这部小说的译后记中（《若热·亚马多〈金卡斯的两次死亡〉：反英雄的狂欢化死亡》，载《文艺报》）作过一些简单的分析；第六章第一小节将《大埋伏》作为巴西民族建设的寓言，这一解读方式在我的硕士论文《大埋伏：一部总结小说》（*Tocaia Grande: romance síntese de Jorge Amado*）已经出现。然而，尽管上述三部分与前作有所关联，论述的视角与重点却不尽相同。不仅如此，同之前的论文相比，本书对于《金卡斯的两次死亡》以及《大埋伏》的讨论都比之前进行了大幅度地深化与补充，以便能够更好地呼应主题。

此项研究能够顺利完成，与许多人的帮助密不可分。感谢所有曾译介过亚马多的前辈译者，是他们开启了我对亚马多的阅读之路。感谢《世界文学》编辑部、译林出版社、99读书人以及彭伦老师，他们对于年轻译者的信任使我有幸翻译了几部亚马多的著作，翻译过程中的收获也同样促成了这部专著的诞生。感谢曾刊发拙文的各位期刊编辑，让我在返稿修改中不断进步。感谢我的同事王渊通读初稿并提出修改意见，感谢那些一直在学术道路上为我提供帮扶的师长：北京大学的闵雪飞老师、巴西坎皮纳斯州立大学的马里奥·路易斯·弗伦济洛（Mário Luiz Frungillo）老师与弗朗西斯科·福特·哈德曼（Francisco Foot Hardman）教授。

希望本书的出版能让更多人对巴西文学产生兴趣，如有错漏之处，恳请各位读者同仁批评指正。

绪论　其国·其人·其作

巴西著名音乐人汤姆·若宾曾说过："巴西不适合初学者"，这句话也同样适用于若热·亚马多。

正如自16世纪航海大发现开始，凡是前往巴西的旅游者无不感慨这个国家的热情好客，亚马多的著作也同样不设置任何阅读壁垒，张开怀抱迎接来自不同文化与阶层的读者。然而，无论对巴西还是亚马多而言，这种简单纯粹、易于理解的印象都只是一种幻觉。表面上，似乎每一位游客都能够瞬间融入异彩纷呈的桑巴王国，每一名读者也都能轻松读懂"百万书翁"亚马多的文学创作；然而，在现实评价中，世人的印象却往往两极分化、互不相让。高声歌颂者有之，大加挞伐者亦有之，更多人则可能在受到吸引的同时，又有些不以为意地轻视。就这样，在谈到巴西时，"上帝是巴西人"的赞美一直伴随着对"上帝之城"式野蛮无序的批判，而亚马多既被誉为"最伟大的巴西作家"，又被贬作"懒惰"的商业化写手。许多用以形容巴西的词汇——无论是正面的"令人愉悦""浪漫多姿"，还是负面的"无知浅薄""暴力粗俗"——也常可以用来评价亚马多的作品。类似的两极化态度长久存在，每一种都不乏知名人士为其背书，这恰恰佐证了巴西社会以及亚马多作品的复杂性，也说明其"不适合初学者"的缘由。

作为世界范围最畅销也最高产的巴西作家之一，亚马多与他的祖国面对着同样的争议，分享了相似的命运，绝非出于偶然。1931年，年仅19岁的作家出版了处女作《狂欢节之国》(*O país do carnaval*)，也开启了其展示巴西社会生活、探讨巴西现实问题的文学生涯。在随后的70年间，亚马多共创作了21部长篇小说、2本传记、2部回忆录、1部剧本、1部诗集及若干短篇小说。上述作品均扎根于巴西历史、民俗或现实斗争，而长篇小说的主题尤为集中，除《争自由的地下工作》(*Os subterrâneos da liberdade*)与《军人、女人、文人》(*Farda, fardão e camisola de dormir*)外，其余19部作品的故事均发生在巴西东北部的巴伊亚州。如此一来，亚马多作品中的地方特色便得以积累拓展，自成一格。随着作品在国外销量的不断提升，亚马多笔下的文化元素也成为外国读者认知中最具代表性的巴西特质。截至2001年亚马多去世时，其作品已经译成49种语言，世界范围内可统计的正版销量累计超过1亿册①。除此之外，亚马多的作品还被改编为广播、电影、电视剧甚至桑巴主题表演，在全球媒体上广泛传播，更增加了其影响力。

然而，即使在了解上述事实之后，在论及亚马多作品与巴西民族身份问题时，许多研究者仍容易陷入一种误解，即认为亚马多作品只是如实"展示"了巴西国家特色，却忽略其对巴西民族身份的构建与重塑作用。事实上，许多我们如今熟知的巴西特质在20世纪才逐步形成，其缔造过程中少不了亚马多及其同辈者的身影。比如第一支真正意义上的桑巴歌曲《通过电话》(*Pelo telefone*)诞生于1917年；直到1932年，里约热内卢才举办了第一届官方组织的狂欢节游行活动；1946年，正是在亚马多的推动下，坎东布雷等巴西非洲宗教的祭祀自由首次获得法律层面的保障；1977年，巴西更新了婚姻条例，使离婚与再婚成为可能，私人生活方面的基本权利也终于相对完整；1985年，亚马多的家乡萨尔瓦多入选世界文化遗产，也是巴西最早进入世界遗产名录的地点之一。这番历史回溯让我们意识到，当亚马多最初将狂欢民俗、混融宗教、浪漫情欲等诉诸笔尖时，这些如今深入人心的符号尚未成为巴西文化的标志。很多时候，与其说亚马多精准刻画了巴西的样貌，不如说是巴西与世界逐渐认同了亚马多创造的形象。对当今读者来说，这种个人创作与国家变迁之间的纠葛关系或许很难想象，但对亚马多那一代知识

① Joselia Aguiar, *Jorge Amado: uma biografia*, São Paulo: Todavia, 2018, p. 554.

分子而言却极为自然。

从见证者到建设者

1912 年，若热·亚马多出生于巴伊亚州的一个小村子。离这儿最近的城市伊塔布纳（Itabuna）1910 年才刚刚建立，仅比他年长两岁。受洪水及瘟疫影响，年幼的亚马多不得不随父母离开原先的农庄，迁往伊列乌斯市（Ilhéus）的皮兰吉（Piranji）地区生活。70 年后，亚马多回忆起这段经历：

> 在一些词典与百科全书的词条里，或者是一些传记报道中，常说我出生在皮兰吉。事实却恰恰相反，是我见证了皮兰吉的诞生与发展。当我坐在父亲的马背上第一次路过那儿时，那里只有三间孤零零的房子。……我和皮兰吉一起成长，见证了第一间商店的开业，第一辆机动车的出现，看到它将伊斯皮纽旱地的乘客带到这里。[①]

如今看来，这段话极具隐喻色彩，倘若将“皮兰吉”替换为“现代巴西”，似乎也同样贴切。唯一的不同在于，对于 20 世纪的巴西而言，亚马多不仅自始至终都是一名忠实的见证者，之后更成为不可或缺的建设者。

在生命的前 10 年间，亚马多过着一种简单而又多彩的生活。他接触到各色各样的人物，从妓女、赌徒到打手、政客，这些记忆都被移植到他日后的创作之中。而在童年生活的小圈子之外，世界同样经历着剧烈变化。1914—1918 年的战争不仅使巴西知识分子从世纪之交的骄傲餍足[②]中惊醒过来，通讯的切断更在一定程度上阻碍他们与旧欧洲的联系，使其不得不将目光从欧洲投向美洲本土。一股带有批判精神的民族主义情绪在巴西迅速升

---

① ［巴］若热·亚马多著，樊星译：《格拉皮乌纳的小男孩——若热·亚马多童年回忆录》，《世界文学》2013 年第 2 期，第 173 页。

② 1900 年，巴西作家阿方索·赛尔索（Afonso Celso）出版了《我为何为我的国家而骄傲》（*Por Que Me ufano do meu país*）一书，详述了巴西的美丽与荣耀。由这本书衍生出的“骄傲主义”（ufanismo）被用来形容世纪之交巴西知识分子的普遍心态。

温，到了1922年巴西独立100周年之际，圣保罗文化界率先举办“现代艺术周”（Semana de Arte Moderna），提出现代化、本土化等口号，正式向刻板陈旧的艺术风格宣战。而在里约热内卢，出于对旧政治体制的不满，两大新兴力量开始萌芽。先是在3月，巴西共产党悄然成立。接着是7月，科巴卡巴纳18名尉官宣告起义，以反抗第一共和国（1889—1930年）的权力交易与政治腐败。

尽管身处东北部乡村，少年亚马多也不免受到时代思潮的影响。一方面，亚马多所居住的可可产区迅速发展，人流聚集，消息传播也更加便捷。另一方面，亚马多的父亲此时已是当地一名富有的可可“上校”[①]，政治权力的交替也成为他与朋友们日常关心的话题。作家在时隔多年之后还记得，父亲的一位医生朋友曾多次流露出对“巴西即将陷入深渊”[②]的担忧，这句话也被他顺理成章地借用在长篇小说处女作《狂欢节之国》中。在这思想更替的时代，亚马多很早便展现出对文学与政治的兴趣，并从一开始便选择了平权主义的大众路线，坚决同保守主义及精英主义对抗。他文学上的启蒙老师路易斯·贡撒加·卡布拉尔（Luiz Gonzaga Cabral）神父是一名耶稣会士，在1910年葡萄牙共和国成立后不久便流亡海外，1917年起定居巴伊亚。早在欧洲时，卡布拉尔神父便因公开反对葡萄牙对宗教人士的驱逐而闻名，其对葡萄牙语的教学也与正统教育模式相去甚远。正是在他的包容与鼓励之下，亚马多在书籍中“找到了解放的道路”[③]。在勉强接受了两年的教育之后，12岁的亚马多从寄宿学校逃走，也从此开启了他在“社会大学”的学习生涯。

通过为报纸撰稿进入文坛，是当时巴西许多作家共同的经历，亚马多也不例外。当他15岁进入《巴伊亚日报》工作时，职务便是一名刑侦记者，

---

① 此处的“上校”并非正式的军队职衔，而是起源于巴西帝国时期筹建的国民卫队。当时巴西中央军队力量薄弱，因此需要地方自行组织国民卫队来维护当地治安。大庄园主通常都能够获得“上校”头衔，因为他们具有丰厚的财力与政治影响力，甚至能够打压政敌、操纵选举。

② Joselia Aguiar, *Jorge Amado: uma biografia*, São Paulo: Todavia, 2018, p. 18.

③〔巴〕若热·亚马多著，樊星译：《格拉皮乌纳的小男孩——若热·亚马多童年回忆录》，《世界文学》2013年第2期，第186页。

这使他近距离地了解到警察系统对于非洲宗教活动的打压迫害，并很快因为一篇批判性的政论文章而被提拔为报纸编辑。1928年，未满16岁的他与一群朋友共同创办了“叛逆者学院”（Academia dos Rebeldes），其中“学院”一词的选择是出于对官方权威的嘲弄，因为这一时期各地都在创办与“巴西文学院”类似的官方机构，而“叛逆者”的名头则更直接地表达出他们不屈的态度。正是在这一年，圣保罗的现代主义者们继续高歌猛进，奥斯瓦尔德·德·安德拉德（Oswald de Andrade）发表了强调吸纳转化外来文化的《食人主义宣言》（*Manifesto Antropófago*），而马里奥·德·安德拉德（Mário de Andrade）则出版了新印第安主义经典小说《玛库纳伊玛》（*Macunaíma*）。就这样，一种反对欧洲崇拜、强调本土特质的呼声席卷巴西，现代主义本身也愈发成为巴西各地知识分子热切讨论的话题。即使在与圣保罗相距甚远的巴伊亚，也不乏对圣保罗现代主义的坚定支持者。然而，“叛逆者学院”的年轻人们却认为这一路线过于精英主义，转而推崇一种扎根底层的大众民俗文化。他们喝酒寻欢、讨论政治、参加被主流社会认为“伤风败俗”的坎东布雷宗教仪式，并迫切地希望将自己的见闻思想付诸纸上。关于这一段的“叛逆”时光，亚马多曾不无自豪地回忆道：

> 我们不搞什么现代主义文学，而是要搞现代文学。我们要为创立巴西现代文学而斗争。既然是巴西文学，它就应该具有普遍意义，应该反映我们生活的历史时代，反映我们的社会现实，目的则在于改变这种社会现实。①

正是在这种难以抑制的冲动下，亚马多撰写了他的第一部长篇作品。这部出版于1930年的小说名为《莱尼塔》（*Lenita*），由他和两位好友——爱迪生·卡尔内罗（Édison Carneiro）、迪亚斯·达·科斯塔（Dias da

① 〔巴〕若热·亚马多著，孙成敖译：《我是写人民的小说家》，昆明：云南人民出版社，1997年，第80—81页。

Costa）——共同撰写，只能算是一篇习作。值得一提的是，小说中的爱情故事与亚马多本人的恋爱经历同时展开，从一开始便展示出亚马多作品与现实生活的映照关系。然而，就在他已经做好准备向未婚妻求婚时，却因父亲的逼迫而不得不离开故乡，独自前往当时的巴西首都里约热内卢攻读法律。在里约，亚马多保留了他在巴伊亚时的习惯，在报社工作的同时，仍不忘撰写小说。亚马多为世人熟知的处女作《狂欢节之国》便在这种情况下诞生。

像大多数未经世事的年轻人一样，亚马多在这部作品中投入了太多自我。但也像大多天才的小说家一样，他十分善于从自我中提取出同时代人的精神影像。《狂欢节之国》完成于 1931 年，那时整个巴西社会都被一种混乱、迷茫的情绪所笼罩。1929 年的华尔街股灾极大影响了巴西经济，咖啡价格下跌使巴西第一共和国[①]遭遇到前所未有的危机。1930 年，热图利奥·瓦加斯通过政变上台，逐步实施威权主义统治。与此同时，一左一右两大力量——法西斯主义与共产主义——的斗争在巴西也变得愈加明显。因此，尽管《狂欢节之国》表面上仍以爱情为主线，但核心却是主人公面对巴西当前境况的痛苦与犹疑。与亚马多后期作品中对“狂欢文化”的赞颂不同，这部处女作的题目并非褒义。受彼时主流的价值观影响，年轻的亚马多将混血与狂欢视为巴西问题的根源，却又无力提出自己的解决方案。他在全书开篇写道：

> 这本书就像如今的巴西。没有哲学原则，不站任何党派。既不支持共产主义，也不支持法西斯主义。既不是唯物派，也不算唯灵论。大概有人会说我之所以这么做，是为了取悦各个立场的评论者。但我要说并非如此。我不在乎大家如何评价我的作品。这部小说讲述的只是那些为了寻找存在意义而踏上不同道路的人的生活。我无法为某种理念战斗。我本人也还在寻找。[②]

---

① 亦称为“牛奶咖啡共和国”，从中也能看出咖啡的重要地位。
② Jorge Amado, *O país do carnaval*, São Paulo: Companhia das Letras, 2011, p. 14.

然而，无论对于亚马多还是巴西大部分的知识分子来说，这种寻找都没有持续多久。在瓦加斯的高压统治下，巴西国内政治形势急剧恶化，甚至在1932年爆发了史称“巴西内战”的圣保罗立宪革命。在文化领域，意识形态层面的撕裂感也同样严重，“不为任何理念战斗”的中间路线很容易被误认为投机分子，从而遭到左右两派极端化立场的夹击。在这种情况下，亚马多与左翼团体的联系越来越紧密，并依靠同辈女作家拉盖尔·德·奎罗斯（Rachel de Queiroz）的推介，于1932年加入巴西共产主义青年党（Juventude Comunista）。从那时起直到去世，亚马多再也无法只当一个记录现实的旁观者。即使后期远离了党政事务之后，他也依然以文字为工具，积极地介入到巴西社会的建设之中。

闻名世界的“区域主义”作家

在亚马多成长的时代，巴西有两大文化中心，一个是彼时的首都里约热内卢，那里保有巴西帝国时期留下的历史积淀；另一个就是新兴都市圣保罗，也即巴西现代主义的发源地。按照行政区划来看，里约及圣保罗均位于巴西东南部，与它们相邻的米纳斯·吉拉斯州亦是一个经济发达、文化繁荣、政治力量强劲的地区。时至今日，当向其他国家的人提起巴西时，人们率先想到的依然是里约与圣保罗，就连巴西人最熟悉的“广播口音”也是在东南部语音的基础上形成的[①]。然而，在塑造、展示巴西形象的问题上，意气风发的南方作家们却败给了初出茅庐的亚马多，或者更确切地说，败给了他笔下原始落后却又绚烂多姿的巴伊亚。

第一部小说出版之后，亚马多刚满20岁。尽管在许多方面尚显稚嫩，但此时的他已经经历过最初的迷茫，逐步明确自己想走的道路。在与左翼知识分子接触的同时，他的阅读视野也发生了巨大变化。同那个时代绝大

① Ana Lúcia Medeiros, *Sotaques na TV*, São Paulo: Annablume, 2006.

多数的巴西人一样，亚马多的文学启蒙是从欧洲经典著作开始的。除路易斯·德·卡蒙斯（Luís de Camões）、阿尔梅达·加雷特（Almeida Garrett）、埃萨·德·奎罗斯（Eça de Queirós）等葡萄牙作家之外，亚马多年少时也酷爱阅读狄更斯、乔纳森·斯威夫特、沃尔特·司各特、大仲马等人的作品。在他早早结束校园生活并开始积极参与文化活动之后，上述名单中自然也加入不少巴西作家。但从 1932 年开始，仅靠西欧经典作品与巴西本国著作已经无法满足亚马多的阅读欲望。最先引起他兴趣的是西语美洲的作家，包括豪尔赫·伊萨克斯（Jorge Isaacs）、巴尔加斯·维拉（Vargas Vila）、何塞·恩里克·罗多（José Enrique Rodó）；接着便是俄罗斯作品与更大范围内的左翼革命文学，如革拉特珂夫（Feodor Gladkov）的《水泥》、约翰·多斯·帕索斯（John dos Passos）的《曼哈顿中转站》以及赫勒·马朗（René Maran）的《霸都亚纳》。

阅读兴趣的转向很快体现在亚马多的文学创作上。1933 年出版的《可可》(*Cacau*）与两年前问世的《狂欢节之国》差异极大，很难想象它们竟出自同一个作者之手。与《狂欢节之国》获得全体一致却稍显寡淡的称赞不同，《可可》引起了分歧巨大却极为热烈的讨论，这也是亚马多此后几乎每一本书都会遭遇的境况。在诸多引发争议的原因中，作者开篇引语无疑是最重要的一个：

> 在这本书中，我试图以最大限度的真实性与最小限度的文学性，来讲述巴伊亚南部可可庄园劳工的生活。这算是一部无产阶级小说吗？①

这是巴西作家第一次明确地表达出创作“无产阶级小说”的意图，其立场先行的态度自然激怒了不少人，其中许多都是生长在里约或圣保罗的作家。“22 一代”著名的现代主义诗人、批评家曼努埃尔·班德拉（Manuel

① Jorge Amado, *Cacau*, São Paulo: Companhia das Letras, 2010, p. 9.

Bandeira）直言不讳地写道：

《可可》作为小说而言有很大缺陷，它连基础框架都没搭建好，因为让一个小资产阶级的年轻人变成雇农，之后再让他去写小说，这让人完全无法接受。[①]

里约作家马尔克斯·雷贝洛（Marques Rebelo）同样指出：

（小说中的人物）分为两类——好人和坏人。坏人就是富人，也就是可可庄园的主人，那些上校。好人则是干体力活儿的人。[②]

但同样有不少人在亚马多的这种纪实态度中看出了一些突破性特质。若热·德·利马（Jorge de Lima）认同亚马多是巴西第一个写就无产阶级小说的人，不仅称赞他"足够诚实，不玩糟糕文学技巧"，"在当前文学的停滞中开辟了不同的道路"，而且特别强调《可可》绝不是一部"俄国"小说，因为"这本书的力量在于其带有东北部印记的普适性"[③]。从某种意义上说，这番评价可谓是亚马多一生创作的绝佳脚注。一方面，亚马多的文学创作的确显示出极高的包容度，这从他多样化的阅读经验中也能看出来，不同地区、不同立场、不同类别的作品都可能成为他学习的对象，或许正是得益于此，他的作品更容易被不同文化与教育程度的读者所接受。另一方面，除去极少数例外，亚马多的写作一直围绕着巴西东北部尤其是巴伊亚州的现实。因此，对于巴西读者来说，他的作品始终带有强烈的地区烙印；在几部重要的巴西文学史文献中，亚马多也总是被归类为"区域主义作家"[④]。

于是，从20世纪30年代开始，一向位于巴西文化中心的里约及圣保罗

① *Apud. Miécio Táti*, Jorge Amado: vida e obra, Belo Horizonte: Itatuaua, 1961, p.54.

② Ibid., p.55.

③ Jorge de Lima, "Nota sobre *Cacau*", in *Jorge Amado: 30 anos de literatura*, São Paulo: Livraria Martins Editora, 1961, pp. 67-68.

④ 在巴西，区域主义文学（literatura regionalista）起源于19世纪，通过描写特定区域的自然风光、社会环境、语言习俗、大众心理等突出地方特色，体现国家与地区之间的张力。

知识界便不得不面对一种尴尬的局面，即以亚马多为代表的东北部作家明显更受公众欢迎。由于脏话过多，《可可》一经出版便被迫下架，经出版社申诉之后才得以重新售卖，或许也正因为这一插曲，首印的2000册40天后便销售一空，并立即加印3000册，这在当年的巴西实属罕见。在之后的数十年内，亚马多不断重复这一销售奇迹。他屡次打破自己的印数纪录，并自诩为真正代表了巴西民众需求的作家。与此同时，他的作品也被迅速译介到其他国家。在1933年《可可》出版后不久，其西班牙语译本便在阿根廷问世。1938年，亚马多的第四部著作《茹比亚巴》(*Jubiabá*)在法国出版，出版方正是彼时风头正盛的伽利玛书店（Librairie Gallimard）。这一事件在巴西掀起轩然大波，其中有嫉妒亦有担忧。嫉妒的是，法国作为彼时西方文艺界的标杆，无论译介哪位作家都意味着认可与荣耀，而年仅26岁的亚马多居然被著名的"白色文库"（Collection Blanche）收录，得以与海明威、约翰·多斯·帕索斯等人并列。担忧的是，《茹比亚巴》不仅继承了《可可》已有的无产阶级文学主题，甚至特地将焦点对准巴西最为敏感的种族问题，不仅将主人公设定为一名黑人无产者，而且整本书中都充满了对非洲宗教与文化的展示，这很可能影响到欧洲人眼中的巴西形象。针对上述两种心态，同属东北部作家阵营的格拉西里亚诺·拉莫斯（Graciliano Ramos）曾反讽道：

> 他们想着（亚马多在法国出版）是一桩政治安排，得益于某位大使的影响力，但马上打消了这个念头。大使可帮不上若热·亚马多的忙，也不太可能推荐《茹比亚巴》。……如果让巴黎人看到若热·亚马多先生作品里衣衫破烂的黑人可怎么办？他们一定会说我们生活在一个满是臭虫和小黑孩的地方。[①]

值得一提的是，这一时期东北部作家与南方作家的理念之争已经到了白热化阶段。作为东北部文学的另一位杰出代表，拉莫斯的这番言辞不仅是

① Graciliano Ramos, *Linhas tortas*, Rio de Janeiro: Record, 1978, p. 118.

在捍卫亚马多，也是在为整个东北部文学鸣不平，因为这一群体的大多数作家都遭受过这两类指责：一是批评他们过度关注政治而无视文学，二是控诉他们的写作简单暴戾、粗野低俗。如奥斯瓦尔德·德·安德拉德就毫不留情地将这些作家称为"东北部的水牛"，斥责他们"牛角上都带着社会议题"，"每个人都天才卓绝，但几乎所有人都写得非常糟糕"[①]。

但是，无论发达地区的知识分子如何愤愤不平，在巴西国内外读者眼中，最终仍是巴西东北部作家占据了上风。促成这一结果的原因不仅在于去精英化的文学技法，更在于整个时代的思想转向。在巴西国内，1933 年《华屋与棚户》(*Casa grande e senzala*)的出版预示着巴西式"种族民主"范式的形成，后续巴西非洲大会（Congresso Afro-Brasileiro）的召开逐步夯实了非洲元素在巴西文化身份中的地位。1934 年圣保罗大学成立之后，从欧洲前来访学的教授无不对巴西种族问题表现出浓厚的兴趣。在这些人中，有撰写了《忧郁的热带》的列维—施特劳斯（Lévi-Strauss），有《茹比亚巴》的法文译者米歇尔·贝维勒（Michel Berveiller）与皮埃尔·乌尔卡德（Pierre Hourcade），还有后来亚马多的主要研究者罗歇·巴斯蒂德（Roger Bastide）。随着纳粹德国的崛起与世界战争的打响，旧欧洲的危机使人们将目光投向"新世界"美洲。与此同时，白人至上的优生学理念也逐渐失去根基，巴西种族混融的经验开始得到西方世界的重视。

在这种剧烈的时代变革中，巴西偏离了一代代国务活动家与大都市知识分子规划的路径，转而以一种"反现代"的传统姿态呈现在世人面前——它越来越像亚马多笔下所描绘的样子。

① Heráclio Salles, "Oswald de Andrade explica por que a Semana da Arte Moderna aconteceu em S. Paulo", in *Diário de Notícias – Suplemento de IV Centenário de São Paulo*, Jan 24, 1954, p. 4.

职业写作与“人民小说”

特殊的时代背景的确有助于亚马多作品的传播流转，但这绝不意味着亚马多的成功只是出于侥幸与偶然。倘若单论创作天资，有许多巴西作家都在亚马多之上；但若说起出版推广与市场宣传，却鲜少有人能比他做得更好。

事实上，在亚马多之前，巴西根本不存在职业作家的概念，因为文学创作无法养活任何人。从殖民时期开始，巴西作家一般都有政府公职或者私人产业，文人的自尊也使他们不屑于关注市场销量或大众评价。而亚马多自15岁进入报社工作，便一直依靠文字为生，或许正因为如此，他对于文字所能换取的酬劳也更为敏感。1934年，他在巴西出版业新兴巨头若泽·奥林匹奥书店（Livraria José Olympio）谋得职位，主力负责图书推广，但也肩负提供选题、估算印数等工作。他始终认为良性的商业运作能够促进巴西文学的发展，并一直对拓展国际市场表现出浓厚的兴趣，他甚至专门为此采访过一名法学教授，因为其学术著作“不仅国内反响热烈，在国外也赢得了称赞与敬佩”[①]。

亚马多有充分理由对这位征服欧洲的法学大师感到好奇，因为从殖民时期开始，巴西便一直是一个文学与知识的进口国，直到他本人开始写作时，尚且缺乏向外推介巴西作品的渠道。在这一时期，为了让更多外国读者看到自己的著作，亚马多不曾放弃任何一个可行的机会。他热衷于同自己欣赏的外国作家通信，在赞美对方的同时，也会将自己最新出版的著作随信附赠。他会利用出国机会去拜访出版社，在1937年的一次南美巡游中，便一口气签下了6个翻译出版合同。他对自己书写的主题有准确的判断，在《可可》出版之后，首先想到的便是与苏联文艺界建立联系，并通过评论家大卫·维

① Jorge Amado, “Nos domínios do direito internacional privado”, in *O Jornal*, May 12, 1935, p. 2.

果斯基（David Vygodsky）的介绍，第一次让俄国读者听说了他的名字。[①]

然而，这绝不意味着亚马多会将自己的作品限制于社会主义阵营内部。事实上，无论在作品推广还是日常交友方面，政治立场都不是亚马多考虑的重点。即使在革命斗争意识最鼎盛的阶段，他也不曾排斥与资本主义国家的合作，反而能与包括克诺夫出版社（Alfred A. Knopf, Inc.）在内的多家欧美机构保持良好关系。他的书不仅成功地进入美国市场，在美国出版的时间甚至还早于苏联，这在彼时的共产主义作家中实属罕见[②]。同样地，当亚马多1956年决定脱离党政事务专职从事写作之后，尽管有许多曾经的巴西同僚恶言相向，但却并未破坏他与绝大多数外国革命者的友情，也未影响其作品在苏联、东欧以及中国的翻译出版。不仅如此，不少文学评论者还常常将其后期小说誉为“更加成熟”的著作，认为它们只是摆脱了僵硬的党派宣传，核心依然是左翼革命路线。

诚然，冷战期间铁幕重重，而亚马多能如此轻松地穿梭于美苏之间，很大程度上也得益于巴西的地缘政治地位。无论对于美国的“睦邻政策”还是社会主义阵营中的“反帝反殖”路线而言，巴西都是需要争取的盟友而非敌视斗争的对象。但亚马多作品本身也确实具有多重阐释的可能性，这也是他能够引起不同国家、不同立场读者喜爱与共鸣的主要原因。为了说明这一点，我们可以看看亚马多一生最常用的标签：“人民小说家”（Romancista do Povo）。

亚马多一直是世人公认的“人民小说家”，但即使单就这一个称号而言，就存在多种不同的解读方法。对于包括我国在内的社会主义国家来说，创作“人民小说”无疑是对以少数富人为代表的资本主义立场的直接宣战，这也的确是亚马多年轻时公开承认的立场。20世纪50年代，亚马多就曾为巴西胜利出版社（Editora Vitória）编纂过一套“人民小说”丛书，里面收录了

① Joselia Aguiar, *Jorge Amado: uma biografia*, São Paulo: Todavia, 2018, pp. 76-77.
② Ibid., p.187.

大量苏联作家作品以及巴西与其他国家的革命文学，甚至包括丁玲的《太阳照在桑干河上》。此处的“人民”二字无疑包含着冷战时期社会主义阵营的意识形态特色。因此，当我国1997年以“我是写人民的小说家”为题出版亚马多访谈录时，自然也突出了这一政治立场，如孙成敖便在译者前言中提出：

> 若热·亚马多不止一次地声称：“我是写人民的小说家。人民，特别是巴伊亚州的贫苦人民，是我创作的对象。”……若热·亚马多认为，“一个人写东西是要改造社会，是要革命”，因此他反对文学创作中的阳春白雪的倾向，通俗易懂于是就成了若热·亚马多小说的一大特点。[①]

然而，尽管上述段落的重点在于亚马多的革命意识，但对“通俗”的强调仍然体现出亚马多作为“人民作家”的另一个面向，尽可能地吸引更多读者。这一方面是站在大众角度对抗精英统治的必然选择，另一方面也是实现写作职业化的现实需求。亚马多曾在1944年专门谈及这一问题。他将作家视为彼时巴西的一种“全新职业”，指出巴西写作生态在20世纪三四十年代的急剧变化，因为直到20世纪初期，即使如马查多·德·阿西斯（Machado de Assis）这般伟大的巴西作家，也只能靠自己微薄的公务员薪资过活，而他们这一代的部分作家却可以仅靠写作为生。亚马多十分注重推动写作在巴西的职业化，并骄傲地声称：“我没有（除写作之外的）其他工作。如果说我有什么值得自豪的，就是我只想当作家，从未想过要做别的。”[②] 因此，这位20世纪最畅销的巴西作家不但不讳于谈论写作的报酬，而且主张将稿酬、转载权等问题搬到他参与筹备的第一届作家大会上进行讨论，全力支持作家大会创立行业标准、捍卫作家权利。

---

① 〔巴〕若热·亚马多著，孙成敖译：《我是写人民的小说家》，昆明：云南人民出版社，1997年，第2页。
② Jorge Amado, *Hora da guerra*, São Paulo: Companhia das Letras, 2008, p.215.

从这个意义上说，亚马多要成为“人民作家”的志向其实也包含一定的市场考量，其作品本身也可视为巴西大众文化的一部分。1958 年问世的《加布里埃拉》(*Gabriela: Cravo e Canela*) 是巴西彼时最大的出版奇迹，7 个月之内再版 5 次，仅版税便超过了 200 万克鲁塞罗①。自此之后，亚马多更是屡屡打破图书销售纪录，不仅在巴西大获成功，在国外也不遑多让。如《加布里埃拉》英文版问世之后便占据《纽约时报》畅销榜，并在那里停留了一年之久；而《弗洛尔和她的两个丈夫》(*Dona Flor e Seus Dois Maridos*) 在中国出版之后也大受欢迎，累计销售 15 万册。他十分乐意将自己作品的改编权全权交付给电影、电视剧的制作方，这些影视资源进一步增加了原作者的传播力度与影响范围。

值得注意的是，除上述“左翼政治”与“大众市场”这两个面向之外，亚马多的“人民小说”还有另一个维度，即为巴西民众的代言人，展现最具巴西特质的民俗特征。如果考虑到亚马多文学生涯的几次转向，甚至可以说，这一维度才是贯穿亚马多“人民”文学创作的真正核心，因为在他的作品中，非黑即白的政治斗争最终让位于丰富多彩的巴西民俗，而市场的广泛认可也正源于其对巴西民族精神的天才捕捉。通过这种方式，亚马多完成了自身作品与巴西国家的绑定，再现人民生活与大众艺术也成为其文学创作的主要诉求。因此，只要能够有利于巴西民族形象的正面传播，亚马多往往愿意在商业利益上做出让步。他几乎默许了国外普遍的盗版行径，当发现有国家未经授权便翻译其著作时，通常也并不追究，只是希望能够获得一本样书作为收藏。而若能够在一些国家与文化建设的基本原则上达成一致，亚马多也不介意与温和的右翼人士合作，其中就包括巴西“再民主化”之后的首任总统若泽·萨尔内 (José Sarney)。

作为 1964—1984 年独裁时期军政府的合作者，萨尔内在 1985 年的选举中只是作为副总统当选，但由于总统当选者坦克雷多·内维斯 (Tancredo

① 克鲁塞罗(Cruzeiro)是巴西在 1942 年至 1967 年、1970 年至 1986 年以及 1990 年至 1993 年之间使用的货币。

Neves）因病去世，他便顶替搭档就任。这一举动在巴西国内外均引发疑虑，人们普遍担心巴西的民主化成果会受到损害。在这种情况下，亚马多顶住压力，公开表示支持萨尔内，并亲自前往苏联、葡萄牙与法国进行游说。亚马多向世人保证，说萨尔内一定会捍卫巴西民主，而新任总统也并未辜负他的信任。由此，亚马多与萨尔内之间形成了一种合作的默契，在亚马多为执政首脑背书的同时，作家本人也成为政府官方认证的国民作家。正是在萨尔内的全力关照下，1987 年“亚马多之家”基金会在巴伊亚的萨尔瓦多市揭幕，用以推动对亚马多的出版、翻译与研究。这种友情一直持续到亚马多去世多年之后。直到 2012 年亚马多 100 周年诞辰之际，时任巴西参议长的萨尔内还在国会发起了官方纪念活动，亲自担当主持，并第一个做出发言。

“书写巴西生活的最强音”

我们或许很难对一份官方发言稿有过多期待，但萨尔内彼时说出的每一句话，却无疑都证明了巴西官方对亚马多地位的认可。在这响彻国会的讲话中，亚马多是“书写巴西生活的最强音，不仅创作出无与伦比的作品，而且有能力用行动创建美好”①；他是“一股自然力量，很早便从北部……南下而来，统治了巴西文学”②；在他身上，“凝结了巴西人全部的美德与崇高”③；他创作的人物将“永远停留在巴西人民的记忆里”④。

当“巴西”二字在上述段落中被反复强调时，意味着亚马多对于巴西形象的构建获得了相当的认可。他很少再被介绍为“共产主义作家”，因为其作品中的社会议题已经被巴西普遍接受，无论是对苦难生活的展现还是对社会变革的诉求，都是巴西当代文学中的常见主题。倘若能够抛开文学史课本

① José Sarney, “Ata da 17ª sessão conjunta (solene)”, in *Diário do Congresso Nacional – Sessão Conjunta*, Ago. 7, 2012, p. 1347.
② Ibid., p. 1348.
③ Ibid., p. 1348.
④ Ibid., p. 1355.

上的刻板归类（大多数经典的巴西文学教科书都由圣保罗学者撰写），也很少有读者会把亚马多限定在“区域主义作家”的框架内阅读，反而都很自然地将其笔下的“巴伊亚人”形象代入到“巴西人”身上。他的书依旧畅销，但没有人会再因为其作品缺少心理分析而加以诟病，因为没有人比他更懂得如何展示巴西人的集体意识。亚马多从反学院的“叛逆者”变成了巴西文学院“院士”，但真正变化的却并非前者的文学诉求，而是后者的判断标准。

在分析亚马多作品时，这种动态的变化最容易遭到曲解。有人认为亚马多只是“如实”记录了巴西社会的变迁，却忽略了其作品中的许多描述其实更像一种预言，是巴西社会最终达成了亚马多文字中传递的理想。也有人简单地将亚马多不同时期的风格与立场变化理解为“投机”与“迎合”，却未能考虑到巴西的社会需求与思想根基也在不断发生改变。事实上，的确很少有人能像亚马多那样，善于将文学、政治与市场结合起来；但也同样很少有人如亚马多那样，能够有能力打破偏见的藩篱，获得不同立场人士的接纳与喜爱。关于这一点，巴西另一文豪吉马良斯·罗萨（Guimarães Rosa）的解释或许最有说服力：

> 亚马多是个梦想家，他无疑也是个意识形态者，但他采用的却是童话故事里的那种意识形态，有着自身的公正与惩处法则。亚马多是一个孩子，相信善意，相信善意终将胜利。他捍卫的是最无意识形态特征的意识形态，是我所知最可爱的意识形态。①

“最无意识形态特征的意识形态”这一说法看似自相矛盾，但却点出了亚马多文学创作的突出特质，也解释了其备受争议的重要原因。他是一位坚守传统的现代作者、无视理论的社会学家、信奉马克思主义的宗教祭司，站

① João Guimarães Rosa, “Entrevistado por Günter Lorenz ‘Diálogo com Guimarães Rosa’”, in http://www.elfikurten.com.br/2011/01/dialogo-com-guimaraes-rosa-entrevista.html [2022-01-07].

在阶级立场上的女权斗士，最了解黑人的"白人"[1]……上述的每一个身份都能为他带来赞誉，也都为他引来批评。值得注意的是，这种争议性也同样存在于他所构建的巴西形象上。因此，通过对亚马多创作的分析，能够帮助我们了解巴西民族身上的种种矛盾究竟从何而来，也有助于我们在厘清了这些缘由之后，抵达巴西真正的精神内核。

① 亚马多其实是印欧混血儿，但是由于其肤色样貌等原因，一般被认为是白人作家，这正体现出巴西种族标准的特殊性。

第一章　从西方到第三世界

在《拉丁美洲：对远西的介绍》(*América Latina: introducción al extremo occidente*)一书中，阿兰·鲁基耶（Alain Rouquié）将拉丁美洲评价为“西方的第三世界或第三世界的西方”①，可谓对这一地区暧昧身份的绝佳描述。然而，至少对巴西而言，其对自身暧昧性的认识就如同“第三世界”的表述一样，直至20世纪中叶才逐渐明晰起来。自16世纪葡萄牙及西班牙殖民者到达美洲开始，欧洲文化便在这里占据主导地位，南美精英自然也自诩为希腊罗马的后裔。甚至在南美各国独立之后，本国知识分子也只是将目光从西葡转向法国，正如鲁基耶观察到的那样：“在对本国精英的培养上，至少在1930年之前，曾被西班牙人及葡萄牙人征服的美洲都非常拉丁化。在那里，法国文化占据排他性的统治地位。”②

这一论断难以反驳，因为直到20世纪初期，巴西一直对欧洲亦步亦趋。从社会认知到制度设计，旧世界的影响无处不在。巴西上层社会的知识分子往往以掌握法语及拉丁语为荣，也大都拥有欧洲（尤其是葡萄牙和法国）游学的经历。巴西各大城市往往以与欧洲相似为荣，如圣路易斯（São Luís）号称“巴西的雅典”，而累西腓（Recife）则得名“巴西的维也纳”。在奴隶制废除之后，面对国民大都是黑人或混血儿的现实，巴西统治阶层首先想到的是引进欧洲移民，以期对国民进行“漂白”，继而建立一个无限接近欧洲的国家。甚至连巴西国旗上飘扬的“秩序与进步”，原话都出自法国哲学家

① Alain Rouquié, *América Latina: introducción al extremo occidente*, México: Siglo Veintiuno Editores, 1994, p.22.
② Ibid., p.19.

孔德，因为正是在实证主义的影响下，才最终促成了巴西帝国的覆灭与共和体制的建立。

就民族心态而言，这种长久而普遍的“欧洲热”造成了极为不利的后果，仿佛巴西仅仅是简单乃至拙劣地复刻了欧洲的文化。以文学为例，除对葡萄牙文学的直接继承和模仿之外，从浪漫主义、自然主义、现实主义到现代主义先锋派，巴西的每一股文学思潮都借鉴自欧洲。缺乏原创性并非巴西文化面临的唯一指责，因为哪怕只是单纯的复制模仿，这些流派在巴西的繁荣也比其发源地滞后了几十年，这使得巴西精英不仅有一种落后于人的悲戚，更有些时代错置（anacronismo）的迷茫。更重要的是，这种悲戚与迷茫反过来又加剧了巴西对欧洲文化的推崇，仿佛这个国家之所以奋力发展，只是为了建立一个尽力还原却永远无法达到的“热带欧洲”。

巴西独立的百年间，这种对欧洲单方面的关注与崇拜始终持续。然而，第一次世界大战的爆发证明了欧洲文化并不完美，同时欧洲先锋派的反叛精神也在一定程度上辐射到了巴西。正是在这特殊的时代背景下，“22 一代”的现代主义者引领了对本土文化的推崇与对欧洲文化的质疑。他们不惮于发表惊世骇俗的观点，对自己的美学与艺术观念信心满满，对巴西本土文化热情洋溢。奥斯瓦尔德·德·安德拉德在 1924 年及 1928 年先后发表的《巴西木诗歌宣言》（*Manifesto da poesia pau-brasil*）与《食人主义宣言》，便是此种思想变迁的重要例证。在《巴西木诗歌宣言》中，诗人开篇便提出一种巴西美学，因为“诗歌存在于事实中”①，而在巴西“贫民窟的绿意中，由藏红花和赭石搭建的茅屋就是美学事实”②。接着，在肯定巴西民间的文化创造、嘲弄巴西学派的无能虚荣之后，奥斯瓦尔德断言：“（只存在）一种斗争，对路线的斗争。我们分为两派，进口诗歌派，和巴西木诗歌派，也即出口派。”③

① Oswald de Andrade, *Obras completas Vol 6 - Do Pau-Brasil à Antropofagia e às utopias*, Rio de Janeiro: Civilização Brasileira, 1970, p. 5.

② Ibid..

③ Oswald de Andrade, *Obras completas Vol 6 - Do Pau-Brasil à Antropofagia e às utopias*, Rio de Janeiro: Civilização Brasileira, 1970, p.7.

而《食人主义宣言》正如题目所示，宣称巴西要延续土著民族的食人传统，不断“吞噬”外来文化，将其作为本土文化的养料，以此实现最终的超越，正如奥斯瓦尔德所言：“我们想要一场土著革命。比法国革命更伟大。集合一切有能力引导人类的反抗。如果没有我们，欧洲连可怜的人权宣言也不会有。”①

在上述两篇宣言中，作者都号召将对欧洲文化的复刻模仿转化成创造性的整合吸收，较晚出版的“食人主义”篇章无疑走得更远。奥斯瓦尔德以一种自由张扬的风格，在语言中逆转了巴西与欧洲的关系，化被动为主动，变屈服为征服——“来到这里的并非十字军战士，而是我们正在吃掉的文明逃兵”②。由此，巴西便摆脱了“落后”国家的身份，成为世界范围内真正的先行者。对奥斯瓦尔德来说，无论“共产主义”还是“超现实话语”，这些在欧洲尚属新鲜的现象，在巴西都早已有之。③

同样是在1928年，“22一代”另一位巨匠马里奥·德·安德拉德也完成了对巴西—欧洲关系的重构。如果说《食人主义宣言》是一篇向欧洲主义者宣战的檄文，那么马里奥的长篇小说《玛库纳伊玛》则构筑了一卷奇妙的民族神话。以主人公玛库纳伊玛为代表的巴西在不同的身份间游移，他是黑人，也是白人；是大人，也是孩童；是男人，也是女人；他遍历丛林与都市，经过死亡又复生，像人类亦像神祇，并最终归于自然。尽管懒惰狡诈，但他依然是个英雄，击败了邪恶的巨人温塞斯劳·皮埃特罗·皮埃特拉（Venceslau Pietro Pietra）。后者就像外国资本化身，虽然设定是秘鲁人，拥有的却是意大利姓氏，其做小买卖发家的经历也更符合彼时圣保罗意大利移民的形象。此外，“食人”的意象也同样出现在《玛库纳伊玛》中，正是在主人公的设计之下，“食人者”皮埃特罗·皮埃特拉最终掉入自己准备的锅

① Oswald de Andrade, *Obras completas Vol 6 - Do Pau-Brasil à Antropofagia e às utopias*, Rio de Janeiro: Civilização Brasileira, 1970, p. 14.

② Ibid., p. 17.

③ 奥斯瓦尔德在《食人主义宣言》中写道：“我们已经有了共产主义。已经有了超现实主义语言。黄金时代。”此处的“共产主义”与“超现实主义语言”指的应当是巴西印第安人的社会组织方式及语言特点。

中，成为“被吃”的对象。马里奥也通过这种方式，完成了另一个安德拉德高声预告的逆转：从“我来自宇宙”到“宇宙来自于我”[①]，从被强行纳入西方控制到吞噬消化欧洲文化。

这些现代主义先驱不仅不再对欧洲俯首帖耳，甚至已经有了巴西能够胜过欧洲的气势。然而，抱有如此先锋思想的毕竟只是少数，而巴西的现实状况也确实不足以超越欧洲。因此，无论这些现代主义理念多么新颖诱人，也无法真正促成新社会的建设。事实上，两位安德拉德的作品在试图逆转巴西的落后地位时，目光并未落在人口聚居的城市或乡村，反倒投向了遥远的原始丛林。这种对印第安文化的推崇，一方面承接了浪漫主义以降的乌托邦想象[②]，一方面则是从彼时关于美洲土著的民族志研究中获得灵感[③]，但唯独缺少对巴西大众生活的关注与对现实问题的应对。因此，“22一代”的现代主义者虽然清扫了殖民主义在巴西文化革新道路上留下的障碍，却始终停留在对空想梦幻的勾勒与不切实际的自满之中，其鼓吹的民族文化缺少社会根基，无力与欧洲文化长久抗衡。

幸运的是，就在《食人主义宣言》《玛库纳伊玛》出版的同年，巴西有另外两部开创性的作品问世，预示着巴西知识分子终于不再满足于勾勒幻想的空中楼阁，而是选择直面长久殖民历史所留下的伤痕。其中一部是若泽·阿梅里科·德·阿尔梅达（José Américo de Almeida）的长篇小说《蔗渣堆》(*Bagaceira*)，另一部则是保罗·布拉多（Paulo Prado）的《巴西肖像》(*Retrato do Brasil*)。

《蔗渣堆》是巴西“30一代”东北部文学的奠基之作，其问世标志着巴西文学创作从现代主义先锋派到现代纪实文学的转向，也意味着巴西作家的

① Oswald de Andrade, *Obras completas Vol 6 - Do Pau-Brasil à Antropofagia e às utopias*, Rio de Janeiro: Civilização Brasileira, 1970, p. 15.

② 如若泽·德·阿伦卡尔笔下象征着美洲的伊拉塞玛。

③ 如马里奥·德·安德拉德的代表作《玛库纳伊玛》便取材于德国民族志学家特奥多尔·科赫·格林贝格（Theodor Koch-Grünberg）对亚马逊地区（包括委内瑞拉、玻利维亚）的研究。在这本书的前言中，马里奥·德·安德拉德明确提到玛库纳伊玛“甚至不能说来自巴西”（Mário de Andrade, *Macunaíma*, Rio de Janeiro: MEDIAfashion, 2008, p. 192.）。

目光终于从里约等大都市或遥远的亚马孙丛林中收回，切实瞄准了巴西最广大民众的日常生活。对于这本书的重要性，亚马多后来曾回忆道：

> 1928年，若泽·阿梅里科·德·阿尔梅达的长篇小说《蔗渣堆》问世，这部作品使我们感到异常兴奋，因为我们从他的这部小说中看到了我们的全部追求。若泽·阿梅里科·德·阿尔梅达做了前人从未做过的事情，他向我们讲述了巴西的现实、农村的现实。《蔗渣堆》一书对我们产生了极大的影响。[①]

《巴西肖像》则以“论巴西的忧郁”为副标题，开篇便将造成巴西人忧郁的矛头指向欧洲殖民者，指出文艺复兴一旦为其“打开西方监狱的大门”，他们便“向弱者宣战、向贫者宣战、向病者宣战”[②]。而巴西的整个国土都曾被欧洲“暴力无度的入侵者”[③]占领，他们播下了纵欲贪婪的种子，其后代对欧洲大陆有着无法排遣的“思乡”之意，每每用浪漫想象来替代对现实的判断。《巴西肖像》对20世纪二三十年代之交的巴西影响深远。如果说，在这之前，巴西知识分子或者着眼不可实现的未来，幻想巴西与欧洲融为一体；或者回溯不复存在的过去，试图否认欧洲文化的主导力量。保罗·布拉多则用不可辩驳的事例告诉他们：从殖民进程开启的那一刻，欧洲文明便用强力重塑了美洲，深深影响到这里的经济与文化生活，巴西一直以来面临的种种问题都与葡萄牙等欧洲国家脱不开关系。这无疑打开了一条建设巴西文化的新路径，因为直到那时他们才真正意识到，巴西不仅无法也无须成为欧洲，欧洲还应为巴西的现实负责。西方不再是模仿或超越的对象，而是抵抗与防备的对手。只不过，在如此长久深远的欧洲影响之下，抵抗防备也显得无比艰难，这让巴西知识分子深感无力与迷茫。

---

① ［巴］若热·亚马多著，孙成敖译：《我是写人民的小说家》，昆明：云南人民出版社，1977年，第87页。
② Paulo Prado, *Retrato do Brasil*, São Paulo: IBRASA, 1981, p. 18.
③ Ibid., p. 27.

欧洲阴影下的《狂欢节之国》

《狂欢节之国》恰恰诞生在这样一个忧虑与反抗并存的时代，它与《巴西肖像》之间的联系似乎不言自明。[①] 在人物设定上，《狂欢节之国》的主人公保罗·里格（Paulo Rigger）恰似作者亚马多与保罗·布拉多的结合体。除作家身份外，布拉多还是一名咖啡种植园主，同时也是1922年巴西现代艺术周的主要赞助人。里格同样兼具文人与庄园主的双重身份，在写作的同时资助同伴的文艺创作，只是因为亚马多将故事背景设置在故乡巴伊亚，主人公的收入来源也从咖啡变成了可可。[②] 除人生履历方面的相似之外，理念上的共鸣是《狂欢节之国》主角与《巴西肖像》作者之间更重要的联系。保罗·里格既表现出对巴西纵欲贪婪的批判，又流露出对国家未来的担忧。然而，就在他批判的同时，他本人仍坦然享受着奢靡富庶的生活，沉溺于感官情欲的冒险，仿佛他自己便是其批判对象的化身，使他对国家的忧思也不免带有某种高人一等的顾影自怜。这种巴西知识分子身上的浪漫主义倾向，正是保罗·布拉多在《巴西肖像》中早已批判过的：

> 浪漫主义者热爱自身的痛苦。这是其最丰盛的灵感来源。……事实上，浪漫主义正是悲伤的创作者，忧虑于人类的不幸、事物的无常，更悲哀于鲁贝尔（Joubert）所谓不可承受的欲望——希望在

---

① 多位研究者都曾指明这一联系。参见 Luciana Stegagno Picchio, “Il Paese del Carnevale: un topos di Jorge Amado”, in Jorge Amado, *Il Paese del Carnevale*, Milano: Garzanti Editore, 1984; Ana Paula Palamartchuk, *Ser intelectual comunista: escritores brasileiros e o comunismo*, 1920-1945, Tese de Doutorado Unicamp, 1997; Sandra Bagno, “Para uma gramática brasileira do pensamento decolonial: de alcunhas inaceitáveis como *O país do carnaval* ao *Brasil, um país do futuro* como manifesto contra o racismo”, in *Revista da Anpoll*, 2018, 1(47), pp.18-36。

② 在巴西历史的各个阶段，其支柱产业与区域发展之间有着清晰的对应的关系。如16—17世纪的蔗糖种植带动了东北部伯南布哥的兴起；18世纪的黄金矿业促进米纳斯·吉拉斯的发展；19世纪下半叶起，圣保罗地区的咖啡逐渐成为巴西经济的命脉，而20世纪的前几十年中，巴伊亚的可可也一度在巴西经济中占据了重要份额。

一个想象的世界中寻得幸福。[①]

这在一定程度上揭示了《狂欢节之国》中各主要角色焦虑的核心。在小说中，保罗·里格和他的朋友们一边尝试在哲学、爱情、家庭中寻找幸福，一边断言只有蠢货才配得到幸福，从而将自己与普罗大众区分开来。虽然叙事者未曾明说，但这种矛盾感无疑来源于自我身份的异位，他们实质上都是在祖国生活的外来游子，正如若干年后塞尔吉奥·布阿尔克·德·奥兰达（Sérgio Buarque de Holanda）在《巴西之根》中所谈论的那样：

> 我们从遥远的国度带来我们共存的方式、我们的制度、我们的思想，并妄想在一个常常不利甚至与之敌对的环境中维持这一切，所以我们至今仍是自己土地上的流放者。[②]

作为一个在法国游学 7 年、刚刚回归故土的年轻人，保罗·里格便是这类流放者的典型代表。《狂欢节之国》的开篇与钱锺书的《围城》颇有几分相似：一艘从法国出发的轮船缓缓驶向巴西海岸。在闷热的气息中，外国人与巴西人一同聚集在甲板上，吹风、休憩、闲聊。但与《围城》围绕本国人展开的情节不同，在亚马多笔下，一个名叫朱莉的法国女郎率先吸引了读者的注意。她美丽优雅，又见识广博，在她身边，十几个巴西和阿根廷的男性旅客赌咒发誓，表明愿意为她付出生命，而“这一切都是用半生不熟的法语说出来的”[③]。对于这种牺牲自身利益来谄媚外来者的行为，亚马多显然持批判态度，以漫画般讽刺夸张的笔法描绘从欧洲归来的富人、政客及外交官。此外，他还专程写到这些人楚楚衣冠下的汗流浃背，因为他们都穿着在伦敦或巴黎高价定制的厚重衣物。虽然没有明说，但这些贵重华服无疑不适合巴西的热带气候，正如欧洲的制度、思想及生活方式同样会水土不服。

① Paulo Prado, *Retrato do Brasil*, São Paulo: IBRASA, 1981, p. 127.
② Sérgio Buarque de Holanda, *Raízes do Brasil*, São Paulo: Companhia das Letras, 1995, p. 31.
③ Jorge Amado, *O país do carnaval*, São Paulo: Companhia das Letras, 2011, p. 13.

与此同时，作为占据优势的一方，朱莉坦然接受这些“热带人”的恭维，但对眼前这群欧洲文化的蹩脚模仿者并无兴趣。保罗·里格的命运则不同，他获得了朱莉的青睐，因为他几乎已经变成一个彻头彻尾的法国人，却又对欧洲生活感到厌倦，这引起了朱莉的好奇。事实上，为了满足父亲临终的遗愿，里格年少时便前往法国学习。他在巴黎知识界拥有固定的社交圈，足迹遍布贵族沙龙与下等酒馆。然而，尽管在法国的生活满足了他全部的欲念，这种餍足却令他感到悲伤与迷茫。

可以说，此时的保罗·里格对自己“流放者”的身份已经有些许意识，并因此感到不适。他极力想摆脱法国生活留下的印记，也一直在试图抗拒朱莉的肉体诱惑，却每每以失败告终。他的数次挣扎也像一个隐喻，暗示了巴西部分精英群体逐渐意识到欧洲殖民的不利影响，却无力反抗。在保罗与朱莉拉锯战的第一回合，两人在驶向巴西的轮船上首次相遇，法国女郎主动发出邀请，保罗·里格却未曾赴约，原因有两点：一是因为惧怕——“惧怕她的眼睛”——担心朱莉会像疥疮似的缠上他；二是因为倦怠——“她能为他带来什么新鲜感呢？”①。此时的里格还未从久居异国的思乡之情中抽离出来，脑子里还是“回到祖国之后，要进入政界，创办一份报纸，提升巴西名誉”②等充满热忱的想法。但刚刚回到巴西的土地，现实便浇灭了他的爱国热情：

> 保罗·里格在街上漫无目的地走着。他自觉是自己祖国的陌生人。他感到一切都变了……如果在里约尚且如此，那巴伊亚又会怎样呢？他本打算在那里定居，陪伴自己年迈的妈妈……他能够生活下去吗？他开始无比想念巴黎……③

对巴黎的想念伴随着与朱莉的重逢，这绝非偶然。保罗·里格也毫不意外地放弃了抵抗，沉溺于同朱莉的男欢女爱之中，并曾因她妒火中烧。然

① Jorge Amado, *O país do carnaval*, São Paulo: Companhia das Letras, 2011, p. 17.
② Ibid., p. 23.
③ Ibid., pp.18-19.

而，在时隔 7 年再次回到父母家中后，情感上的震动又使他重新获得了在故乡生活下去的信心，也让他将幸福的希望寄托在平和的家庭生活中。与此同时，法国再次成为他急切希望摆脱的枷锁："巴黎从未向他展示过生活的意义。只是满足了他的肉欲。"[①] 与此同时，他也打算抛下朱莉，因为"对他而言，朱莉代表着与巴黎的联系"[②]。然而，这次短暂的决心在当天下午就动摇了。仅仅跟母亲等人略微谈起巴黎的生活之后，保罗·里格便又想念起这个代表着他与欧洲连接的法国女人。于是，为了让自己的选择显得合理，里格不得不自我暗示，相信朱莉是真的爱他。但不久之后，当二人一起来到里格在乡间的农场，朱莉便迅速迷恋上一位体格健硕的农场工人，相比较而言，里格只有"过度文明的虚弱臂膀"[③]，遭到背叛顺理成章。一位法国女郎千里迢迢来到巴西，寻找的自然不是一个欧洲翻版，而是某种能够为她俘获驱使的异域风情。最后，农场工人也确实因为屈服于朱莉的诱惑，而遭到了驱逐与清算，他在城市的一处房产也在里格的授意下遭到查收，导致他正在读书的女儿失去了经济来源。

陷入情网的保罗·里格自我欺骗，一厢情愿地认为自己是朱莉深爱之人，这与部分巴西知识分子自我代入成欧洲人的做法颇为相似。其共同的逻辑误区在于：因为自己对强势一方有所倾慕，便笃定对方也会做出回馈，或毫无保留地接纳自己。因此，在朱莉的故事结束之后，亚马多便安排书中的几位巴伊亚知识分子代表聚集起来，围绕国情、社会进行讨论。对于巴西未来的命运，包括里格在内的所有人都抱着一种看客心态，甚至因巴西跌入深渊的可能性而发笑。在众人之中，戈麦斯说得最为直接："我出生在巴西。但我的学习培养都是法国式的……我能成为今天的样子，全都依仗法国。哪里才是我的祖国呢？在一场巴西对抗法国的战争里，我应该为哪一方战斗

① Jorge Amado, *O país do carnaval*, São Paulo: Companhia das Letras, 2011, p. 39.
② Ibid., p. 31.
③ Ibid., p. 49.

呢？”[①] 这一透露“叛国”可能的宣言没有引起任何人的反驳或追问，大家自然过渡到了对政治制度的讨论，也反映出彼时一批巴西精英的普遍心态。

如果说，在同朱莉的感情故事里，亚马多主要展示了摆脱法国文化影响的困难，那么在里格的第二段爱情冒险中，探讨的便是拥抱本土文化的阻力。在与朱莉分开之后，里格仅仅消沉了一段时间，便开始与巴西姑娘玛利亚·德·洛德斯交往。洛德斯的美不似朱莉那般绚丽张扬，她贫穷而又内敛、温柔而又悲伤，一双大眼睛始终雾气蒙蒙，发色在栗色与金黄间变幻不定，仿佛单纯无邪，却又令人捉摸不透。保罗·里格将自己对爱情的全部憧憬投射在洛德斯身上，将她视为理想的化身。也只有在这一时期，里格得以全然无视外来文明的影响，甚至在同洛德斯的蜜月规划中都不曾考虑欧洲，因为他认为自己“已经解决了生命的问题，达到了最终目的”[②]，也就不愿再回到旧世界那充满疑虑与漠然的“作坊”里了。与之相对的，是巴西本土的吸引力急剧扩大，以致里格想在自己的农庄中度过蜜月，并在那里持续幸福下去。

然而，一切过度理想化的美梦都终将被现实击碎，这正是自阿伦卡尔（José de Alencar）以降，浪漫主义的爱国情怀在巴西无法走通的原因。保罗·里格无法接受带有缺憾的现实，因此他放弃了已不是处子之身的洛德斯，尽管他明白这并非洛德斯的过错，而是他败给了自己一贯鄙视的陈规旧俗。为了让里格从自责中解脱出来，好友若泽·洛佩斯发表了这样一番论述：

> 我们不可能如此轻松便战胜社会习俗。……它身上蕴含着19个世纪以来积攒的力量。是种可怕的遗存。[③]

或许没有比“可怕的遗存”更能准确形容欧洲殖民历史在巴西留下的痕

① Jorge Amado, *O país do carnaval*, São Paulo: Companhia das Letras, 2011, p. 49.
② Ibid., p. 81.
③ Ibid., p. 71.

迹，因为即使在葡萄牙的政治统治结束之后，以英法两国为主的经济与文化操控也未曾停歇。事实上，就连巴西独立都是在英国的支持下实现的，因为充当里斯本与里约热内卢之间调停者的，正是英国外交大臣乔治·坎宁。脱离葡萄牙的控制之后，巴西大举引进欧洲艺术，在位近50年的皇帝佩德罗二世正是最知名的法国文化拥趸。来自旧世界的影响源远流长，渗入到巴西社会的各方各面。因此，即使20世纪二三十年代的巴西知识分子已经意识到这一问题，也无法立即找到方法，来战胜此类可怕的遗存。那时亚马多还不满20岁，自然也不可能给出确切的解决方案，他所能做的，仅仅是记录下巴西知识分子彼时的焦虑与无措。正是在这个意义上，这部小说的编者、同时也是巴西当时最具影响力的出版人施密特（Augusto Frederico Schmidt）在前言中写道：

> 这本书需要以一种全然不同于看待虚构作品的视角来看待。它首先是对我们当前情况的有力记录。我们这群巴西的年轻人自我封闭，找不到出路。我们迷失在这样一片土地上，在这里我们始终觉得自己是多余的。①

既然是对一代人的精神记录，自然不会只有一个主人公。因此，在《狂欢节之国》中，除保罗·里格之外，还有几位主要角色，他们共同组成了一个文人圈子。其中，佩德罗·蒂西亚诺最为年长，大多数时候都充当着精神导师的角色，其思想上最大的特点便是对怀疑论的坚持，或者说对现状的放任。在面对现实困境时，他认为一切道路皆不可行，无欲无求、得过且过才是最好的状态。其他人的观点也各有不同：戈麦斯鼓吹金钱是一切的基础；热罗尼莫接受了宗教带来的慰藉；里卡多·布拉斯认为浪漫爱情是人类幸福的源泉；而若泽·洛佩斯则主张在哲学中寻找答案。保罗·里格多多少少受

① Augusto Frederico Schmidt, "Apresentação de um escritor estreante", in *Jorge Amado: 30 anos de literatura*, São Paulo: Livraria Martins Editora, 1961, p. 55.

到他们的影响，享受他们的陪伴。不仅如此，由于此时精英与大众之间巨大的差距——蒂西亚诺就常常说只有普通人才能得到幸福，而不幸正是知识分子的特权——，或许只有在他们身上，里格才能体会到“祖国”或“同胞”的真正含义。然而，这也意味着，在里格与真正的巴西大众之间，隔着一条无法跨越的鸿沟。

然而，在小说结尾，蒂西亚诺因病去世；戈麦斯成为政界与报业的掮客，与朋友渐行渐远；热罗尼莫完全放弃了成为知识分子的理想，满足于过上安稳平庸的生活；里卡多·布拉斯为养家糊口前往小城任职，过得并不幸福；若泽·洛佩斯在哲思中感觉到幻灭，转而变成一个名义上的共产主义者，但事实上他毫无信念，只是将此作为迷惑自己、逃离现实的手段。因此，对于《狂欢节之国》的主人公而言，一切现成的答案都宣告无效，巴西的不幸亦无法纾解。保罗·里格似乎成为孑孑独行的悲剧英雄，正如他本人的自白所言：

> 我走到了极为不幸的境地……我是我这一代人的绝佳代表，痛苦的一代人，见证了民主制度最后的叹息与共产主义最初的啼哭。承上启下的一代。受苦受难的一代。我迷失在怀疑的黑夜，日渐消失。看不见的臂膀拥抱着我。……也许只有我们的孙辈能解决这个问题。……我们因我们的祖辈和孙辈痛苦。[①]

在过去几百年的历史中，政治或文化殖民给巴西留下了难以抹去的伤痕，就像祖辈留下的诅咒；而此时逐渐觉醒的知识分子却无法将现有困境原封不动地传递下去，他们注定成为率先向时代宣战的一代。也只有当一代知识分子真正经历过痛苦的蜕变之后，巴西才能真正迎来曙光。然而，在1930年这个急速转变的时代风口上，大多数巴西传统文化精英却并没有足够的勇气，无法宣告与过往的彻底决裂。因此，在肯定现有手段都无法帮助

① Jorge Amado, *O país do carnaval*, São Paulo: Companhia das Letras, 2011, p. 113.

巴西摆脱困境之后，保罗·里格想到的第一件事就是逃离。他决定回到欧洲，以便忘记一切，重新变得高贵、优雅、冷静、淡薄。在离开的那一天，他就像一个打了败仗的逃兵，无能而又愤怒，狼狈地从狂欢节喧闹的人群中穿过，最后一刻才登上前往欧洲的轮船。一切都仿佛是他归国时的样子，但他再也不可能回到彼时的心境。在甲板上，他将狂欢的都市同自己的灵魂进行比对，发现两者都布满阴影。当城市的阴影随着灯光亮起而一扫而空时，保罗·里格注意到正张开双臂庇佑里约的耶稣像。船只起航，"狂欢节之国"在视线中逐渐消失，他举起双臂，向耶稣像发出恳求：

> 圣主，我想做一个好人！圣主，我想变得平静……[①]

亚马多的处女作在这里戛然而止，这一结尾也被公认为是作者在宗教中寄托希望的证明。尽管我们在上文中已经提到，亚马多在书中特别强调了自己的中立态度，因此将书中人物表现理解为作者立场恐怕会略显武断，但不可否认的是，这一时期的亚马多确实同一批天主教作家走得很近，其中就包括他日后在意识形态上最主要的对手之一奥塔维奥·德·法利亚（Otávio de Faria）。在评价亚马多的这部作品时，法利亚赞赏有加，认为这无疑是"一部伟大的长篇小说"[②]，体现了"对'当下'悲痛的挣扎"[③]。事实上，就在《狂欢节之国》问世的同年，法利亚也出版了论著《马基雅维利与巴西》（*Machiavel e o Brasil*），并就巴西现实问题表现出与亚马多相似的态度，毫不留情地指出：

> 直到今天，除了模仿外国，我们一无所成……无论有意还是无意，我们总是在向外看，在远方、在其他国家寻找我们自身问题的

① Jorge Amado, *O país do carnaval*, São Paulo: Companhia das Letras, 2011, p. 116.
② Ibid., p. 61.
③ Ibid., p. 63.

解决方式。[①]

由此可见，外来文化的威胁确实已经成为彼时巴西知识分子的共识，巴西作为“西方”的身份也开始发生根本性动摇。余下的，便是如何寻求另一种身份来作为替代。针对这个问题，以法利亚为代表的天主教作家自然选择在信仰的普适性中寻求出路，而亚马多却与原先的伙伴们分道扬镳，走上了另一条道路。如果将保罗·里格最后的恳求视为对宗教的皈依，不免会认为亚马多的这一转变十分突兀，但部分学者也为我们提供了另一种解读《狂欢节之国》结尾的方式。如苏亚雷斯（Marcus Vinicius Nogueira Soares）便强调，保罗·里格之所以主动选择离开巴西却又悲不自胜，是因为他终于明白，身为精英的自己无法认同巴西大众的生活，正是在回归祖国的两年中，他确认被判处了流放：

> 通过主人公的人生道路，我们可以说，流放主题在此处并非以远离故土……来实现，而是通过阶级的错位来体现。换言之，想要理解祖国的尝试与巴西社会的结构性错位相矛盾，并由此决定了主人公的文化视角：里格所解读的国家就像任何一个陌生国家一样，与他毫不相关。[②]

这也就解释了，为何当他看到耶稣像张开怀抱，庇佑未受洗礼的城市时，眼中的悲伤会达到顶点。他深知自己无力打破与大众之间的隔阂，正如他无法认同掺杂了非洲宗教信仰的天主教，无法接受嘈杂且混乱的狂欢节。因此，他只能临阵脱逃，继续做一个富有却懦弱的流亡者，任凭自己与祖国——“狂欢节之国”——渐行渐远。

① Octavio de Faria, *Machiavel e o Brasil*, Rio de Janeiro: Civilização Brasileira, 1933, p.153. apud Lúcia Lippi Oliveira, “O romance e o pensamento político nos anos 30”, in *Revista de Ciências Sociais, Fortaleza*, 1981-1982, 12/13(1-2), p. 157.

② Marcus Vinicius Nogueira Soares, “Romances de exílio: *O mulato*, de Aluísio Azevedo, e *O país do carnaval*, de Jorge Amado”, in *Anais do SILEL*, 3 (1), Uberlândia: EDUFU, 2013, p. 10.

表面上看，《狂欢节之国》结尾里格的出走与其爱情经历的不幸直接相关，但事实上，就其懦弱犹疑的性格而言，即使爱情美梦未曾碎裂，他最终选择留在巴西，也不免走向悲剧的结局。关于这一点，我们在亚马多的第二部长篇小说《可可》中可以窥见一斑。

《汗水》浇灌的《可可》与阶级意识的诞生

《可可》出版于1933年，与《狂欢节之国》仅仅相隔两年。两书的叙述主体与视角极为不同。在1931年出版的处女作中，有一位全知全能的叙事者，所有故事都围绕着巴西精英阶层的知识分子展开；在两年后出版的这部巴西无产阶级小说的奠基之作里，则采取了第一人称的叙述，主人公也变成了可可庄园中的普通工人。然而，正如《狂欢节之国》结尾隐隐透露出精英与大众之间的阶级鸿沟，《可可》开头也对知识分子的软弱无用做出些许暗示。因此，这两部作品乍看差距甚大，实则密切衔接。

《可可》的主人公名为若泽·科尔德罗，受雇于以剥削劳工闻名的庄园主马努埃尔（绰号“灾星马内”），不仅耳闻目睹了底层人民的不幸，更亲身感受到被上层阶级压榨的屈辱。但他并非天生穷苦，反而曾享受过优渥的生活，只是在父亲去世后遭遇变故，才不得不“出租”[①]自己，到“灾星马内”的可可庄园做工。在科尔德罗的童年回忆中，他的父亲温和善良，尽管身为工厂老板，却展现出典型的文人气质：

> 他是在欧洲受到的教育，习惯于到处旅行，深入地观察和研究过世界的一些地方。他喜欢古老的艺术品，喜欢易受损坏的物件和生性柔弱的人，喜欢一切能使人产生病后初愈或是濒临死亡念头的事物，也许正基于此，他爱上了我的母亲。母亲瘦弱而苍白，仿佛

① 在20世纪初的可可种植区，受雇于庄园主的劳工就被称为“出租者”，《可可》中也专门讲到这一点。

永远像个久病初愈的患者。[①]

不仅如此，科尔德罗认为他们之所以会在童年生活的小城安家，也是因为"这里安谧、宁静。父亲已经厌倦了旅行和冒险，处于停滞状态的凄凉城市反倒使他看着舒服和精神欢畅"[②]。仅通过寥寥几笔，亚马多便勾勒出一个立体而又矛盾的人物。从表面上看，这位父亲是一个正面形象，关爱妻儿、厚待劳工、醉心艺术，与其贪婪粗俗的哥哥形成鲜明对比；而实际上，他的一切都与"衰败""死亡"紧密相连，无力拯救或保护任何人，就连最后英年早逝、工厂被哥哥夺去，也似乎早已命中注定。从这个意义上说，科尔德罗的父亲就像《狂欢节之国》中的那群知识分子。倘若保罗·里格当真与洛德斯结合，或许便会留在巴西内陆，成为一个类似的角色。这证明了《狂欢节之国》与《可可》之间的传承关系。

巴西精英及其后代一贯享有特权，若想迫使他们真正走上变革的道路，一场剧烈的危机必不可少。就社会背景而言，1929 年经济大萧条极大影响了巴西市场，咖啡、可可的价格与出口量都严重下降；1930 年瓦加斯通过政变上台开启独裁统治，政治、宗教与言论自由进一步收紧；1932 年圣保罗立宪革命爆发，地方政府与联邦政府之间的冲突愈发显著——种种事件迫使知识分子不得不选定立场、采取行动。就小说的情节设置来说，若泽·科尔德罗自幼失去家产，因此，他不可能像保罗·里格等上层精英一样，置身事外地分析大众阶层的问题；也不可能像他的父亲一样，仅仅对穷人施以同情——他不得不亲身经历无产阶级的困境：

父亲死了，伯父又宣告我们破了产，于是我们就搬到斜坡地尽头上的一间小房子里，使我离工人村里的无产阶级要比离衰败的圣科里斯托旺城里的贵族们近多了。[③]

① ［巴］若热·亚马多著，孙成敖译：《可可》，《外国文学》1985 年第 8 期，第 60 页。
② 同上。
③ 同上书，第 61 页。

随着主人公身份的转变，读者也渐渐将目光从贵族精英身上移开，转而贴近无产阶级的日常生活。这一转换对于巴西文学发展具有重大意义，也标志着一种新式巴西社会认同的诞生。在此之前，文人政客尽管也关注底层人民贫穷困顿等问题，但却往往将其归咎于部分贵族精英的道德缺陷，底层问题仅仅是上层设计的副产品，普通民众从来都未能进入巴西文学的主流叙事。而当亚马多在《可可》开篇询问这是否算一部无产阶级小说时，其以无产阶级为主体的叙事意图溢于言表，以至于这一设问就像是在自我吹捧。若热·德·利马对此给出了直接回应：

> 亚马多的对话浑然天成……让我们觉得那就是可可工人或纺织工人会说的话。因此我觉得若热·亚马多在图书开篇的问题狂妄自大又令人不快。……我们只能用力地赞美你："没错，你写出了一部无产阶级小说。你是第一个这么做的。"①

需要指出的是，亚马多并非第一个宣称创作了"无产阶级小说"的巴西作家。在《可可》出版的数月之前，帕德里西亚·加尔旺（Patrícia Galvão，又名 Pagu"帕古"）出版了《工业园》(*Parque Industrial*）一书，封面的副标题便是"无产阶级小说"。然而，尽管《工业园》聚焦于底层女工的生活，写作技法上却更接近于现代主义先锋派，这种内容与形式之间的矛盾招致了许多争议。在肯定《可可》的创作价值时，巴西著名诗人穆里洛·门德斯（Murilo Mendes）专门提及了这一点：

> 帕古的最新创作就非常典型。"无产阶级小说"，女作家在《工业园》封面上宣称。这是不对的。其实那是一个小资产阶级印象主义的报道，作者想要完成飞跃，但并未完成。……但《可可》这本书就足够扎实。作者检视了可可庄园劳工的生活，对这个问题有着

① Jorge de Lima, "Nota sobre *Cacau*", in *Jorge Amado: 30 anos de literatura*, São Paulo: Livraria Martins Editora, 1961, p. 67.

广阔的视野，而且并未牺牲人们对于精彩剧情的兴趣……情节鲜活、对话自然。人物极具现实感。[1]

上述对帕古的批评恰恰也符合卢卡奇关于“现实主义”与“表现主义”的讨论，后者正符合现代主义先锋派的特征。[2] 因此，即使同样作为聚焦底层生活的小说，帕古的作品明显更抽象、破碎，而亚马多的小说则具备极强的拟真性与整体感，也因此发挥了更大影响力。诚然，彼时巴西文坛对于《可可》也并非只有称赞，但那些负面评价大多集中在语言粗俗、道德败坏、立场先行等方面，反而从侧面印证了它不同于传统资产阶级文学的属性。为了更好地说明这一点，我们可以将《可可》同5年前出版的《蔗渣堆》做一番对比。

我们之前提到过，在巴西文学史的主流划分中，这两本书同属于“‘30一代’东北部社会小说”的范畴。与此前的巴西文学创作相比，这一类小说的典型特质包括：更加自然的日常语言运用、针对区域问题的平权态度以及对于最新社会学研究的借鉴等。然而，尽管怀着还原现实的目的，《蔗渣堆》的故事依旧主要集中在庄园主达戈贝托与他的儿子卢西奥身上，开篇便是庄园主吃完早饭，百无聊赖地凭窗远眺，看到一群灾民正在缓慢前行，他们“没有性别，没有年龄，没有身份，只是一群逃荒者，别无其他”[3]。与父亲的冷漠态度不同，卢西奥对这群逃荒者同情而又好奇，因为长期离家求学，他对庄园里的一切都怀有一种社会调研般的探究，但终究无法感同身受。因此，尽管《蔗渣堆》致力于再现东北部蔗糖产区的穷苦生活，其描述口吻却分外疏离，是一个外来者观察之后的客观总结。

① Murilo Mendes, “*Cacau*”, in *Jorge Amado: 30 anos de literatura*, São Paulo: Livraria Martins Editora, 1961, p. 72.

② 中国社会科学院外国文学研究所外国文学研究资料丛刊编辑委员会编：《卢卡契文学论文集（二）》，北京：中国社会科学出版社，1981年，第1—33页。

③ José Américo de Almeida, *A bagaceira*, Rio de Janeiro: José Olympio, 1980, p.8.

庄园主对灾民的“凝视”[1]无疑体现出两者之间的权力关系，无论这种目光是冷漠还是好奇，后者都只能默默承受而无力行动。而在《可可》一书中，叙事的主体变成了雇佣劳工，庄园主一家反而成为被观察研究的对象，这种转变赋予底层大众以话语权，也有助于以更加生动鲜活的方式展示普通劳动者的日常生活。亚马多将自己与庄园雇工的相处观察内化至小说的语言描绘之中，仿佛直接把读者置于一群体力工作者中间。然而事实却证明，对于巴西大多数民众所过的真实生活，当时的许多精英根本无法接受。

根据巴西国家地理统计局的调查数据，20 世纪 30 年代巴西文盲率约在 60% 到 70% 之间，穷人的识字率只会更低。因此，对于不得不“出租”自己的庄园雇工而言，能读会写便十分难得，接受过正规教育更是难以想象的事情。在为“灾星马内”工作的人中，除了出身特殊的主人公科尔德罗之外，只有一人也上过学，就是率先踏上革命之路的科洛迪诺。在他们身边，所有可可农场的工人都错字连篇，连话也说不准，比如总将“欧洲”（Europa）说成“沃州”（Oropa），将“女儿”（filha）说成“妞儿”（fia）。与此同时，这些劳工也并不会使用委婉说辞，脏话粗话随口就来，甚至连日常寒暄都满是侮辱性词汇，如第一章中两名庄园雇工见面时的寒暄：

“喂！脚夫的婆娘！”

“最近还好吗，修枝工的姘头？”

“还好吗，你妈？”

“你妈蔫了……”[2]

这段话在受过教育的人听来极为刺耳，尤其考虑到这两名工人都是男性，亦能看出对同性恋行为的影射与调笑。这便引出了第二个问题，也即亚

① “凝视”是当前文化批评的重要范式，与“自我 / 他者”“主体 / 客体”研究具有密切关系。在《西方文论关键词》中，陈榕对“凝视”做出了概括性的定义：“凝视是携带着权力运作或者欲望纠结的观看方法。……观者被权力赋予‘看’的特权，通过‘看’确立自己的主体位置。”（陈榕：《凝视》，赵一凡等主编：《西方文论关键词》，北京：外语教育与研究出版社，2006 年，第 349 页。）

② Jorge Amado, *Cacau*, São Paulo: Companhia das Letras, 2010, p. 124. 在中译本中，这段对话的后两句删节了。

马多对虚伪的资产阶级性道德的批判，因为在亚马多作品中，与性爱相关的描写往往会引起相当大的争议。不少人指责亚马多在写作时全无顾忌，却无视有些现象早已是众人皆知的事实。一方面，上层统治者对底层人民的性剥削由来已久，受殖民历史及奴隶制影响，面对庄园主等人的诱惑或强迫，底层女性通常很难反抗。而在奴隶制废除之后，底层女性与庄园主之间并无人身契约关系，也没有其他的工作技能，倘若因失身于庄园主而失去组建家庭的机会，便只能沦为妓女。另一方面，人数众多的男性雇工由于酬劳过少，也很难过上正常的家庭生活，便只能花钱买春。这两方面的原因导致当地卖淫情况泛滥，所以《可可》中的人物才会对此习以为常。

无论是粗俗的语言对话还是直白的性事描绘，《可可》中展现的现实都是巴西执政者所不愿见到的。因此，这本书出版之后便被迫下架，依靠政府内部的人情疏通才得以上市。而在短短一年之后，亚马多便出版了第三部作品《汗水》，比《可可》更加“伤风败俗”。如果说，在《可可》出版时，著名的天主教诗人穆里洛·门德斯还会强调书中的“脏话是必要的”①，在评论《汗水》时，则连与亚马多同一阵营的左翼评论家阿德巴尔·茹雷马（Aderbal Jurema）都不得不指出：

> 《汗水》中的部分描写略显夸张。倒不是说色情，因为穷苦阶层的讲话方式恰似亚马多在书中所写的那样。但我们认为只有在无法避免的情况下，才应当使用色情，这种元素才能呈现更强的表现力度，更符合现实主义。若非如此，那就毫无必要，是有害的放荡，起到了反革命作用……②

以露西娅·米盖尔·佩雷拉（Lucia Miguel Pereira）为代表的天主教批评家则更加不留情面，直言“我无法认同无产阶级文学就是展示粗俗”③。在

① Murilo Mendes, “*Cacau*”, in *Jorge Amado: 30 anos de literatura*, São Paulo: Livraria Martins Editora, 1961, p. 72.
② Aderbal Jurema, “O novo romance de Jorge Amado”, in *Boletim Ariel*, Set., 1934(12), p. 331.
③ Lucia Miguel Pereira, “Livros”, in *Gazeta de Notícias*, Out. 1934(18), p. 16.

此基础上，这位巴西20世纪上半叶最具影响力的女批评家进一步指出，亚马多过度强调底层人民的悲伤愤怒，是“只见大众而无视个体”的民粹主义，忽略了劳动阶级也可保有才能、智慧与美德。在谈论亚马多对资产阶级的抨击时，佩雷拉也提出了相似的观点：

> 有产者享有一种形势，对他形成了不公正的保护，但这不意味着他必然腐败暴虐。他同样被拴在并不由他创造的社会齿轮上。在阶级层面上他是压迫者，但在个体层面上他是被压迫的人。①

事实上，佩雷拉同样承认巴西社会“满是弊端”，但她一方面不愿用“群体”去淹没“个体”，一方面又不愿任何“个人”为此类弊端负责，所以直到最后也未给出可行的解决方案。而这种优柔寡断的精英意识，正是亚马多自《可可》之后便一直批判的。

尽管佩雷拉对亚马多的批评颇为值得商榷，但她对于个体与集体关系的强调却无疑点出了《汗水》一书的核心特点。在这本书中，亚马多完全摒弃了以某个主人公为核心展开叙事，而是将笔墨分配到各个人物身上。他们全都租住在萨尔瓦多市佩洛林尼奥斜街68号一栋破旧的居民楼内，共同组成了巴西城市底层的生活切面。通过这种方式，亚马多其实是在有意识地消除英雄人物的影响，从而将历史（也即大写的故事）②的主导权交还到大众手中。这一做法也受到其他文学批评者的重视，如米埃西奥·塔提（Miécio Táti）便指出这是一部“以大众为主角的小说”，其中“近景的人物消失，占据主导的是匿名集体”③；而爱德华多·德·阿西斯·杜阿尔特（Eduardo de Assis Duarte）则认为《汗水》对人物的刻画极少，“是为了突出社会经济因素对其存在的掌控”④。

---

① Lucia Miguel Pereira, “Livros”, in *Gazeta de Notícias*, Out. 1934(18), p. 16.

② 在葡萄牙语中，首字母大写的História表示“历史”，而小写的história则代表“故事”，这种近似性在讨论亚马多小说时极有启发，因为其故事既反映了历史，也构成了历史。

③ Miécio Táti, *Jorge Amado: vida e obra*, Belo Horizonte: Itatuaua, 1961, p. 62.

④ Eduardo de Assis Duarte, *Jorge Amado: romance em tempo de utopia*, Rio de Janeiro: Record, 1996, p.65.

然而，正如吉尔贝托·弗雷雷（Gilberto Freyre）阐明的那样，亚马多其实并非“摄影师般的现实主义作者”，而是一名“漫画大师”[①]，因此，即便只有寥寥几笔，也足以将每一个人物的特质表现出来。在《汗水》中，从街边卖小吃的黑人妇女到将老鼠视为宠物的肮脏乞丐，都展示出鲜明的身份与性格特点。他们不再是熙熙攘攘却面目不清的穷鬼恶徒，就像《鸽子笼》[②]里富人米兰达眼中的群租者，而是面貌各异却同受压迫的潜在革命力量。这一点同样可以在《汗水》与《狂欢节之国》的对比中体现出来。

读者倘若看过《狂欢节之国》，会觉得《汗水》中位于全书核心的居民楼似曾相识，仿佛那里就是玛利亚·德·洛德斯居住的地方。在这两栋居民楼里，都能看到艰难维生的单亲妈妈、美丽直爽的风尘女子、只会向母亲伸手要钱的阿拉伯青年……而《汗水》前半部分的琳达几乎就是洛德斯的翻版，两人都由教母抚养长大，靠后者缝补衣衫艰难度日，但又拥有良好教养、能够安心上学、无须做工贴补家用。在两位教母眼中，她们就像居住在贫民区的灰姑娘，只需等待白马王子的出现，便能彻底摆脱穷苦的命运。

然而，这两部小说对二人的评价刻画与结局设定颇为不同。在《狂欢节之国》中，洛德斯几乎是纯情与美丽的化身，轻易便俘获了富家公子保罗·里格的心，也得到了小说读者的好感与同情，即使她最终嫁与他人，保罗·里格也对她念念不忘。而在《汗水》里，琳达前期的形象却非常不讨喜。奈尔与朱丽叶塔都曾明确指责她懒惰，批评她自己不工作，只会压榨教母。不仅如此，琳达还一度十分虚荣，宁肯有人生病挨饿，也要鼓动教母捐钱给教会修缮房屋，只因觉得这是“莫大的荣耀”[③]。在这种更具现实主义风格的描述中，琳达并没有洛德斯那般好运，并未找到一个家境优渥又愿意

① Gilberto Freyre, *Interpretação do Brasil: aspectos da formação social brasileira como processo de amalgamento de raças e culturas*, São Paulo: Companhia das Letras, 2001, p. 294.

② 《鸽子笼》（*O cortiço*）是巴西著名自然主义作家阿鲁伊希奥·阿泽维多（Aluísio Azevedo）1890 年出版的小说，以主人公若昂·罗芒建造、发展群租房的过程为核心，展示了富有阶层的贪婪虚伪与穷苦阶层的悲惨命运。亚马多的《汗水》与《鸽子笼》有许多相似之处，比如都以群租房为叙事线索，但在《鸽子笼》中，房东罗芒与富人米兰达构成了更为主要的叙事线索，而《汗水》则分别聚焦于每一位群租者。

③ Jorge Amado, *Suor*, São Paulo: Companhia das Letras, 2011, p. 56.

同她结婚的人。因此，倘若按照这一趋势发展，琳达的最终命运只可能比洛德斯更糟。但在小说后半部分，她却逐渐受到无产阶级革命的感召，放下不切实际的骄傲，主动要求工作，并在教母病倒之后，凭借劳动（而非出卖身体）承担起养家的重任。

如果说，在《狂欢节之国》中，欧洲阴影遮蔽下的巴西完全找不到方向；在《可可》中的农场劳工那里，一条可能的革命之路开始浮现在远方；那么《汗水》中佩洛林尼奥斜街68号的部分租客则已切实行动起来，团结一致地进行自救。在小说最后，包括琳达在内的许多租客都走上街头，抗议警察对罢工者的拘捕，即使有同伴为此牺牲，他们也毫不畏惧。故事最后，租住同楼的蓝衣姑娘告诉琳达，说她马上就要跟自己的老板结婚了，希望琳达也能收获“同样的幸福”。但琳达已经对婚姻带来的阶级跃升毫无兴趣，因此只是“温柔地看着她，紧抱着披风下包裹的传单，走下楼梯。在那里，老鼠正冷漠地来来去去，相互竞逐”[①]。

《汗水》以琳达坚定的革命背影为结局，而读者仿佛看到，在《狂欢节之国》中，选择了另一条道路的洛德斯正缓缓走来。作为巴西本土联结的象征，她不再需要等待一个受过欧洲教育的社会精英前来拯救；恰恰相反，在这位彻底觉醒的革命者眼中，只知空谈的知识分子恰似冷漠的老鼠，他们的辩论看似激烈，实则对于巴西现状改变毫无益处。由此可见，在贴合无产阶级文学主题的同时，无论《可可》还是《汗水》都有意保留了与《狂欢节之国》的关联。在此基础上，通过对主人公身份的借用与转换，亚马多明确指出，巴西绝非知识分子凭空构想的“热带欧洲”，而是一个饱受贫弱与剥削之苦的半殖民地国家。他的创作意图也极为明确，就是要从阶级层面着手，通过描述不同身份与职业群体的日常生活，展示巴西社会的真实状况。

值得一提的是，亚马多在赋予底层人民以主体性的同时，其实也将贫穷落后的巴西从长期的怯懦自卑中解救了出来。而提倡对底层劳动者进行教育

① Jorge Amado, *Suor*, São Paulo: Companhia das Letras, 2011, p. 133.

引导，号召他们团结起来反抗上层统治，也就意味着重塑巴西民族的自我认知，令它得以勇敢地摆脱帝国主义国家长久以来的操控与钳制，取得真正的自由与发展。

因此，尽管《可可》与《汗水》在写作技法上存在瑕疵，影响力也无法跟亚马多后续代表作品相比，甚至连亚马多本人都将它们与《狂欢节之国》并称为“习作”，但这两部书确实展示出从国家建设的格局出发，全面揭示巴西现实的努力。尤其考虑到，在《可可》揭示了乡村劳工的无奈心酸之后，《汗水》便将故事背景换到了巴伊亚州府萨尔瓦多，以求从另一个侧面展现无产阶层所遭受的压迫。在亚马多的后续创作中，也一直保持着这种全局性的写作意识，乡村与城市写作双线并进、彼此交错。直到半个多世纪之后，亚马多出版了其写作生涯中最后的两部长篇小说《大埋伏》（*Tocaia Grande*，1984年）及《圣女消失》（*O Sumiço Da Santa*，1988年），也可以看作是对这两条线索的总结，其中《大埋伏》从乡村的历史形成出发，以悲剧性的城市化结局收尾，更实现了从乡村到城市的过渡，将此前的国家书写形成一个完整的闭环。

然而，在快进到20世纪80年代之前，巴西与亚马多都还有很长的路要走。仅在1935—1946年这12年间，亚马多便创作了6部长篇小说，对巴西的乡村与城市发展进行了系统性的回溯与记录。随着亚马多文坛知名度的提升，其作品也成为国际社会了解巴西的重要路径之一，其中着力展现的贫困、暴力、种族肤色、外国资本操控等问题成为巴西必须面对的困境。与此同时，亚马多的读者也都意识到，发达的西方无法为巴西提供救赎，因为它恰恰是巴西困境的制造者。

第二章　城乡叙事中的诗与史

巴西历史上，1935 年与 1946 年是两个重要的时间节点。1935 年，巴西共产主义起义爆发。这次规模不大、准备亦不充分的起义导致巴西共产党总书记普雷斯特斯（Luís Carlos Prestes）被捕，热图里奥·瓦加斯则借打击共产主义威胁之名，进一步加强了集权统治，并于两年后建立起接近独裁的“新国家”制度。瓦加斯统治直到 1945 年才随着“二战”一起结束，同年年底，巴西进行了时隔 15 年之后的第一次民主选举。1946 年，民选政府上台，颁布新《宪法》，保障各项民主权利。亚马多也作为巴西共产党代表，当选为国会议员。

在 1935—1946 年的 12 年中，不仅巴西遭遇了严重的民主危机，亚马多也因共产党员身份，无法继续其擅长的报刊编辑工作，失去了稳定的收入来源。这一时期，亚马多全力投入文学创作之中，出版了一生中唯一的诗集《海路》（*A Estrada Do Mar*，1938 年）、唯一的城市导览作品《万神万圣的巴伊亚》（*Bahia De Todos Os Santos*，1944 年）以及仅有的两部传记《卡斯特罗·阿尔维斯之歌》（*ABC De Castro Alves*，1941 年）与《希望的骑士》（*O Cavaleiro da Esperança*，1942 年）。但亚马多的写作重心仍在于长篇小说。1935—1937 年，亚马多依次出版了 3 本描绘巴伊亚城镇生活的小说：《茹比亚巴》（*Jubiabá*）、《死海》（*Mar Morto*）与《沙滩船长》（*Capitães da areia*）。而由《无边的土地》（*Terras do Sem-fim*）、《黄金果的土地》（*São Jorge dos Ilhéus*）与《饥饿的道路》（*Seara vermelha*）构成的农村三部曲则分别于 1943

年、1944年及1946年问世。[①]

即使亚马多的本意并非为了突出城乡差异，但其确切翔实的书写却无疑为我们全面了解当时的巴西现实提供了极好的参照，也为揭示巴西城乡问题提供了助力。诚然，由于时局恶劣，亚马多在创作时不免带有贴合时代的政治诉求，但却并非服务一时的政治宣传，因为其中最核心的两大难题，即城镇中边缘群体的融合问题与农村土地问题，至今仍困扰着巴西社会。关于前一问题，亚马多主要通过对赌徒、妓女、流浪汉等群体的描述来表现，但在其创作生涯的不同阶段，对这一问题的阐释亦有所不同：20世纪50年代之前，亚马多更习惯从"流氓无产阶级"的角度进行书写，认为阶级斗争才是改变其生存状况的根本路径；而在20世纪50年代之后，亚马多则更倾向于从种族、性别、阶级的多重权力关系出发，从文化角度对社会不公进行控诉。然而，无论是在前后哪个阶段，亚马多的创作都立足于巴西的民间习俗与大众文化，这也是其创作最早引起国内外重视的原因。

而对于土地问题，亚马多的态度则更为明确。他在1985年的访谈中提到：

> 巴西的土地问题一直是我全部作品中反复涉及的一个题材，因为在所有的问题之中，在所有造成巨大社会问题的矛盾之中，最为严重的就是土地问题。土地的开发方式至今仍然十分落后，在某些资本主义尚不发达的地区，依然存在着一种半封建的开发方式。[②]

时至今日，土地问题依然是巴西最难以解决的社会问题之一。正如亚马多所说："在巴西人们可以谈论一切……可是一旦涉及土地占有问题，就会把暴力行为煽动起来。……农业改革计划一个接着一个，每一次都要引起同

---

① 《茹比亚巴》的中译本题目为《拳王的觉醒》，而《黄金果的土地》与《饥饿的道路》的葡语原文译名分别为《伊列乌斯的圣若热》及《红庄稼》。下文为了便于分析，一般使用已有的中译本标题，但由于《茹比亚巴》题目本身对后续分析十分重要，因此保留原标题。

②〔巴〕若热·亚马多著，孙成敖译：《我是写人民的小说家》，昆明：云南人民出版社，1997年，第125页。

样的争论和同样的破坏行为。”[①] 巴西土地问题可以追溯到16世纪初期，彼时葡萄牙王室无力对巴西进行有效殖民，只好以分封领地（Capitania）的形式将巴西领土赠予12个葡萄牙贵族。在此之后，虽然土地分配方式多有变动，但大量领土集中在少数人手中的格局一直得到保留。1850年《土地法》（*Lei de Terras*）颁布之后，规定无主土地属于国家，必须通过购买获得，彻底剥夺了穷人获取土地的可能性。19世纪末期以来，随着外国财阀的进驻以及农业机械化程度的提高，无地农民的生活日益艰难，对土地改革的呼声也愈发高涨。自20世纪70年代以来，巴西“无地农民运动”（Movimento dos Trabalhadores Rurais Sem Terra, MST）不断发展，赢得巴西国内外的广泛关注，但其诉求却并未得到满足。

从某种意义上讲，巴西乡村的土地情况与土地改革前的社会主义阵营国家有诸多相似之处，这也在一定程度上解释了20世纪中期亚马多的农村三部曲在苏联及我国的译介与接受。相应的，描绘巴伊亚城镇生活的3本小说在西方国家影响更大，其中的种族与宗教文化更一直是学界研究的重点。通过以上两种路径，亚马多在国际舞台上展示并确立了巴西形象，赢得了国际社会的好奇与关注，甚至就连与巴西说同一种语言的葡萄牙作家都认为，正是借助亚马多的作品，他们才得以再次“发现”巴西。[②] 更为重要的是，亚马多这一时期的6部作品开启了极为生动的大众叙事视角，为巴西各阶层人士了解自己的国家做出了巨大贡献。

尽管反映现实进而改造现实仍是亚马多文学创作的最大诉求，但此时亚马多对于巴西的展示已经超越了单纯的“纪实”范畴，也不再局限于对具体事件的客观描述。从《茹比亚巴》到《饥饿的道路》，在这12年的文学创作中，他更多地通过开创性的民俗研究与历史回溯，利用传说、信仰与想象，

① ［巴］若热·亚马多著，孙成敖译：《我是写人民的小说家》，昆明：云南人民出版社，1997年，第126页。

② 贝尔加莫（Edvaldo Bergamo）曾详细论证了亚马多对于葡萄牙新现实主义文学的影响，提及纳莫拉多（Joaquim Namorado）、阿尔梅达（António Ramos de Almeida）等多位葡萄牙诗人、作家都曾将亚马多作品视为是对巴西的“再度发现”或“新发现”。参见 Edvaldo Bergamo, *Ficção e convicção: Jorge Amado e o neo-realismo literário português*, São Paulo: Editora Unesp, 2008, pp. 69-109.

捕捉巴西民众的精神实质；并借助彼时流行的乐曲歌谣，创立巴西独有的叙事节奏。正是从这一时期开始，亚马多做到了文学形式、民族内涵与社会诉求的有机结合，使他逐渐成为一个举世公认的伟大作家。具体来说，在其1935—1937年创作的城市作品中，形式的创新更为突出；而在1943—1946年的乡村小说里，对历史的运用更加引人注目。

从这一时期开始，亚马多逐渐完成从“发现”巴西到“发明”巴西的蜕变，这一蜕变过程也意味着文学写作主体性的加强，巴西渐渐无须再以西方的逻辑来定义自己。正如罗歇·巴斯蒂德在评价若热·亚马多时所说的：

> 亚马多的到来为自然主义小说带来了一个奇迹：人民第一次找到自己的美学表达，自己的文学自主。[①]

这也是除了解巴西城乡现实之外，我们阅读这一时期亚马多作品的主要意义。

黑人、穷人、流浪汉：桑巴谱奏下的城镇史诗

如果借用亚马多的话，将《狂欢节之国》《可可》《汗水》3部小说视为是初学者的习作，那么《茹比亚巴》就是他的第一本成熟作品，使他从一名颇具天赋的年轻作者转变成为广受认可的优秀作家。在该书出版之后，拉盖尔·德·奎罗斯激动地向亚马多致意：“你不费吹灰之力地为我们带来了这本我们期待已久的作品，一本我们认为只有等你技艺成熟之后才能写出的作品。”[②] 若泽·林斯·杜·莱古（José Lins do Rego）也毫不迟疑地断言：“亚

① Roger Bastide, “Sobre o romancista Jorge Amado”, in José de Barros Martins, *Jorge Amado povo e terra:* 40 *anos de literatura*, São Paulo: Martins, 1972, p. 56.

② Rachel de Queiroz, “De uma carta ao autor”, in *Jorge Amado:* 30 *anos de literatura*, São Paulo: Livraria Martins Editora, 1961, p. 102.

马多写出了他最好的著作。”[①] 埃里克·维利希莫（Erico Verissimo）则直接将亚马多与一众英法著名作家并列，认为这本书改变了巴西社会无力产生优秀小说的误解，其主人公“足以与当代小说中最知名的主人公比肩”[②]。

除上述顶尖巴西小说家之外，大量巴西国内外写作者都表达了对《茹比亚巴》的称赞，其中重复最多的一个单词便是“诗”（poesia）。与《可可》中追求“最大限度的真实性与最小限度的文学性”不同，《茹比亚巴》的拟真性恰恰是通过其吟游诗般的叙事方式来实现的，文学形式本身成为展现巴西精神实质的保证。因此，正如彼时的巴西现实一样，亚马多的叙事手法指向传统而非现代，这些论述中的“诗”也并非现代诗作，而是大众交口传唱的民俗歌谣。在1935年撰写的长文中，奥塔维奥·塔基尼奥·德·索萨（Octávio Tarquinio de Souza）专程提到阅读《茹比亚巴》会令他回忆起《奥德赛》，并且特意指出，两者的相似性并不仅仅在于主人公的冒险经历，更在于亚马多所唤起的“专注、神秘、谜团、危险与海上诗意”[③]。奥斯瓦尔德·德·安德拉德也在1943年的一篇评论文章中，将《茹比亚巴》称为是“黑人的《伊利亚特》”[④]。尽管索萨与安德拉德均未就此问题进行详谈，但这部巴西小说能与千年前的希腊史诗产生共振，或许已经能够揭示其中的文学传承。

而除上述史诗传统之外，《茹比亚巴》也显示出同中世纪流浪者小说[⑤]的某种渊源，因为在大部分篇幅里，主人公与其说是在进行英雄式的奋斗冒

① José Lins do Rego, “*Jubiabá*”, in *Jorge Amado: 30 anos de literatura*, São Paulo: Livraria Martins Editora, 1961, p. 93.

② Erico Veríssímo, “A grande aventura de Baldo”, in *Jorge Amado: 30 anos de literatura*, São Paulo: Livraria Martins Editora, 1961, p. 111.

③ Octávio Tarquinio de Souza, “*Jubiabá*”, in *Jorge Amado: 30 anos de literatura*, São Paulo: Livraria Martins Editora, 1961, p.99.

④ Oswald de Andrade, “A fraternidade de Jorge Amado”, in *Ponta de Lança*, Rio de Janeiro: Civilização Brasileira, 1971, p.31.

⑤ 根据坎迪多（Antonio Candido）及施瓦茨（Roberto Schwarz）的观点，巴西文学对流浪汉故事的讲述可以追溯到伊比利亚半岛13—14世纪的民间传说，代表人物为“无赖”佩德罗（Pedro Malasartes）。参见 Antonio Candido, “Dialética da malandragem”, in *O discurso e a cidade*, São Paulo: Duas Cidades, 1993, pp. 19-54; Roberto Schwarz, *Que horas são*, São Paulo: Companhia das Letras, 1987, pp. 129-155.

险，倒不如说是像流浪汉一样惹是生非。然而，考虑到在小说结尾，流氓主人公最终成长为一名革命者，更多学者倾向于将《茹比亚巴》看成是一部无产阶级的成长小说，如杜阿尔特便曾将这部作品与《威廉·麦斯特的学习年代》进行对比，指出歌德笔下的人物从戏剧转向医学，并在资产阶级的社会跃升中结束了自己的漫游；而亚马多的主人公则从戏台来到码头，并最终参与领导了一场罢工。[①] 需要指出的是，这并不意味着《茹比亚巴》是一部社会主义现实主义小说，因为这本书虽带有明显的教育意义，其行文却完全没有说教意味，甚至直到最终领导罢工时，主人公更多凭借的也是朴素的正义感，而非明确的社会主义理念。

然而，尽管《茹比亚巴》带有上述文体的部分特质，但它绝非希腊史诗，亦不是西班牙流浪汉小说或德国成长小说，与苏联社会主义小说也有着明显差异。它之所以带有这种强烈的矛盾感，正因为它是一部完全的巴西作品。它之所以让人感到难以被归类，正因为它独属于一种新的文类。换言之，正是从《茹比亚巴》开始，亚马多开创了一种独属于自己的巴西书写模式，足以实现传统与当下、想象与现实、流氓与英雄的完美结合，以至于在半个多世纪之后，这一模式构成了部分外国读者对于巴西写作的全部期待。[②]

与通常的想象不同，这部小说的主人公并非那位被称为“茹比亚巴”的巴西非洲宗教圣父[③]，而是一名叫作安东尼奥·巴尔杜伊诺的黑人。小说以巴尔杜伊诺成年后的一场拳击比赛开篇，继而通过回忆讲述了他童年至少年时期的经历，随即又安排他在巴西各地继续自己的历练与冒险。在论证主人公的成长过程时，杜阿尔特曾将其冒险经历分为 7 个部分，认为主人公是在对理想的多次追寻之后，最终走上参与罢工的革命道路。但正如荷马史诗不仅讲述了阿喀琉斯或奥德修斯个人的故事，更牵涉到整个希腊的历史面貌与

---

① Eduardo de Assis Duarte, *Jorge Amado: romance em tempo de utopia*, Rio de Janeiro: Record, 1996, p. 96.

② Ilana Seltzer Goldstein, *O Brasil best seller de Jorge Amado: literatura e identidade nacional*, São Paulo: Editora Senac São Paulo, 2003, p. 39.

③ 圣父（Pai de Santo）是坎东布雷（Candomblé）等巴西非洲宗教中占据最高地位的男性祭司，同级别的女性祭司称为圣母（Mãe de Santo）。

时代精神，亚马多也借由巴尔杜伊诺的空间游历与身份转换，向读者展示了巴西都市平民生活的不同侧面，主人公的人生历程由此成为巴西人民生活的缩影。

倘若以巴尔杜伊诺的成长经历为顺序，全书可以划分为如下8个阶段。第一阶段是巴尔杜伊诺8岁之前，那时他生活在阉割—黑人小山上，与姑母相依为命，生活中尽是恶作剧以及黑人间的流言与传说。第二阶段则是姑母发疯之后，巴尔杜伊诺被山下一户富有的葡萄牙人家收养。男主人对他颇为重视，不仅送他上学，还计划让他在自己的商铺里做学徒，但女仆亚美莉亚却常常打骂他，并诬陷他偷看家中的小女儿琳蒂纳尔娃洗澡。第三阶段是他因女仆诬陷被赶出家门，成为一群街头流浪儿的领袖。第四阶段是巴尔杜伊诺成年之后，重新回到童年生活的地方，并开始拳击手生涯。第五阶段是他因琳蒂纳尔娃订婚而喝得烂醉，输掉了比赛，便怀着水手的梦想，乘船逃离萨尔瓦多。在第六阶段，巴尔杜伊诺来到卡舒埃拉，成为一名烟草种植园的工人。第七阶段是他因重伤逃离种植园，跟随马戏团四处表演。在最后一个阶段，他重新回到萨尔瓦多，成为一名码头工人，并领导了罢工。

通过主人公各式各样的遭遇与转变，亚马多带给读者的不仅是个体英雄的成长史，也是巴西多个身份群体的综合面貌。借由巴尔杜伊诺的亲身观察与经历，这本书带领读者了解贫苦的黑人聚居区与富庶的葡萄牙白人家庭，也展示了拳击手、烟草工人与巡游艺人的生活，并详细记录了电车工、面包工与码头工人的罢工与谈判过程。然而，如果用后来者的眼光来看，会发现余下两段关于航海与流浪的故事具有更加特殊的地位，因为它们不仅孕育了接下来的两部作品《死海》和《沙滩船长》，更成为《老船长外传》《金卡斯的两次死亡》《弗洛尔和她的两个丈夫》等众多亚马多后期创作的重要母题。从这个角度出发，《茹比亚巴》或许可以被视作亚马多文学创作的真正萌芽，因为正是自这部作品之后，亚马多开始有意识地构建自己的文学世界，一些重要的主题、地点甚至人物也在其后续作品中反复出现。

在《沙滩船长》中，流浪儿首领“子弹”佩德罗就像是青少年时期的安东尼奥·巴尔杜伊诺，两位主人公有着相同的流氓行径与侠义心肠，并都从街头流浪儿的领袖成长为领导工人罢工的革命者。这种相似性同样体现在他们身边的同伴身上，涉及流浪儿帮派内部嫌隙与外部斗争的典型桥段在两部作品中均有展现。尽管在主旨与立意上，这本1937年出版的著作并未超越两年前问世的《茹比亚巴》，但作为一部独立的长篇小说，其人物类型更加丰富，对于社会环境的描写刻画也更加深入。更重要的是，在《沙滩船长》中，亚马多对《茹比亚巴》中原型的身份都进行了变更。同样作为流浪儿领袖，巴尔杜伊诺是个黑人，而“子弹”佩德罗却是个金发飘飘的白人少年；在《茹比亚巴》中，虔诚的基督教徒是个丰满的“大胖子”，但同样的角色在《沙滩船长》里就变成了干瘦的“棒棒糖”；两个帮派中都有一位引人垂怜的乞儿，但在前一本小说中他是漂亮的“小白脸”菲利浦，而在后一部小说里则是可怜的残疾人“断腿”……通过上述变化，亚马多得以在保持典型人物特性的同时淡化其外在特点，从而加强每个人物在巴西社会中的代表性与普遍性。鉴于城市流浪儿童至今仍是南美国家的普遍现象，这一主题的当代性也不言而喻。①

如果说《沙滩船长》是将主人公早年的人生经历加以拓展，那么《死海》则是《茹比亚巴》另一种形式的延续：它不再关注巴尔杜伊诺的故事，而是将仅在《沿海航行的木帆船》一章中出现的次要人物库玛变成了主角。在亚马多作品中，相较于陆地上现实生活的困窘与苦涩，海洋通常代表着梦想中的幸福与自由。这种海陆间的对比源远流长，最早可追溯到葡萄牙的航海大发现与卡蒙斯的《卢济塔尼亚人之歌》（*Os Lusíadas*）②，在库尼亚（Euclides da Cunha）出版鸿篇巨作《腹地》（*Os Sertões*）之后，该主题在巴

① 在巴西最新版《沙滩船长》的后记中，巴西当代知名作家密尔顿·哈通也论及这一点。参见Milton Hatoum, “O carrossel das crianças”, in Jorge Amado, *Capitães da areia*, Companhia das Letras, 2008, pp. 273-278。

② 也正是在讲授这一葡萄牙16世纪史诗的课堂上，亚马多撰写了他最早关于大海的文章。参见〔巴〕若热·亚马多著，樊星译：《格拉皮乌纳的小男孩——若热·亚马多童年回忆录》，《世界文学》2013年第2期，第188页。

西文学创作中经久不衰[①]，甚至在巴西最出色的影视作品里也多有表现[②]。相较其他作品而言，亚马多的大海更为抒情浪漫，它所指向的幸福并不属于俗世，而是精神层面的自由与解脱。

事实上，在《茹比亚巴》及《死海》两部作品中，海洋与其说是作为地点，倒不如说是作为一个人物。因此，当它第一次作为重点描述对象在《茹比亚巴》中出现时，亚马多如是写道：

> 大海是他（巴尔杜伊诺）最早的爱人。当他还住在阉割—黑人小山上时，便与她恋爱谈情，研究她变幻莫测的脊背，从蓝色、浅绿瞬间变为深绿，痴迷于她的广袤与神秘。[③]

而在《死海》中，大海则直接化身成为海洋女神耶曼娅，对她的祭祀崇拜在这部小说中占据了大量篇幅。对于船夫而言，死于海中既是注定的命运，也是甜蜜的归宿。当主人公库玛为养家糊口，不得不历尽风险，却最终葬身海底之后，读者看到的却是一幅美丽至极的画面：

> 过了一会儿，风雨停歇，月亮出来了。叶芒娅[④]的头发在库玛失踪的水面披散开来。她把库玛带往埃奥卡神秘的土地，带往码头上最勇敢的水手们汇集的所在。[⑤]

这种极具梦幻色彩的描写在《茹比亚巴》中便已经出现，在《死海》中进一步得到加强，于是有评论家认为这一创作手法是对苦难的过度美化，不

① 腹地与干旱是巴西20世纪三四十年代文学的重要主题，代表作品有拉莫斯（Graciliano Ramos）《干枯的生命》（*Vidas secas*）、罗萨（Guimarães Rosa）《广阔腹地：条条小路》（*Grande sertão: veredas*）等。近年来这一主题又有所复苏，2015年雅布提奖最佳短篇小说奖得主《不见大海》（*Sem vista para o mar*）以及主打“腹地朋克”（Sertãopunk）的巴西科幻潮流都是有力证明。

② 无论是巴西20世纪60年代“新电影运动”中的《太阳帝国里的上帝与魔鬼》（*Deus e o diabo na terra do Sol*），还是巴西电影复兴时期的《中央车站》（*Central do Brasil*），都可以从“腹地—沿海”的二元对立中进行解读。网飞（Netflix）2016年开播的系列剧《3%》中也采取了类似的设定。

③ Jorge Amado, *Jubiabá*, São Paulo: Livraria Martins Editora, 1970, p. 76.

④ 即坎东布雷信仰中的海洋女神耶曼娅。

⑤ 〔巴〕若热·亚马多著，范维信译：《死海》，哈尔滨：黑龙江人民出版社，1987年，第240页。

利于进行社会平权斗争。[①] 但更多与亚马多同时代的作家学者却十分欣赏这种“纪实”与“诗意”的结合，甚至再度将这部作品与“希腊悲剧”等艺术形式联系起来。[②] 除了能够体现更高的文学价值之外，这一展现方式也能够贴切地反映巴西现实，因为巴西底层民众在面对压迫与苦难时，鲜少真正揭竿而起、投身革命，更多还是依赖信仰、习俗与艺术的“苦中作乐”，将希望投射在另一个世界。而为了更好地展现巴西民俗与大众文化，亚马多最擅长的手段之一便是对民间音乐的借用，这也是亚马多作品中部分“诗意”的由来。

如果说最适合歌颂古希腊英雄的形式是六音步史诗，那么恐怕没有什么能比桑巴等民间曲调更适合讲述巴西故事。得益于“22 一代”现代主义者对巴西民间音乐的研究与发掘，再加上诺艾尔·罗萨（Noel Rosa）等知识分子对桑巴的改造与推广，20 世纪 30 年代中期的亚马多已经拥有相当多的素材。在《茹比亚巴》中，巴尔杜伊诺是彼时少有的黑人主人公，而桑巴正来源于非洲音乐传统。该书是最早有意识将桑巴融入文学创作的作品之一。在亚马多笔下，巴尔杜伊诺不仅擅长唱奏桑巴，他本人还是一个天才的桑巴作者，甚至曾以不菲的价格将几支桑巴贩卖给一位沽名钓誉的诗人。

在《茹比亚巴》中，“歌唱”是一个极为重要的行为，在全书反复出现。如巴尔杜伊诺闲暇时就常常哼唱桑巴；酒馆门前的盲人歌者演唱奴隶时代的谣曲；常年出海的渔女会唱着刚刚学会的小调，为丈夫的航行比赛助威；在坎东布雷的祭礼上，黑人宗教信徒则高唱约鲁巴语的歌曲。值得注意的是，上述场景并不仅仅聚焦于“歌者”身上，听众的反应也同样重要。由于并非封闭场所的演出，听者便可以是恰巧在附近的任何一个人。这种不设限的歌声从一开始便使《茹比亚巴》中的“歌唱”行为具有了群体性质，成为大众

① Rubem Braga, “Luiz da Silva e Julião Tavares”, in *Revista Acadêmica*, Maio 1937, 3 (27), p.3, apud. Luís Bueno, *Uma história do romance de* 30, São Paulo: Editora da Universidade de São Paulo; Campinas: Editora da Unicamp, 2015, p. 73.

② Monteiro Lobato, “Uma força da natureza”, in *Jorge Amado: 30 anos de literatura*, São Paulo: Livraria Martins Editora, 1961, p.130.

文化的代表。

而在众多“歌者”中，最重要的当属活虾老瑟。他的歌声最为动人，经常有人围坐在他身边请他唱歌。对于主人公巴尔杜伊诺来说，活虾老瑟是一个亦师亦友的存在。除桑巴之外，活虾老瑟还会唱提拉那、科科[①]等类型的歌曲，并且非常擅长ABC[②]这一巴西传统歌谣。亚马多曾用整整6页的篇幅记录活虾老瑟所唱的歌曲，可谓是对巴西民间音乐传统的绝佳展示。[③]

除利用已有的民间歌曲之外，亚马多还善于将自己的文学作品融入彼时正流行的音乐文化之中。在《死海》里，随着故事情节的发展，有一支歌谣反复出现，仿佛是影视作品中的背景音乐，而其中“死在海里，心也甜蜜”的歌词，也恰恰是对小说主题的完美呼应。值得一提的是，这首歌并非仅仅存在于亚马多的虚构世界里，随后更成为巴西人耳熟能详的抒情歌谣。1940年，亚马多与著名音乐人多里瓦尔·卡伊米（Dorival Caymmi）共同谱写了《死在海里，心也甜蜜》这首歌，也开启了二人之后长达几十年的合作。亚马多的法文翻译者阿利塞·赖拉尔德（Alice Raillard）曾专门就二人的合作询问过亚马多，小说家如此回应：

> 你翻翻他的《巴伊亚歌曲集》，就会发现我是与他合作最多的一个人。……几年前，多里瓦尔·卡伊米在一篇文章中写道，假如他要从事小说创作的话，就会写出我所写的那些小说来；而我如果从事作曲的话，就会谱出他所谱写的那些乐曲来。此话千真万确，因为我们的观点非常一致，影响我们从事创作的因素也是完全相同

① 提拉那（Tirana）起源于西班牙，后经葡萄牙传到巴西；科科（Coco）则起源于巴西北部地区，受非洲及印第安音乐影响。

② ABC原为拉丁文Abecedarius（即字母离合体诗）的缩写，后演变为一种巴西音乐形式，即按照字母表由A到Z的顺序，每段唱词由一个字母开头，内容一般为英雄冒险故事。

③ 可惜的是，在中译本《拳王的觉醒》中，这些歌曲都被删掉了。

的：巴伊亚市、黑人文化，等等。[①]

巴伊亚市是萨尔瓦多市的旧称。作为葡属美洲殖民地建起的第一座城市——直到1763年之前，这里都是巴西首都——与曾经的奴隶贸易中心，这里不仅保留了自葡萄牙人到来之后最古老的历史传统，也是巴西非洲文化最为兴盛的地方。因此，就历史传承及文化特色而言，没有任何城市比它更适合代表巴西。亚马多从巴伊亚获取了丰富的创作素材，其关于黑人群体的描写也迅速引起巴西国内外重视。雷纳托·门东萨[②]在《巴西黑人小说》一文中提出："在《茹比亚巴》之前，（巴西）只有两本关注黑人的作品，分别是科艾略·内托（Coelho Neto）的《黑人王》（*Rei negro*，1914年）和沙维尔·马克斯（Xavier Marques）的《巫师》（*Feiticeiro*，1922年）。"[③]而无论在小说的艺术感染力还是对黑人文化展现的真实性方面，亚马多的作品都超越了这两位文学前辈。

应当承认的是，亚马多的这种超越部分得益于时代的发展。因为正是在20世纪30年代，巴西知识分子开始重新审视非洲文化在巴西产生的影响，不再将其简单理解为国家文明发展的障碍。然而，尽管亚马多对于黑人文化并无偏见，甚至在撰写《茹比亚巴》时已获得坎东布雷的神职头衔[④]，但此时的他并无意宣扬种族平权。对于这本书的主人公巴尔杜伊诺来说，种族意识只是阶级意识的跳板，只有在跳出单纯的种族立场之后，才能真正达成亚马多梦想的社会平等。

正是出于这一点，这本书的题目才叫作《茹比亚巴》，而不是《安东尼奥·巴尔杜伊诺之歌》（*ABC de Antônio Balduíno*），尽管后者构成了本书的主

---

① 〔巴〕若热·亚马多著，孙成敖译：《我是写人民的小说家》，昆明：云南人民出版社，1997年，第142—143页。

② 雷纳托·门东萨（Renato Mendonça, 1912—1990年），巴西学者、作家、外交官。1933年撰写的《巴西葡语中的非洲影响》（*A influência africana no português do Brasil*）是该领域的先驱性作品，曾多次再版。

③ Renato Mendonça, "O romance do negro brasileiro", in *Diário de Notícias*, Jan 19, 1936, suplemento 1.

④ 亚马多在到达里约热内卢之前就已经获得了"奥冈"（Ogã）的身份，也就是坎东布雷宗教中的助理神职人员。到了50年代，他又获得了"奥巴"（Obá）头衔，地位仅次于坎东布雷"圣父"或"圣母"。

体情节。[1] 茹比亚巴有其现实原型，本名为赛维里亚诺·马努埃尔·德·阿布雷乌（Severiano Manoel de Abreu），是20世纪30年代巴伊亚最受尊敬的坎东布雷圣父。“茹比亚巴”原本是附身在他身上的神灵的名字，后来则变成了众人称呼他的方式。在亚马多的这部小说中，直到主人公的阶级意识彻底觉醒之前，茹比亚巴都承担着精神导师的作用。在巴尔杜伊诺童年时期，茹比亚巴代表着魔法与神秘，也是阉割一黑人小山上少数保有精神自由的人，另一个便是能歌善唱的活虾老瑟。在被富有的白人家庭收养之前，主人公得到了茹比亚巴赠送的护符“费卡”[2]，也收获了勇气与力量。因此，在小说前半部分的历次冒险中，巴尔杜伊诺一直将这个护身符带在身上，对它抱有最大的尊敬与信仰。

然而，巴尔杜伊诺的成长恰恰伴随着茹比亚巴逐渐走下神坛。在参与了第一次工会活动之后，黑人主人公便惊讶于无所不知的茹比亚巴竟不了解罢工——“茹比亚巴了解圣徒的事情，知晓奴隶时代的故事，是个自由的人，但却从未教会山上受奴役的人罢工”[3]。当罢工最终成功之后，巴尔杜伊诺已经能够“平视这位圣父”，而“巫师茹比亚巴则在他面前身体前倾，仿佛他就是奥沙鲁凡，也即老年奥沙拉，是所有圣徒中最伟大的一个”[4]。借助这种方式，亚马多实质上实现了从种族意识到阶级意识的过渡与升华。

与20世纪初期巴西种族主义者相比，亚马多在两方面实现了超越。首先，种族不再被看作是单纯的生理因素，而是被放置在文化层面上来解读。《茹比亚巴》对坎东布雷宗教仪式的记录超越了单纯的猎奇视角，得以与巴

① 在《茹比亚巴》中，曾提到有一个白人远道而来，借助巴尔杜伊诺的引荐，参加了当地的马孔巴祭礼。作为外来者，此人对祭礼上的种种仪式非常感兴趣，他本人也是一位ABC民歌作者。可以说，无论是作为白人参加黑人宗教仪式，还是身为文艺创作者的身份设定，这个人物都与亚马多本人有许多相似之处。在小说中，第三人称叙事者更多次表明，这个白人将为巴尔杜伊诺写一首英雄冒险之歌（Jorge Amado, *Jubiabá*, São Paulo: Livraria Martins Editora, 1970, pp. 102, 104, 146, 148, 176.）。小说本身则可以看作是在履行这个承诺。

② 费卡（figa），原本是一种手势——手握拳，拇指从食指与中指间穿过，在西方许多国家被认为具有下流的含义。但在巴西，这一造型的饰物被用作护身符，认为能辟邪并带来好运。

③ Jorge Amado, *Jubiabá*, São Paulo: Livraria Martins Editora, 1970, p. 303.

④ Ibid., p. 318.

西的历史传统及底层人民的精神特质联系起来。在此基础上，亚马多不再将坎东布雷等黑人信仰视为社会不安定因素或国家发展的障碍，而是把它作为能够引导底层人民进行阶级斗争的有效手段。但这也注定了，作家只是将捍卫巴西非洲文化视为必经的过程，而追求社会平等才是其最终目的。这也就解释了这本书题目的由来，以及为何茹比亚巴在书中虽然颇受尊敬，但其形象始终与虚弱衰老联系在一起。正如雅伊梅·德·巴罗斯（Jayme de Barros）评论的那样：

> 在小说中，茹比亚巴代表着巴西黑人生活的中心，是其全面解放前的最后一个无意识的障碍，是最后一股来自奴隶时代的原始古老之力。①

在巴罗斯发表这篇文章的半年之后，有记者专门采访了茹比亚巴本人。这位坎东布雷圣父对亚马多的做法感到极为愤怒，因为作者盗取了他的姓名与生平故事，却将不满五旬的他写得像个“双腿弯曲”的百岁老人，并且声称如果让他抓到亚马多，就逼作者把自己的书吞到肚子里去。② 然而，当事人的愤怒在一定程度上佐证了这部小说的纪实性，使他不可避免地会去“对号入座”。事实上，除对茹比亚巴的原型人物略作更改之外，这本书对巴西非洲宗教文化的还原度相当之高。爱迪生·卡尔内罗是亚马多的毕生好友之一，1930 年曾与他共同撰写《莱尼塔》，此时已逐渐成为巴西重要的人种志学者。他在 1936 年出版了《黑人宗教》（*Religiões Negras*）一书，后来更创作出多部经典的民俗研究作品。对巴西黑人文化的共同兴趣将二人紧密地联系起来，正如与音乐人卡伊米的关系一样，倘若让亚马多从事人种志研究，他大约也能写出卡尔内罗那般的作品。

卡尔内罗在《巴伊亚的坎东布雷》中谈道：“有组织的（黑人宗教）祭

---

① Jayme de Barros, “Espelho dos livros”, in *Diário da Noite*, Nov 18, 1935, p.2.

② “Jubiabá, o famoso feiticeiro que Jorge Amado centralizou no seu livro, fala ao *Diário da Noite* na Bahia”, in *Diário da Noite*, May 12, 1936, p. 3.

祀无法在奴隶制下的乡村地区——农庄或矿场——产生。为了维持它，黑人需要金钱与自由，他们只有在城镇中心才能获得这些。”①这位人种志学者无意间替小说家亚马多解释了为何只有在其城镇小说中才能够看到对黑人宗教文化浓墨重彩的描述。无独有偶，桑巴等民间乐曲的传播也与巴西的城市化和现代化关系密切。尽管早在19世纪，桑巴曲调便在黑人与混血儿之间传播开来，但因其与黑人文化的密切联系，直到20世纪初期仍不断遭受鄙视与打压。正是在里约热内卢知识分子与民间歌者的多方努力之下，桑巴音乐才逐渐走上台面。与此同时，里约的桑巴舞学校也逐渐兴起，获得了合法地位，更成为巴西大众艺术的重要代表。②

因此，尽管亚马多在这段时期创作的根本目的并不是颂扬巴西黑人文化与民间艺术，但他对这两者的描绘却极好地捕捉到巴西20世纪三四十年代的城镇境况，就像其笔下的海滩、码头、街道等城市空间一样真实可信。正是在这种面向大海的都市背景之上，亚马多塑造出巴尔杜伊诺这一贫穷、文盲的黑人形象：他与他所生活的都市结合得天衣无缝，仿佛巴西社会问题与民族美德都集中在他身上；与此同时，这种隐喻色彩并未损害小说的发展节奏，其追逐自由的心态变化亦能令世界各地的读者信服。正如年轻的加缪在为《茹比亚巴》法译本撰写的书评所说：

> 这位美洲小说家能够引起我们的共情，并让我们意识到自己国家的小说创作有多么虚假。③

可以说，无论后期亚马多在创作主题上发生了何种改变，“真实”都是其文学魅力的重要内核。正是在认同了其“所述为真”的前提下，无数读者才渐渐接受了亚马多想要传达给世人的种种理念。独特的叙事节奏与对民俗

① Edison Carneiro, *Candomblés da Bahia*, São Paulo: Editora WMF Martins Fontes, 2008, p. 11.
② José Ramos Tinhorão, *Música popular de índios, negros e mestiços*, Petrópolis: Vozes, 1972, pp. 152-155.
③ Albert Camus, Trans. Ralph Schoolcraft, “The Reading Room: ‘Bahia de tous les saints’ by Jorge Amado”, in *PMLA*, May, 2009, 124 (3), p. 924.

歌谣的熟练运用，则令他的人物情节变得更为真切可感，也让读者情不自禁地被他的故事吸引，心甘情愿地为他笔下的巴西所折服。

地主、财阀、逃荒者：历史演绎中的乡村传奇

《茹比亚巴》是亚马多文学生涯前期城镇文学创作的巅峰，而《无边的土地》则代表了其同时期乡村文学创作的最高点。可以说，这两部作品都诞生于某种焦虑之中：除去糟糕的政治与经济状况之外，在撰写前一部作品时，亚马多亟须证明自己拥有创作“成熟”作品的能力；而在后一本书出版之时，亚马多已经有整整6年未有长篇小说问世，他急切地想要重拾自己这一“天生的志向”[①]。最终，《无边的土地》大获成功，不仅在巴西国内赢得一致称赞，在国际文坛上也颇受瞩目。在该书葡语版问世的3年之内，西班牙语、英语与法语译本便相继出版。法国学者罗歇·巴斯蒂德认为这本书是“巴西文学——甚至是所有文学——中最纯粹的杰作”[②]，而德国作家安娜·西格斯（Anna Seghers）则在读完此书之后，称亚马多为“巴西的巴尔扎克”[③]。在已有中文译本的二十余部亚马多作品中，《无边的土地》同样占有特殊地位：它既是我国译介的首部巴西长篇小说，亦是20世纪50年代引进的亚马多作品中唯一在改革开放后仍得到再版的著作。

成功的秘诀之一在于历史与记忆。如果说在《茹比亚巴》中，亚马多首次恢复了在《可可》与《汗水》中刻意压制的文学性，实现了“诗意”与“纪实”的均衡与结合；那么在《无边的土地》中，“诗”与“实”的基础上则首次添加了“史”这一新维度。[④] 具体来说，在此前的6部长篇小说

① 1942年1月，在完成《希望的骑士》之后，亚马多写道：“我难以完成（其他传记的）写作。小说创作是我的天命。”（Jorge Amado, *O cavaleiro da esperança*, São Paulo: Companhia das Letras, 2011, p. 29.）

② Roger Bastide, “Jorge Amado e o romance poético”, in *O Jornal*, Fev 08, 1944, p.4.

③ Anna Seghers, “Um Balzac brasileiro fala da floresta virgem”, in *Jorge Amado: 30 anos de literatura*, São Paulo: Livraria Martins Editora, 1961, p. 190.

④ Antonio Candido, “Poesia, documento e história”, in José de Barros Martins, *Jorge Amado povo e terra: 40 anos de literatura*, São Paulo: Martins, 1972, pp. 109-123.

中，亚马多处理的都是当下的现实素材，而《无边的土地》却首次将目光投向 20 世纪的最初几年，聚焦可可产区庄园主为扩张领地而进行的武装械斗。这种历史性赋予小说更大的价值。从广义上讲，小说描述了对原始森林区域的开拓与侵占，能够令读者联想巴西自殖民初期开始的历史进程，从而使这部著作具备些许民族构建的内涵。而从狭义上看，书中撰写的土地纠纷在 19—20 世纪之交的可可产区十分普遍，但对于 20 世纪三四十年代的大城市受众来说却极为陌生，因此，对于这一特定时期的回溯也能够增进读者对该区域历史的了解。

事实上，当坎迪多提出"'30 一代'小说家在某种程度上开创了巴西小说"[①] 的观点时，强调的是以亚马多为代表的东北部小说家对于巴西各区域间文化矛盾的展现。从这一视角出发，"30 一代"东北部小说的意义不亚于库尼亚的《腹地》。如果说，在 1902 年《腹地》出版之前，沿海城市居民深受外来文化影响，根本无视腹地文化的存在，那么只有在阅读了亚马多等人的作品之后，南方都市的民众才真正了解自己北部的同胞，而不是将他们视为无法交流的异类。事实上，东北部作家对于文化矛盾的探讨正是不同地域间文化交流的结果，因为北部不断遭受着南方文明的渗透与影响。正是在当地巴西传统文化的逐渐消亡中，东北部知识分子开始意识到这一文化的巨大价值；也正是在他们打入里约热内卢与圣保罗的文化圈子之后，故乡的声音才得以被更多的人听到。因此，在当时最具影响力的东北部作家作品里，无不充满了对已逝时光的回忆与追寻。

弗雷雷对《无边的土地》的评价正说明了这一点。在这位彼时巴西最重要的社会学家看来，亚马多的这部作品就像若泽·林斯·杜·莱古的《死火》(*Fogo morto*)一样，都不是纯粹的虚构文学：

> 两本书都是混杂性的。两本书都有着极为不纯的血液——其

① Antonio Candido, "Poesia, documento e história", in José de Barros Martins, *Jorge Amado povo e terra: 40 anos de literatura*, São Paulo: Martins, 1972, p. 109.

文字不仅美丽，而且强劲；同时还是编年史、回忆录、社会史、民俗学。[①]

童年在可可产区的成长经历使作家成为一名绝佳的历史见证者[②]，以致书中的许多主人公都有其熟识的人物原型。[③] 真实的历史背景也为整个故事的拟真性提供了绝佳保证，使其无须刻意“合理化”人物的行为，因为现实中的人物原型原本就如此行事。如果说，从《茹比亚巴》开始，亚马多创造了一种独属于巴西的叙事方式，从而能够在桑巴等民间乐曲的鼓点中记录下巴西底层民众的日常生活，那么在《无边的土地》里，这位巴伊亚作家对巴西文学最重要的贡献，则在于他成功地编织出一套完全不同于西方传统的叙事逻辑。他无须进行彼时文坛颇流行的“心理分析”，仅仅通过人物外在的言行举止与主观的印象感受，便能直观地展示出小说人物的处事准则与行为逻辑，从而展现出巴西本土化的思维方式。

从多个层面来看，《无边的土地》就像一部巴西的创世寓言。

正如在《圣经》中上帝用 6 天时间创造了世界，亚马多用 6 个章节完成了巴西现代化之前的历史铺陈。首章“船”讲述了外来者沿海路“到达”可可产区，明显对应着葡萄牙人对巴西的“发现”。第二章的标题为“森林”，着重讲述了这片土地在经受砍伐开拓前的原始状态。第三章“城市的诞生”、第四章“在海滨”与第五章“争夺战”一道，重点描写了巴达洛家族与奥拉旭之间为争夺土地而引发的政治阴谋与武装械斗。在毁掉了许多财产、牺牲了无数生命之后，这场大战才终于止息，可可产区也最终迎来了现代化变

---

① Gilberto Freyre, “Dois livros”, in *Jorge Amado: 30 anos de literatura*, São Paulo: Livraria Martins Editora, 1961, p. 187.

② 少年亚马多以孩童的形象出现在了本书中，见证了故事的最终结局，详见〔巴〕亚马多著，吴劳译：《无边的土地》，上海：上海译文出版社，1992 年，第 316 页。

③ 在《无边的土地》中，进行土地争夺的两大家族首领分别为奥拉旭·达·西尔维拉（Horácio da Silveria）与西尼奥·巴达洛（Sinhô Badaró），前者所对应的人物原型则是巴济里奥·德·奥利维拉（Basílio de Oliveira），而西尼奥·巴达洛在现实中则确有其人。该书出版之后，巴济里奥曾专程找到亚马多的父亲，表达自己对书中情节设定的不满，因为奥拉旭在书中遭到了妻子的背叛。详见 Joselia Aguiar, *Jorge Amado: uma biografia*, São Paulo: Todavia, 2018, p.155。

革，构成了最后一章《进步》的内容。

就叙事策略而言，《船》主要起到了介绍故事背景以及引领主人公出场的作用。在第二章“森林”里，亚马多的文字力量才真正体现出来。这一章字数最多，占据了全书近三分之一，作者在其中极富耐心地勾勒出一个古老而神秘的自然国度，语言美妙得宛如诗行：

> 森林安睡着，从来没人来打扰它的清梦。白天和黑夜轮流地在它的上空消逝。夏天的太阳晒在它身上，冬天的雨水打在它身上。森林里的树木都是千年古木，一片无边无际的绿色，爬上山冈，侵入平原，消失在茫茫的天涯。它像一片海洋，还没经人探测过，紧锁着自己的谜。它像一个处女，情窦未开，心里还没有过情欲。[①]

可惜的是，这一胜景却并不应由人类染指，因为有“森林里的沼泽、纠缠的藤蔓和刺人的荆棘”[②]保卫。于是，那些最先进入森林的人便不得不承受自然的怒火，因为“森林之神仿佛感受到了人类的威胁，在咬牙切齿地咆哮”[③]。在接下来的描写中，亚马多数次将这座森林称为“世界的起源”，并将其中发生的事与《创世纪》中的典型场景联系起来，如他写道：“雨来了，倾盆大雨，好像又一次大洪水来临了。”[④]

与暴风雨等自然现象或美洲豹等野兽相比较，更令人感到恐惧的还是超自然力量。而在林中暴雨让人联想到《圣经》洪水的同时，亚马多笔下的鬼怪却取材于巴西民间传说。狼人（Lobisomem）、森林之神（Caipora）、神父的母骡（Mula de Padre）或无头母骡（Mula sem Cabeça）、喷火巨蛇

① 〔巴〕亚马多著，吴劳译：《无边的土地》，上海：上海译文出版社，1992 年，第 37 页。
② 同上书，第 38 页。
③ 同上。
④ 同上书，第 39 页。

（Boitatá）[①]，这些在《无边的土地》中复活的精怪，均为巴西家喻户晓的传说形象。其中狼人与无头母骡的文化来源均与西方有关，前者起源于古希腊，后者则与天主教有直接联系。森林之子与喷火巨蛇则都来自于巴西土著语言图皮—瓜拉尼语，与印第安文化密不可分。反倒是非洲文化在其中并未体现，这是因为在20世纪之前，非洲文化在巴西都一直遭受歧视，只能在黑奴之间私下保留，并未在巴西民间广泛流传。反倒是狼人、无头母骡等形象迅速为黑人群体所接受，在贫民阶层中受众甚广。[②]

然而，这片神秘土地上的一切，都时刻面临着文明的对抗，因为在世界的其他地方，现代化的车轮正不可抑制地滚滚向前。在《无边的土地》中，关于古老丛林与现代社会的矛盾，在两个人物身上体现得尤为明显，一个是奥拉旭的妻子埃丝特，另一个则是巴达洛兄弟手下的杀手达米昂。

埃丝特面容姣好，皮肤白皙，从小在巴伊亚州府长大，在当地最好的女校学习，喜爱阅读"法国小说和关于公主的传奇"[③]。她所接受的一直是欧洲式的精英教育，其梦想的生活便是"穿着高贵的衣裳，身上洒着香水，参加盛大的跳舞会"[④]。然而，祖父母的离世使她不得不到伊列乌斯市投奔父亲，在嫁给奥拉旭之后，更是直接困在了可可种植园。这儿与森林紧密相接，因为正是在砍掉了原始森林的树木之后，这里的人才能够在肥沃的处女地上种植可可。然而，从小接受西方文明教化的人根本无法理解这里的生活，艾丝特不仅觉得懊恼无趣，更对森林中的毒蛇与蛙叫产生了深深的恐惧。同样令她害怕的，还有她勇敢果决却杀人如麻的丈夫奥拉旭。

达米昂的故事恰恰相反。他本是一名枪法神准的黑人，据称得到过一枚

---

① 在吴劳1992年的译本中，上述妖魔被翻译为人狼、卡波拉妖、神父的母骡与喷火公牛波伊·塔塔。之所以在此做出更正，是因为狼人为目前更通行的译法；Capoira在图皮语中是"森林居民"的意思，是传说中的森林保护者；神父的母骡又称为无头母骡，且后一种说法更常见；Boitatá是图皮语中的"火蛇"。另外，该译本中对于卡波拉妖的理解有误，独臂独腿的妖怪是撒西·佩雷雷（Saci Pererê），所谓卡波拉妖（即森林之神）的形象更接近印第安人。

② 参见《茹比亚巴》中《遥远的童年》一章（Jorge Amado, *Jubiabá*, São Paulo: Livraria Martins Editora, 1970, pp. 21-51.）。

③〔巴〕亚马多著，吴劳译：《无边的土地》，上海：上海译文出版社，1992年，第50页。

④ 同上书，第51页。

受过非洲神祇祝福的射击符咒。在巴达洛兄弟的授意下，达米昂曾犯下许多命案，但他从未觉得自己是一个恶人，也不明白为什么会有人问他是否因此受到良心责备。在那野蛮又神秘的丛林边缘，达米昂的“职业就是杀人”[①]，但“他的心是天真无邪的，没有一丝一毫的恶念”[②]。尽管在文明社会中，夺取他人生命是绝对的恶行；但在达米昂生活的环境里，这却是再正常不过的事情。然而，在得令诛杀奥拉旭盟友费尔莫的当天，达米昂却听到了巴达洛兄弟的对话，意识到自己最尊敬的主人也会因杀人感到内疚。达米昂内心的道德观因此受到冲击，焦灼疑虑笼罩着他，使他第一次未能完成杀人任务。

从某种意义上说，埃丝特与达米昂互为镜像，两人的悲剧命运共同展现了文明碰撞的冲击。埃丝特与达米昂原本都在各自的世界中过着安宁的生活，但却被迫纳入到另一种社会法则之中，由此经历了一段痛苦的挣扎。埃丝特背叛了自己的丈夫，与律师维尔吉利奥偷情，最终又因照看奥拉旭而身患热病去世。在当时的人看来，这热病正是丛林深处的诅咒。达米昂则因内心的谴责而产生幻觉，他试图在非洲宗教中寻找慰藉，却最终未能得到纾解，彻底沦为一个疯子。这一事件有着更为重要的隐喻含义。作为古老法则的象征与代表，黑人的疯癫预示着远古传统的终结。正是在听到达米昂失败的消息之后，西尼奥·巴达洛按照惯例，让女儿随机翻到《圣经》的一页朗读，并将其中的话语理解为上天的旨意，《约书亚记》也由此成为全书后续的指引。[③] 与此同时，达米昂本人也已经进入森林中心，来到黑人祭司热雷米亚斯面前。在听完前者的讲述之后，这位祭司同样意识到自身时代的终结，在肉体毁灭之前，他用尽全力发出最后的诅咒，诅咒每个人都只能在“鲜血流成的河”[④] 岸上种下可可树。

---

① 〔巴〕亚马多著，吴劳译：《无边的土地》，上海：上海译文出版社，1992 年，第 70 页

② 同上书，第 69 页。

③ 小说中的两句话分别取自于《圣经·约书亚记》第十一章第四节：“这些王和他们的众军都出来，人数多如海边的沙，并有许多马匹车辆”，以及第十一章第十六节：“约书亚夺了那全地，就是山地、一代南地、歌珊全地、高原、亚巴拉、以色列的山地和山下的高原。”（详见〔巴〕亚马多著，吴劳译：《无边的土地》，上海：上海译文出版社，1992 年，第 125—126 页。）

④ 同上书，第 136 页。

丛林里的诅咒与《圣经》中的话共同构成新时代开篇的预言。蛮荒时代结束了，城市的扉页也逐渐揭开。然而，这些新兴市镇与现代化都市仍有巨大区别，其中充斥着冲突、欺瞒、暴力与贪念，却又保留着勇气、忠诚、互助与尊严。总体而言，从第三章“城市的诞生”开始，亚马多笔下的可可产区逐渐褪去神话色彩，变得更贴近巴西现实。人情社会便是其最大的特征，尽管法制与公正亟待建设，但人与人之间的承诺与信任仍足以保持秩序的稳定运行。无论是庄园主对于保镖杀手的庇护，还是他们与政府官员的权财交换，都揭示出巴西彼时的政治逻辑，而其最典型的特色，便集中于“可可上校”这一特殊称谓上。

上文中出现的可可庄园主——无论奥拉旭、巴达洛还是他们的其他盟友——都拥有“上校”头衔，这也是其他人对他们最常用的尊称。然而，这些庄园主白手起家，从未在军队服役过。这种空头军衔来源于巴西1831年设立的国民卫队，根基在于巴西独立后军力匮乏，以及地方与中央的权力失衡。简单来说，国民卫队是由地方寡头自行筹建的武装力量，用以协助维持巴西帝国的稳定，捍卫宪法等各项法律的执行。然而，地方寡头却不满足于凡事听从中央号令，他们手握财权、政权、兵权，实质上成为一方霸主。尽管巴西在帝国时期便实行选举制度，但在诸多“上校”的操控下，任何选举都只是其在地方势力的证明。巴西共和国成立之后，所有大庄园主均获得了“上校”头衔，“上校主义”（coronelismo）也成为理解巴西彼时政治结构的必备术语。

正因为有如此复杂的历史背景，亚马多笔下的“可可上校”们才能如此富有魅力。倘若以现代政治的观念来看，这些庄园主杀伐果断、肆意妄为，对当地民众形成极大的管控与威慑，但他们本身亦是维持当地秩序、促进良性互助、推动社会发展的重要力量。在《无边的土地》中，西尼奥·巴达洛会为家中的女佣安排婚事并赠予嫁妆，奥拉旭偶尔会陪同医生照看患上热病的可可工人，其他“上校”则会在重大节日时捐资供众人庆贺。不仅如此，城市的建设、道路的修建、港口的开辟甚至教堂的兴盛，也都得益于各位“上校”的支持。直到1930年瓦加斯上台之后，地方“上校主义”才得到抑制与打击，而这一次秩序的变革，也为巴西带来了更大的苦难。如果说，在“可可上校”的管控中，底层民众尚可通过让渡自由与出卖劳力获得必要的生活物资，在外国资本的强势介入之下，巴西人便彻底失去了立足的土地。

在《无边的土地》中，关于外国资本的精明算计只有短短几行文字，后续的故事则留到接下来的两部小说中讲述。关于可可产区故事的延续性，亚马多在《黄金果的土地》中有明确描述：

> 这本小说和比它早些时候出版的《无边的土地》合起来写得只是一个故事……本世纪（按：20世纪）初封建地主们怎样征服土地，后来土地又怎样落到贪婪的出口商手中的种种情况。……本书的最末的部分其实是一部新的小说的开始，这部新小说所要描写的生活，正是可可地区的人们现在还在过着的那种悲惨的生活。[①]

事实上，在亚马多构思之初，《无边的土地》原本只是《黄金果的土地》中的一部分，但随着情节不断发展，最终决定将它抽离出来独立成书。因此，这两本书不仅背景一致，奥拉旭、巴达洛等主要人物也都保留下来，共同构成了第二部小说的主线。不同的是，《黄金果的土地》发生在《无边的土地》故事的30年后，彼时对战的两大主角或死亡或年迈，就连他们的后辈也大多不再年轻，只有奥拉旭与埃丝特彼时尚在襁褓中的孩子如今正当壮年。而在《无边的土地》中出场极少的祖德（Zude）[②]出口公司，却在《黄金果的土地》里成为最重要的反派角色。通过放贷与操纵可可价格，该公司最终以极低的价格收购了当地的可可田，致使庄园主破产，雇工流离失所，小业主为保卫自己的财产最终牺牲。

①〔巴〕若热·亚马多著，郑永慧、金满成译：《黄金果的土地》，北京：作家出版社，1956年，第1页。
② 由于译者不同，在中译本《黄金果的土地》中，该公司被译为“徐德”。

在《黄金果的土地》出版两年之后，《饥饿的道路》问世。这部小说与前两部小说并不具备人物设定上的延续性，但讲述的正是土地易主之后，东北部的庄园雇工不得不离开故土，试图到东南部的咖啡种植园碰碰运气。在当时东北部的居民看来，圣保罗便是他们的“应许之地”迦南。然而，这些逃难者没有路费，缺衣少食，一路上发生了无数惨剧：孩子不堪重负中途饿死、老人生病却无钱医治、有人因买不起车票无奈滞留，还有女性为拯救家人被迫卖淫……正是在这种情况下，主人公三兄弟选择了不同的抗争道路：大哥若昂成为一名士兵，二哥若泽加入了当地有名的匪帮，而最小的弟弟尤文西奥则在短暂参警之后，选择加入巴西共产党。

对于彼时的共产主义斗士亚马多来说，自然只有尤文西奥的选择能够让人看到希望。因此，在接近小说结尾的一场军匪间的战斗中，不可避免地发生了兄弟相残。若泽在毫无察觉的情况下杀死自己的亲哥哥，若昂在死前才意识到，著名的“轰天雷老瑟”就是自己失散已久的弟弟若泽。小说并未交代若泽的最终结局，但巴西历史却清楚地说明，在瓦加斯统治的“新国家”期间，巴西有组织的匪帮都被消灭殆尽，若泽也很难幸存。只有尤文西奥不仅保留了自己的梦想，还将它传递到下一代人的身上。

在《黄金果的土地》与《饥饿的道路》中，故事发生的背景与亚马多所处的时代越发趋近。考虑到文学创作对现实的反映与干预作用，这两部作品的政治倾向太过明显，导致很长一段时间以来，巴西国内对它们的评价都远不及《无边的土地》，尤其是直接涉及党派宣传的《饥饿的道路》。但不可否认的是，亚马多的这 3 部作品在 20 世纪中期的社会主义国家中产生了重大影响。在 20 世纪 50 年代我国出版的 4 部亚马多作品中，《无边的土地》与《饥饿的道路》均先由私营出版社出版，之后又由国营的作家出版社再版，而《黄金果的土地》在当时也引起了一定反响，如《中国青年报》上就有读者将其列为自己最喜欢的一本书[①]。更值得一提的是，即使在《黄金果的土

① 木子：《我喜欢“黄金果的土地”》，《中国青年报》1957 年 2 月 23 日。

地》和《饥饿的道路》中，当亚马多直接进入政治局势的讨论时，也未曾放弃对诗意的借鉴与对传统的运用，这些元素与故事情节的发展一道，共同构成了三部曲延续性的保证。

经过20世纪上半叶这段最为动荡的历史时期后，亚马多已然形成了独属于他的文学创作特色。在对巴西城乡现实的记录中，这位巴伊亚小说家得以跳出早期刻板的客观描述，转而捕捉到巴西不为外人所知的精神实质。具体来说，在以《茹比亚巴》为代表的都市文学创作中，亚马多创造性地运用了桑巴等巴西民间艺术元素，开启了一种新的表达方式与叙事节奏。而在《无边的土地》等乡村题材的作品里，则利用历史与记忆，一步步揭示了巴西独特的民族心理与行事逻辑，将其从西方化的评价体系中解放出来。

在亚马多后续创作中，这种巴西式的语言特色与叙事模式得到了进一步发展，也使之后的国家形象塑造成为可能。除对都市文化与乡村现实的描述之外，这6部作品中还有一些零散却又反复出现的主题，如混融的宗教信仰、坚强的女性角色等，也在一段时期的发酵之后，促成了亚马多更多的文学创作。尤其是在他停止党务工作、专职进行写作之后，对于上述主题的描述也褪去了单纯的阶级斗争色彩，获得了更加丰富的文化底蕴。

第三章　非黑非白的“混血面孔”

在亚马多早期作品中，无论《茹比亚巴》还是《无边的土地》，“黑人性”都被用于佐证巴西传统与西方文明间的差异与鸿沟。在《茹比亚巴》中，黑人巴尔杜伊诺的种族意识最终催生出阶级意识；在《无边的土地》里，森林深处的原始法则最终演变为以人情为基础的社会规范。尽管就叙事结构而言，非洲元素在亚马多前期作品中占据的地位不尽相同，但我们却不难看出，作者的目的并不在于宣传黑人文化本身，而是将其作为一种手段，用以展现巴西社会特质，唤醒民众的反抗意识。因此，这一时期亚马多之所以大量选取黑人元素，并非为了清晰的种族平权意识，而是想要为所有“被压迫者”寻求正义。对于有着三百多年奴隶制，仅从非洲直接登陆的黑奴数量就接近 500 万人的巴西而言，没有群体比黑人更适合将“奴役”这一抽象概念具体化，也没有群体比他们更适于成为争取解放的领导者。正是在这个意义上，亚马多在《茹比亚巴》临结尾处写道：“贫穷的白人与黑人皆是奴隶”[①]，换言之，贫穷会让所有肤色的人沦为“黑人”。

颇具讽刺意味的是，尽管“无心插柳”，但上述作品也为巴西非洲文化在世界范围的传播起到了无可替代的作用。因为在亚马多之前，巴西文学作品中鲜少出现关于黑人及黑人文化的描写，更没有其他巴西作家曾获得像亚马多一样的国际知名度。而当亚马多 1956 年脱离巴西共产党党务工作，并于 1958 年出版《加布里埃拉》之后，评论界普遍认为其创作也进入第二阶

① Jorge Amado, *Jubiabá*, São Paulo: Livraria Martins Editora, 1970, p.278.

段。[①] 就种族文化的书写而言，从这一时期开始，亚马多开始有意识地对巴西混血儿及混血文化进行正面塑造。随着其文学作品及影视改编的广泛传播，“种族民主”的巴西形象也得以在世界范围内获得认可。尽管从许多角度来看，亚马多前后两个阶段作品的延续性或许大于其断裂感[②]，但在巴西非洲文化展现这一话题上，确实能看到极为明显的不同。

在《巴西文学的种族与肤色》一书中，英国学者布鲁克肖提出，在亚马多的早期创作中，“其对于黑人的兴趣”主要在于他们属于“被压迫的阶级”[③]；而从第二个阶段开始，亚马多开始更多关注“巴伊亚民间文化本身”[④]。值得注意的是，无论布鲁克肖本人还是他引述的其他作者[⑤]，在讨论亚马多前后两个阶段的种族话语时，所使用的一直都是“黑人宗教”“非洲文化”“巴西黑人性”等关注“黑人”的语汇，仅在“黑人与混血儿”并列时才会出现“混血”相关的表述。同样的用词倾向也常见于巴西学者的研究，正如罗西在《革命的颜色》中所论述的那样。[⑥]

诚然，当亚马多从宣传“革命”向关注“民俗”转变时，其对“种族”的定义也从社会阶层转向了文化习俗，但需要强调的是，这种习俗不仅属于黑人，也属于全体巴伊亚人，乃至全体巴西人。因此，在亚马多后期作品中，尽管有许多对于坎东布雷、卡波埃拉、阿佛谢[⑦]等典型非洲文化艺术特质的描写，他所关注的对象却早已从“黑人”变成了“混血儿”。明确这一点对于阐释亚马多后期的文学创作至关重要，因为此时的他致力于构建以混血文化为主导的巴西形象，而不是将巴西仅仅设定为一个对黑人文化友好的国家。在此基础上，我们也更加能够理解巴西绵延了一个多世纪的种族争论。

---

① 在《饥饿的道路》与《加布里埃拉》之间，亚马多创作了另一个三部曲《争自由的地下工作》，于1954年出版。

② Fan Xing, *Tocaia Grande: romance síntese de Jorge Amado*, dissertação de mestrado, Unicamp, 2017.

③ David Brookshaw, *Race and Color in Brazilian Literature*, Metuchen, N.J.: The Scarecrow Press, 1986, p. 153.

④ Ibid., p. 154.

⑤ 包括美国学者、翻译家Greygory Rabassa，耶鲁大学教师Maria Luísa Nunes，意大利学者Giorgio Marotti等。

⑥ Luiz Gustavo Freitas Rossi, *As cores da revolução: a literatura de Jorge Amado nos anos* 30, São Paulo: Annablume, 2009.

⑦ 阿佛谢（Afoxé），即巴西非洲宗教信徒的狂欢节游行。

“黑人性”与“混血性”之争

在全球范围内，巴西种族问题无疑具有特殊性。葡萄牙政府从未实行种族隔离制度，自第一批航海者到达巴西之后，欧洲人便与印第安人混居生活。与此同时，巴西也从未像西班牙殖民地那样，推进过以血统为依据的种族等级体系（Sistema de Castas）①。也就是说，在巴西，从未有过制度化的措施来阻碍不同种族间的杂居与通婚，这为杂糅文化的形成留下了足够的空间。16 世纪中叶开始，随着非洲黑奴源源不断进入巴西，大量具有非洲血统的混血儿也在此诞生。至巴西奴隶制废除、共和国成立前夕，巴西自我申报的混血儿数量已经超过总人口数的三分之一，成为占比最高的种族群体。②考虑到彼时的种族观念，黑人与混血儿仍遭受普遍歧视，有较强意愿将自己的身份“漂白”，当时实际的混血儿比例或许更高。

因此，在政治局面与社会思想都极为动荡的 19 世纪末，高度的混血性便是巴西不得不面对的民族现实。面对彼时甚嚣尘上的优生学话语，巴西首先需要解决的便是民族构成之上的国家建设问题。关于国家未来的发展方向，彼时的知识分子意见不一，但他们无疑都对“混血”本身寄予期望。巴西犯罪人类学家尼纳·罗德里格斯（Nina Rodrigues）赞成实行种族隔离制度，但仍强调，在巴西混血儿中也存在一部分“高效健康，并能够从事高端智力工作”③的人；巴西文学批评之父西尔维奥·罗梅罗（Sylvio Romero）也断言“所有巴西人都是混血儿”④，尽管在他看来，“不应当将黑人及印第安人

① 关于西属美洲的种族等级体系，参见 R. Douglas Cope, *The Limit of Racial Domination: Plebeian Society in Colonial Mexico City* 1660-1720, Madison: The University of Wisconsin Press, 1994, p. 24。

② 1872 年，巴西进行了第一次人口普查，种族一项分为“黑人”“白人”“土著人”与“混血儿”4 项，以被调查者的自我申报为标准。根据巴西国家地理统计局提供的数据计算，其中混血儿数量占比 38.28%，略多于白人 38.14%，远多于黑人 19.68% 与土著人 3.9%。具体数据参见 *Recenseamento do Brasil em* 1872, Rio de Janeiro: Typ. G. Leuzinger, 1874, p. 1。

③ Raymundo Nina Rodrigues, *As raças humanas e a responsabilidade penal no Brasil*, Rio de Janeiro: Centro Edelstein, 2011, p. 58.

④ Sylvio Romero, *História da literatura brasileira*, Rio de Janeiro: H. Garnier, 1902, p.4.

当作未来文明的构成元素"[1]，但认为应积极引入德国移民，通过与他们通婚来"漂白"巴西民族；而不朽著作《腹地》的作者库尼亚则认为，巴西内陆的印欧混血儿拥有适合自己的成长环境，因此能够"摆脱了外来文化的不能适合的危机，而赋予他们将来有一天征服外来文化的能力"[2]。

在评价库尼亚的贡献时，巴西人类学家与人种志学者罗克特－平托提出，虽然优生学理念在当时流传甚广，但究其本质，或许不过是雅利安人借以确立自身优势地位、操控其他国家的手段。[3] 也正是在罗克特－平托的启发下，吉尔贝托·弗雷雷意识到，黑人血统的融入其实并未对巴西民众造成负面影响，反而因此塑造出巴西不同于其他国家的民族特质。在此基础上，弗雷雷超越了生理学意义上的种族研究，转而强调葡萄牙人、印第安人与非洲人在巴西文化方面的贡献，从而成就了《华屋与棚户》（1933 年）这一经典著作。另一方面，吉尔贝托·弗雷雷也开始与若热·亚马多等东北部作家建立起友谊，共同推动以非洲文化为底色的东北部文化在巴西内部的传播。1934 年与 1937 年，巴西举办了最早的两届非洲巴西大会，会议地点分别是弗雷雷的家乡累西腓与亚马多所在的萨尔瓦多。在第一届非洲巴西大会举办的当天，弗雷雷亲自执笔，在《伯南布哥日报》上发表了一则短文，简述了这次会议的内容与主要目的：

> 很长一段时间以来，我们都被一种可笑的雅利安主义所支配，这与阶级歧视及经济剥削相关。既然社会、艺术与学术精英自身都受益于黑人血统……，论证这种自负的雅利安主义便极为可笑。非洲巴西大会代表着一种必要的反抗：在巴西，黑人血统对于任何人都不应该是耻辱。无论黑人血统还是非洲影响，他们遍及所有真实纯正的巴西人，就像是遍布民族灵魂的胎记一样。[4]

① Sylvio Romero, *História da literatura brasileira*, Rio de Janeiro: H. Garnier, 1902, p. 55.
② 〔巴〕欧克里德斯·达·库尼亚著，贝金译：《腹地》，北京：人民文学出版社，1959 年，第 105 页。
③ Roquette-Pinto, "Euclydes da Cunha naturalista", in *Revista do Brasil*, 1918, 8 (29), pp. 34-35.
④ Gilberto Freyre, "O afro-brasileiro", in *Diário de Pernambuco*, Nov 11, 1934, p. 3.

由此可见，举办这场大会、认可黑人能力与非洲文化的终极目的都旨在为巴西民族正名，这正是罗克特－平托、弗雷雷与亚马多共同努力的方向。当19—20世纪之交的巴西学者试图改变巴西以迎合西方种族主义话语时，20世纪30年代的知识分子则致力于建立对巴西有利的评价标准。然而，这同时也意味着，在强调黑人“为民族发展做出了突出贡献”时，“黑人”最终仍要融入“巴西民族”之中。

正是在充分吸收了葡萄牙人、印第安人与非洲人文化资源的基础上，才诞生了巴西的民族文化——这一充满着积极乐观色彩的“三种族神话”奠定了弗雷雷《华屋与棚户》的历史地位。然而，在弗雷雷突出巴西种族融合优势的同时，国内的种族压迫与冲突便自然掉落到次要的位置：就现实层面而言，巴西黑人所遭受的不公可以归咎于奴隶制以及其造成的阶级分化；而在思想文化领域，巴西民族同它所有具有非洲血统的国民一样，均为欧洲雅利安主义的受害者。因此，无论个人的种族肤色与阶级地位如何，所有巴西人都应该团结一致地反对“白人至上主义”。

这也解释了《华屋与棚户》这一题目的由来。尽管主题是讨论巴西种族特色，但弗雷雷却选择从东北部大种植园的日常生活入手，先厘清巴西奴隶主与奴隶之间的复杂关系。华屋即庄园主（白人）居住的地方，而棚户则是奴隶（黑人）的栖身之所。尽管“华屋”与“棚户”的居住条件相差甚大，但两者却同在农庄这一相对狭小的空间之内，彼此之间不乏交集。因此，用“华屋”和“棚户”来代指奴隶主与奴隶便体现出一则巨大的隐喻。在这一关系中，除去统治者与被统治者这一单纯的权力关系之外，黑人保姆与白人孩童的情感依赖更成为论述的重点。恰恰是在黑人与白人日常亲密的相处中，来自非洲大陆的语言、歌谣、传说、习俗渐渐为欧洲后裔所了解，黑人文化不可阻挡地成为巴西文化的一部分。与此同时，弗雷雷对不同种族间亲密共处的强调又构成另一种巴西文化身份的象征。从20世纪30年代开始，随着纳粹势力的兴起与“二战”爆发，巴西的“种族民主神话”开始渐渐为世界所熟知，并迅速成为巴西国家优越性的证明。

由于“三种族神话”与“种族民主神话”的共同作用，当20世纪初期的巴西知识分子借歌颂非洲影响来为巴西文化本身正名时，几乎就已经注定他们不可能从种族立场上来单独为黑人发声。因此，无论在创作前期还是后期，每当论述黑人群体的劣势地位时，亚马多都倾向于在经济阶层方面找原因，而刻意淡化种族所产生的影响。在亚马多看来，所有巴西人都是混血儿，“黑”与“白”的区分可以指涉肤色、习俗与经济地位，却唯独无法代表血统。而他之所以称颂非洲元素，一是为了替社会地位弱势的群体发声，因为受奴隶制的影响，穷人绝大多数都是黑人或深肤色混血儿；二是为了给深受黑人文化影响的巴西尤其是巴伊亚正名，让巴西真正摆脱欧洲中心主义的困扰，认可并为自己的混血身份而自豪。这两点构成了亚马多种族书写的创作主线。通常来说，在亚马多的前期作品中，第一点尤为突出；而其后期作品则更注重第二个层面。但在《奇迹之篷》(*Tenda dos Milagres*)中，亚马多则有意将两者结合起来，写出了他心目中关于巴西种族问题最为全面的总结小说(Romance-Síntese)。

《奇迹之篷》：混血视角下的平权之路

在亚马多近70年的创作生涯中，《奇迹之篷》占据着极为特殊的位置。在人物设定上，《奇迹之篷》的主人公阿尔杉茹内心极为复杂，并同时拥有多重身份，既是唯物主义者与罢工领袖，也是民俗学家与坎东布雷宗教祭司。亚马多也曾多次表示，在他创作的所有人物中，阿尔杉茹与其本人最为接近[①]，仿佛是他思想理念的完整映射。这或许解释了这部小说的整合性特征，即同时具有亚马多前后两个阶段的创作特点。尽管在写作时间上，《奇迹之篷》出版于1969年，恰值亚马多文学生涯最为成熟鼎盛的时期，距离

① “A palavra escrita de Amado”, in *Veja*, Dec 14, 1972, p. 90.

标志其转型的《加布里埃拉》问世也已经过去了11年，但在文学风格上，这部小说却在展示风俗民情的同时，保留了亚马多早期创作中“斗争文学”的影子。在《奇迹之篷》中，能够明显看出亚马多并不满足于将自己的所思所想掩藏在引人入胜的情节之下，而是坚持将其关于种族问题的理念借主人公之口明确地表达出来，因此，这部作品也被许多评论家视为一部“论证小说”(Romance de Tese)。在接受法国学者阿利塞·赖拉尔德的访谈时，亚马多也专门提到，《奇迹之篷》可以看作是对《茹比亚巴》的重写：

> 1969年我出版了《奇迹的店铺》[①]这部长篇小说，提出了在《儒比亚巴》[②]中所提出的同样问题。两部作品创作时间相隔25年之久，我认为我的文学创作经验和人生经验都更加丰富了许多。《奇迹的店铺》可以说是《儒比亚巴》的修正本，但它们的内涵是不同的。[③]

在接下来的回应中，亚马多解释了《茹比亚巴》与《奇迹之篷》的不同之处，指出后者主要“谈的是巴西民族形成的问题，是反对各种偏见主要是种族偏见的问题”[④]。这句话完美概括了《奇迹之篷》的主旨，也体现出亚马多对这部小说倾注的心血与期待。更重要的是，在这部小说中，正如在《华屋与棚户》里一样，对“民族形成”的回溯与对“种族偏见”的驳斥绝非两个相互割裂的主题，而是相辅相成的关系。正是通过对巴西种族平权史的回顾，读者才能了解巴西种族问题的根源与特质，认可“巴西民族的面孔是混血儿的面孔，巴西文化也是混融的文化”[⑤]；也只有成功缔造出“人人都是混血儿”的民族形象之后，巴西才真正赢得了其他国家的肯定与全体国民的认同，成为茨威格眼中能够替代旧大陆“昨日世界”的“未来之国”。

任何无视这一点的批评者都会对亚马多与《奇迹之篷》做出有失公允的

---

① 即《奇迹之篷》的另一种译法。
② 即《茹比亚巴》的另一种译法。
③〔巴〕若热·亚马多著，孙成敖译：《我是写人民的小说家》，昆明：云南人民出版社，1997年，第113页。
④ 同上。
⑤〔巴〕若热·亚马多著，樊星译：《奇迹之篷》，南京：译林出版社，2016年，第136页。

评价。例如，在 1971 年刊登在《华盛顿邮报》的一篇文章中，戴维斯（L. J. Davis）便指责亚马多关于种族混融的理论只是“单纯的说教”[①]；而美国葡语文学研究者格雷格里·拉巴萨（Gregory Rabassa）虽然意识到《奇迹之篷》包含有对巴西历史的反思与批判，却仍强调这部作品在大多数时候都只是“恶作剧般令人愉悦的嬉戏”，认为只有借助美国作家埃尔德里奇·克利弗式（Eldridge Cleaver）的愤怒，才能够对种族问题有更为严格的描绘。[②] 在其他学者关于亚马多的后续研究中，此类观点也并不罕见，有人甚至认为这种轻松的揭露不仅无助于反抗不公，其本身也难逃种族偏见的影响。[③]

在针对亚马多种族理念的众多批评者中，布鲁克肖无疑是最严厉的一位。在这位英国学者及翻译家看来，尽管亚马多旨在破除种族偏见，《奇迹之篷》却并未跳出“漂白”巴西的欲望，甚至可以说是强化了这种 19 世纪便产生的社会理想，而证明这一点的典型例子便是全书快结束时，阿尔杉茹巧遇了女大学生罗萨，并发现这是他一生挚爱的黑人女人罗萨的孙女。在临近生命终点的主人公看来，这个年轻的混血姑娘正代表了巴西种族融合的最高成就。针对这一点，布鲁克肖尖锐地论述道：

> 在得知自己长辈的信息之后，医学学生罗萨选择了奥沙拉这个姓氏，这个细节似乎表明，巴西非洲文化对于亚马多的吸引仅仅在于其异域风情的表象。而罗萨则似乎代表了亚马多的民族理想：一个重新获得非洲姓名的“混血女郎”，以纪念这个在混血中逐渐消失的种族。[④]

然而，无论是拉巴萨还是布鲁克肖，当他们批评亚马多时，都已经预设

① L. J. Davis, “Novels”, in *The Washington Post*, Sep 12, 1971, p.2.

② Gregory Rabassa, “In Bahia, It’s Living Theater”, in *New York Times*, Oct 24, 1971, p.52.

③ Susan Canty Quinlan, “Questioning Jorge Amado’s Fictional Women-of-Color”, in Keith H. Crower et al. eds., *Jorge Amado: New Critical Essays*, London: Routledge, 2001, pp. 191-201; Luís Bueno, *Uma história do romance de* 30, São Paulo: Editora da Universidade de São Paulo; Campinas: Editora da Unicamp, 2006, pp. 290-294.

④ David Brookshaw, *Race and Color in Brazilian Literature*, Metuchen, N.J.: The Scarecrow Press, 1986, p.167.

了“黑”“白”之间只能对立的观点，这不仅是亚马多及其理想中的巴西所极力摒弃的，甚至也是历史上巴西各方为了达到最佳利益而要尽量消解的。而亚马多撰写《奇迹之篷》时，便已经将这类种族观点考虑在内并作出批判，因为这些英美批评者所持有的立场，也是他要驳斥的“偏见”之一。

在接受《请看》杂志的一次访谈中，亚马多提到《奇迹之篷》是一部跨越了“两段时间与三重空间”[①]的小说，而核心正是与他本人极为相似的主人公阿尔杉茹。“两段时间”分别为1868—1943年和1968年，第一段以主人公的生卒年份为起止点，而第二段时间则围绕阿尔杉茹的百年诞辰展开。通过这两个相互穿插的故事线索，《奇迹之篷》正好涵盖了从19世纪中叶到小说出版前夕的百年历史，也佐证了其展现巴西“民族形成”的意图。因此，也有评论家将这部作品与《无边的土地》并置，认为他们分别总结了巴西城乡特质的历史起源。

在上述访谈中，亚马多所谓的“三重空间”实际上是指“三重叙事”，也即在对上述两个时间段分别进行客观记录的基础上，加上了叙事者佛斯托·佩纳个人的观察与点评。这种叙事方式的划分与亚马多反驳“种族偏见”的意图直接相关。考虑到“偏见”不仅指涉巴西黑人及混血儿遭遇的歧视，也包括外界对于巴西种族状况的种种误解，亚马多便在第一重叙事中回溯阿尔杉茹生前的平权斗争；在第二重叙事中，以美国诺贝尔奖获得者来到巴西为引子，讲述了巴西国内外知识分子对于阿尔杉茹种族观念的关注与误读；再在第三重叙事中对上述误解进行驳斥。这三重叙事空间环环相扣，一步步还原巴西特有的种族平权实践，构建出“人人都是混血儿”的民族身份，并借此对“二战”时期纳粹“优生论”以及20世纪60年代美国黑人民权运动中“黑白对立”的种族思潮进行驳斥，突出巴西经验的优越性，从而完成巴西相对欧美国家的形象逆转。

正是在《奇迹之篷》的第三重叙事中，亚马多借叙事者佛斯托·佩纳之

① Carlos Soulié do Amaral, “Não sou papel carbono”, in *Veja*, Sep 17, 1969, p.4.

口，区分了以阿尔杉茹为代表的巴西混血文化与美国黑人权益组织之间的界限，甚至不惜将黑豹党称为“种族主义者”，认为他们是要“拒绝种族融合，对白人发起圣战”①。佩纳之所以这么说，是因为在阿尔杉茹百年诞辰的纪念活动上，他联合了一些文艺界的人士，想要将这位传奇混血儿的故事排成舞台剧，但在排演前的讨论环节，众人却难以达成一致意见：

> 分歧主要在于演出的内容与佩德罗·阿尔杉茹的人物形象。伊斯塔希奥·玛雅自诩为北美黑人势力坚定不移的巴西信徒，将佩德罗·阿尔杉茹变成了美国黑豹党成员，让他在舞台上朗诵斯托克利·卡迈克尔的演讲词与口号，为种族隔离政策与不可救药的仇恨辩护，就像一个持相反观点的尼禄·阿尔格鲁教授。黑人一边，白人一边，用道德斗争的方法，禁止任何的融合共处。我一直没能知道这位激进的黑人国民领袖把混血儿放在什么位置。②

在这段话中，亚马多不仅预先对他可能遭受的批评进行了反驳，更站在巴西民族的立场上，驳斥了20世纪中期以来北美黑人民权运动中鼓吹的黑人优越或种族分离理念，尤其批评了借此对巴西种族问题进行捆绑，并在巴西不同肤色人群之间煽动对立与仇恨的行为。因为巴西人既不是欧洲人也不是非洲人，而是经过不断混融之后的混血人种。

比借书中人物之口直抒胸臆更重要的是，在此之前，亚马多已经借阿尔杉茹及其两位义子达米昂与塔代乌的故事，为读者详细展示了巴西种族问题与平权路径的特殊性。这种特殊性主要体现在巴西种族问题的一大悖论：一方面，所有历史材料与社科理论都能够证实，除了新移民之外，所有巴西人都是血统与文化上的“混血儿”；另一方面，从葡萄牙殖民者首次踏上这片大陆开始，欧洲文明始终处于优势地位，而印第安人及后续进入巴西的非洲

① 〔巴〕若热·亚马多著，樊星译：《奇迹之篷》，南京：译林出版社，2016年，第168页。
② 同上书，第166—167页。

黑奴则始终处于被压迫的弱势境地。为了能够清楚地说明这一点，真正做到讨论与更正巴西“种族偏见”，《奇迹之篷》首先需要解决的，便是为何会出现这种“混融”与“压迫”并存的局面。

因此，在《奇迹之篷》第一个时间段的故事中，这一悖论构成论证的真正核心。亚马多在引子里便给予了提示。在巴伊亚萨尔瓦多市的历史城区，大众用日常生活的古老智慧构建起一座“广阔多彩的大学”[①]，在其中演奏音乐、编排舞蹈、绘画雕塑、吟唱诵诗、祈祷救人……但最后一段却话锋一转，指出在这间民众大学的不远处“成立了一所医学院，同样教授治病救人，却夹杂了另外的东西：诗歌的修辞与可疑的理论”[②]。凡是读过《奇迹之篷》的人都不会怀疑，阿尔杉茹便是这所“民众大学”的真正校长（他同时也是医学院的一名底层杂役），而全书最重要的反面角色尼禄·阿尔格鲁则是医学院里德高望重的教授，宣扬种族歧视言论的也正是此人。

然而，如果认为《奇迹之篷》仅仅记录了杂役战胜教授的逆袭过程，从而证明巴西“混血文化”的正当性，那恐怕只能获得对这本书最为浅白的解读。也只有在这一层面上，戴维斯才会指责《奇迹之篷》中的故事情节如“米老鼠般黑白分明”[③]，因为他并未看出其中所掩藏的巴西种族问题的复杂性。事实上，巴西种族问题之所以会有看似相悖的解读，首要原因便在于巴西统治理念与社会实践的严重脱节。毕竟从殖民时期开始，巴西种族间的区隔与压迫便更常见于统治者与精英阶层，而底层民众对于肤色却往往并不看重。正是在这个意义上，当阿尔格鲁诟病“我们之所以贫穷落后，主要因为混血儿都是次等种族，没有能力”[④]时；在底层人民的欢庆活动中，“黑人、白人、混血儿无视大学教授的理论，在一起跳舞”[⑤]。

更重要的是，即便统治阶层具有维持白人统治的驱动力，他们也无力像

① 〔巴〕若热·亚马多著，樊星译：《奇迹之篷》，南京：译林出版社，2016 年，第 1 页。
② 同上书，第 7 页。
③ L. J. Davis, “Novels”, in *The Washington Post*, Sep 12, 1971, p.2.
④ 〔巴〕若热·亚马多著，樊星译：《奇迹之篷》，南京：译林出版社，2016 年，第 97 页。
⑤ 同上书，第 101 页。

北美那样施行种族隔离政策，因为相较于有色人种而言，巴西的葡萄牙人数量过少。第一批来到巴西的葡萄牙冒险者只有男性，这使得欧洲人与印第安人的结合在巴西殖民之初便成为常态。即使后续的葡萄牙庄园主能够娶得一名白人妻子，也并不影响他们与众多黑人女奴生下混血后代。事实上，尽管部分庄园主奴隶确实会苛待自己的私生子，甚至仅仅将他们当作奴隶使唤，但也有一些庄园主会让自己的混血后代接受教育，甚至分给他们一些财产。就整个国家统治而言，受过教育、拥有财产的混血儿便获得了阶级跃升的机会。毕竟，早在1731年，若昂五世就曾颁布训令，要求伯南布哥州州长将公职授予一名取得学位的黑白混血儿，并强调在有学士存在的情况下，不允许让非学士取而代之，即使后者是白人。①

在《奇迹之篷》中，作为一名深肤色的混血儿，阿尔杉茹的义子塔代乌便以教育为跳板，借助工程师这一职业道路，一步步谋求阶级跃升，其最终目的是与富有的白人姑娘露结婚。由于女方父亲高梅斯上校的极力阻挠，塔代乌不得不跨越重重阻碍，其斗争过程也构成了《奇迹之篷》后半部分的核心。与此同时，塔代乌也得到了许多人的帮助。比如露的追求者之一就主动向高梅斯上校坦白，他尽管肤色白皙，却也是一名混血儿，并有一名褐色皮肤的亲弟弟，从而证明了巴西人在意的“是肤色而并非种族”②。最终，依靠警察律师的协助与权威人士的背书，塔代乌不仅成功迎娶了露，更获得女方家庭的认可，成为令人尊敬的“塔代乌·坎尼奥托博士、上校的女婿、土地与牲畜的继承人”③。

尽管塔代乌以实例证明了混血儿同样拥有进入上流社会的机会，但不可否认的是，他仅仅是一个特例。在巴西既有的社会体系中，社会流动性差，底层人群很难获得足够的经济与教育资源，黑人与混血儿只有如塔代乌一般天资聪慧，且又能获得外在助力，才有可能真正步入上流社会。与此同时，

---

① Sérgio Buarque de Holanda, *Raízes do Brasil*, São Paulo: Companhia das Letras, 1995, p.55.
② ［巴］若热·亚马多著，樊星译：《奇迹之篷》，南京：译林出版社，2016年，第266页。
③ 同上书，第311页。

一旦一名黑人或者混血儿实现了阶级跃升，他便失去了曾经的身份特质，成为巴西人眼中的“白人”。对此，社会学家达尔希·里贝罗（Darcy Ribeiro）在名作《巴西人民》中做了详尽的分析：

> 如果黑人获得巨大成功，社会地位上升，进入到白人圈子，相互通婚，那么他们就会被当作白人。巴西对于黑人的定义无法适用于艺术家或成功的职业人士。下面的对话能够说明这一点。对话双方分别是黑人画家桑塔·罗萨与一名同为黑人的青年，后者正为外交生涯的上升而奋斗，并对有色人种在阶层跃升中的种种困境有所抱怨。画家满怀同情地说：“我完全理解你的情况，朋友。我也曾是黑人。”①

“曾是”一词充分说明了“种族”概念在巴西的含混性与流动性，也解释了为何塔代乌在取得学位、成为工程师并与富家姑娘露结婚之后，便彻底离开了他生长的塔布昂斜坡，永远告别了曾经的亲友。正是在这个意义上，阿尔杉茹感叹道：“没有黑人与白人，在‘胜利走廊’金钱能使人变白，而这里的苦难能让人变黑。”② 可以说，这里的“黑”“白”与生理意义上的种族毫无关系，甚至无法代指肤色，而仅仅成为一个阶级概念。这并不意味着巴西不存在种族主义或对于有色人种的压迫，只是与种族隔离政策下的社会相比，巴西的种族偏见具有自身的特色。一方面，有色人种中最优秀的群体能够获得上层社会的认可，从而极大缓和了不同种族间的紧张氛围，使底层人民也能看到一丝希望。另一方面，这也意味着底层人会不断失去他们中最具潜质的同伴，也失去了能够团结起来进行反抗的力量。而由于统治阶层一直以欧洲文化为主，其制定的政策也必然偏向白人。

面对这种情况，依然处于社会底层的有色人种有暴力与非暴力的两种斗

① Darcy Ribeiro, *O povo brasileiro: a formação e o sentido do Brasil*, São Paulo: Companhia das Letras, 2006, pp. 206-207.

②〔巴〕若热·亚马多著，樊星译：《奇迹之篷》，南京：译林出版社，2016 年，第 311 页。

争路径。对于巴西而言，与暴力反抗相比，更常见的是通过狡猾的玩笑、伪装或欺瞒等形式尽量争取自己的权益，这也是阿尔杉茹年轻时最擅长的方式。1904 年，由于巴伊亚警局严禁阿佛谢出现在街头，阿尔杉茹便以 17 世纪武装反抗奴隶主的帕尔玛雷斯逃奴堡为主题，带领阿佛谢游行走上街头。然而，尽管以阿尔杉茹为首的诸多混血儿公然违抗了警局的禁令，却从未诉诸武力，甚至连严肃的言语抨击都不曾有过。通过将殖民时期奴隶主的残暴和奴隶的反抗搬上舞台，他们以反讽的形式揭露了统治者的罪行，而群众支持他们的方式也十分轻松：

> 群众为这种反抗精神欢呼喝彩，真是勇敢的挑战：……警察局长吃屁去吧，大家笑着、嘲弄着、吹着口哨，吃屁去吧。勇于反抗的阿佛谢赢得了掌声与欢呼：万岁、万岁、万万岁！[①]

尽管看起来有些避重就轻，但事实证明，比起直接的武力暴动，在巴西占据主流的一直是非暴力抗争。[②] 有些时候，身处底层的有色人种不仅会尽量避免与统治阶级直接冲突，甚至可能与上层社会达成共识，从而进一步缓和不同阶层之间的矛盾。毕竟在巴西历史上，在最顶层的庄园主与待遇最差的奴隶之间，确实存在着一系列彼此关联而又有明显等级差异的中间团体。早在 18 世纪初期，安德烈·若昂·安东尼尔（André João Antonil）就观察到，在到达巴西的非洲奴隶中，“有一些非常粗野、封闭，并且毕生如此。另一些几年之内就变得聪明狡猾，会学习天主教文化，会过日子。……那些出生在巴西的，或从小在白人家里长大的，跟主人非常亲近，也非常负责”[③]。

---

① 〔巴〕若热·亚马多著，樊星译：《奇迹之篷》，南京：译林出版社，2016 年，第 67 页。

② 如帕尔玛雷斯逃奴堡（Quilombo dos Palmares，1605—1694 年）起义这种大规模的暴力反抗运动在 17 世纪之后便在巴西销声匿迹了。这首先是因为，1640 年葡萄牙从伊比利亚联盟（União Ibérica）中独立，并于 1654 年将荷兰入侵者彻底逐出巴西，此后葡萄牙拥有更多力量对抗奴隶暴动。另一个重要原因则是，经过近百年的不断斗争，巴西奴隶已经对奴隶主形成了足够的威慑，迫使他们必须给予被奴役者一些自由权利，以保证统治的稳定性，而被奴役者也善于利用这一点，尽量为自己争取更多资源。

③ André João Antonil, *Cultura e opulência do Brasil,* Rio de Janeiro: Casa de Souza e Comp., 1837, pp. 31-32.

这些观察表明，巴西奴隶的待遇相差很大。对于从非洲贩运的奴隶而言，到达巴西的时长、葡萄牙语的掌握情况与对庄园生活的熟悉程度都会影响到其工作内容和日常待遇。而出生在巴西的奴隶后代，尤其是肤色较浅的黑白混血儿，则有更大的概率成为监工或家仆。他们一方面保留着被奴役者的身份，另一方面则与奴隶主建立了更为亲密的关系。[①] 这种对非洲奴隶的“分而治之”是巴西殖民者特有的统治方式，也是在奴隶人口不断增长，甚至超越自由人口的情况下，奴隶主为了避免下层人的联合反叛而不得不采取的策略。

与此同时，即使是佃农、医生、手工业者等“自由人”，也一样需要依附于大庄园主，他们和已经取得自由但仍为庄园主服务的前奴隶一道，构成了白人统治者与非洲黑奴之间的缓冲力量。正如罗伯托·施瓦茨（Roberto Schwarz）所说：对于这些“既非有产者亦非无产者”的人而言，如要获得财富与社会地位，必须凭借某位大人物直接或间接的“恩惠（favor）”[②]。而随着时间的推移，这种“恩惠”已经变成巴西最“普遍的调停方式”[③]，因为它并非是统治者单方面的施舍，而是其与弱势方的“共谋”[④]。

在《奇迹之篷》中，承担这一中间人角色的是达米昂。他虽然不是阿尔杉茹的儿子，却可以看作是后者精神上的继任者。正是在阿尔杉茹的教导下，达米昂学会了阅读与书写。与此同时，这位后生也从前辈那里继承了饮酒作乐的癖好与狡黠不羁的智慧。凭借对底层情感逻辑的了解与对上层社会规则的熟识，达米昂赢得了两个象征性的称号：“少校”以及“律师”，尽管他并非军人，对法条也并不熟识。

亚马多详细描述了达米昂拿到律师执照的方式，因为它清楚展现出，为了实现共同目的，不同阶级／种族团体之间如何能够轻易地形成“共谋”。

① Boris Fausto, *História do Brasil*, São Paulo: Editora da Universidade de São Paulo, 1995, p. 69.
② Roberto Schwarz, *Ao vencedor as batatas*, São Paulo: Duas cidades; ed. 34, 2000, p.16.
③ Ibid., p.16.
④ Ibid., p.20.

彼时法官正要审理一桩穷人犯罪的案件，而法庭为被告指派的律师却再次缺席。在没有合适人选的情况下，法官签署了临时命令，委托恰好在场的达米昂为被告辩护，同时承诺，如果达米昂能够辩护成功，就为他颁发律师执照。而从未上过一天法学院的达米昂，因为常常在律所和法院打杂，已经耳濡目染掌握了律师辩护的诀窍，他不仅想要取得律师执照，也愿意帮助与他同属底层的人脱罪，自然欣然应允了法官的要求。在法庭上，达米昂同样善于以统治者的价值观为被告辩护，通过强调家庭的价值、颂扬女子的贞洁，他成功地将被告置于审判者的阵营，将他一时冲动的行为塑造成社会主流道德体系的捍卫力量，甚至不惜添油加醋以赢得陪审团的共情。最终，他不仅辩护成功，取得了法官承诺的律师执照，还得到了被告妻子的感激。这位妻子是第一位将达米昂称为“少校”的人，因为临时律师对他们的帮助，让她想到了她曾经依仗的一位少校。

就这样，尽管达米昂“没有军衔、没有肩章、没有制服、没有参加过战斗，既没下过命令也没担任过统帅”[①]，却保留了“少校”的称号。借助这一没有任何实指的称号，他获得了与官方权力周旋的资本，从而能够以斡旋代替暴力，解决不同阶层间的分歧。阿尔杉茹意外去世之后，底层民众不忍他们敬爱的长辈朋友曝尸街头，但一位年轻的士兵却依照条例，禁止任何人在警察到来之前转移尸体。众人已经准备暴力对抗，警察也已经掏出枪来，这时出现了一名守夜人，主动充当双方谈判的中介。对于这种消除暴力的逻辑，亚马多有着清晰的认识：“权威对抗权威，一面是守夜人，穿制服的人中最弱小的，手里拿着吓唬坏人的口哨，头脑灵活，狡猾多端；另一边则是布里奥撒的军警，真正的士兵，手握刀枪，遵循规则，坚持暴力。”[②] 最终，守夜人凭借自己的身份与少校的名号赢得士兵的信任，从而避免了一触即发的流血牺牲。作为官方力量的执行者，士兵甚至“第一个履行了少校的命

① 〔巴〕若热·亚马多著，樊星译：《奇迹之篷》，南京：译林出版社，2016年，第32页。
② 同上书，第32页。

令，将尸体搬上了马车”①。

巴西不同种族间之所以能维持这种表面的和谐，一方面是因为它承接了殖民初期以来异族通婚的传统，另一方面则得益于葡萄牙文化在官方语境的权威地位。鉴于在殖民者到来之前，巴西印第安人并未形成过城邦文明与国家概念，葡萄牙人便无须像西班牙人那样，同古老的土著文明竞争，以获得统治的正统性。非洲文明同样作为巴西土地上的舶来品，黑人又是以奴隶的身份进入巴西，在权力结构中也无法同葡萄牙人抗衡。在这种情况下，葡萄牙统治者更能够容忍异族的风俗习惯；有色人种也乐于利用这一点，以“非暴力抗争”的方式达到争取权益的目的。

然而，尽管巴西相对模糊的种族界限与充满狡黠的抗衡平权在一定程度上有利于混血儿的实际生活，却始终无法改变有色人种处于劣势地位并始终被污名化的状态。正是在这层意义上，兼具混血儿与人种志学者双重身份的阿尔杉茹起到了不可替代的作用。无论是他的好兄弟库何、继任者达米昂还是年轻时的阿尔杉茹，都只能通过狡黠的抗议与欺瞒，暂时性地为混血儿群体争取权益，却无力根本上改变巴西有色人种的不利境况。只有在经过多年的学习、调查与写作之后，阿尔杉茹才能够精准指出种族理念的缺陷，使彻底消除种族偏见成为可能。更重要的是，在获得了充足的知识与声望之后，他仍能不顾一切地与巴西统治阶层的主流价值观对抗，将受压迫群体的利益与尊严放在自己的金钱与地位之上。在这一点上，他不同于对底层人民抱有同情的弗拉加教授，因为在“新国家”的独裁统治下，后者仅仅为了竞选教授便不得不隐瞒自己持有马克思主义观点；他的选择也与一步步迈入上流社会的塔代乌博士不同，因为阿尔杉茹“拒绝攀登成功的阶梯，不愿离开出生的底层步步高升……他不愿高升，只愿向前”②。

正是这种知识分子与斗争者的双重姿态，使阿尔杉茹变成后世歌颂的巴

① 〔巴〕若热·亚马多著，樊星译：《奇迹之篷》，南京：译林出版社，2016 年，第 33 页。
② 同上书，第 199 页。

西荣光，就像《奇迹之篷》结尾处的桑巴舞曲所歌唱的那样：

他是令人感动的作者
是重要的现实主义作家
他震惊了世界
哦，天才的佩德罗·阿尔杉茹
我们将在狂欢节中展示
他人生的四个乐章。
……
在魔幻现实的土地上
展现了民族的才智与荣光
在这里的人与物身上
产生了自发的抒情体诗行①

鉴于阿尔杉茹在现实中的原型便是亚马多本人，这段文字也可以看作是作者对自我工作价值的认可。当然，就其对于巴西混血文化的推广意义而言，也可以扩展到弗雷雷、卡尔内罗等巴西社会学、民俗学及人种志学者。作为巴西黑人及混血儿比例最高、经济衰落也最为严重的区域，自 19 世纪末以来，东北部地区便一直遭遇到来自里约、圣保罗等都市精英的误解与蔑视。尽管在历史不同阶段，巴西有色人种已经通过种种方式进行抗争，但真正让混血文化受到国家认可与世界称颂的，还要数 20 世纪中前叶以亚马多为代表的东北部知识分子。

《干亲家奥贡》：神人同乐的“宗教混融”

在《奇迹之篷》中，亚马多特意展现了巴西种族的现实特色与平权过

① 〔巴〕若热·亚马多著，樊星译：《奇迹之篷》，南京：译林出版社，2016 年，第 338 页。

程，一方面是为了消除对于巴西种族情况的偏见与误解，另一方面也是为了更好地展示巴西混血文化。相比较而言，后者在亚马多的作品中处于更加核心的地位。早在撰写《茹比亚巴》时，桑巴、坎东布雷等巴西—非洲元素中就包含了对文化混融与宗教综摄的指涉。在亚马多之后的每一部作品中，这一话题也都有或多或少的体现，在《干亲家奥贡》（*O Compadre de Ogum*，1964年）里更是贯穿始终的主线。而说起巴西混血文化，最具代表性的莫过于坎东布雷宗教，一是因为它本来就是由天主教教义与非洲泛神论信仰"杂交"而来的巴西本土宗教；二是因为该宗教拥有极好的群众基础，能够清晰地反映出巴西人的精神特质。

在《奇迹之篷》中，阿尔杉茹本人的成长经历便很好地体现了这一特质。他刚一出生，产婆便将他称为"埃舒"，也即西非约鲁巴文化中的魔鬼，这证明了他自降世起便与非洲宗教文化有着极为亲近的关系。后来，这一关系在其成长过程中愈发加强，以至于在不满30岁时，他便在坎东布雷中拥有极高的地位，甚至能够击败许多元老级人物，当选神职"奥茹欧巴"，也即雷神桑构的眼睛。然而，他真正的姓名却是佩德罗·阿尔杉茹，佩德罗就是耶稣十二门徒之一的圣彼得，而阿尔杉茹则是葡萄牙语中的"总领天使"。由此可以看到，尽管阿尔杉茹出生时便受到非洲文化的熏陶，并且在他的前半生中，他的"精神实质"都完全是非洲性的，但他用以示人的"姓名"却完全遵照着基督教传统，没有一丝一毫的非洲色彩。

这种名实分离的状态与坎东布雷这一巴西非洲宗教的形成有着莫大的关系。巴西的天主教机构从殖民初期就十分注重对非洲奴隶的教化和吸纳，致力于将他们转变成天主教徒。与此同时，在宗教权力的强力影响下，巴西禁止一切对非洲神灵的崇敬与祭拜，但对原本用于祭祀活动的非洲歌舞却较为宽容。[①] 在18世纪末给葡萄牙国务秘书马蒂纽·德·梅洛·伊·卡斯特罗（Martinho de Melo e Castro）的信中，伯南布哥封地的前长官若泽·达库尼

① Renato da Silva, *O candomblé da Barroquinha*, Salvador: Maianga, 2006, pp.170-177.

亚·克兰·阿塔伊德·伊·梅洛（José da Cunha Grã Ataíde e Melo）就表示，应当学会识别黑人各部族自娱自乐的音乐舞蹈，因为它们与那些“躲在家里或者种植园、有黑人祭师、有偶像圣坛、崇拜活羊或陶塑”[①]的舞蹈不同，在实质上与白人舞蹈更为相似。言外之意，只要祭坛上是耶稣圣母，便无须干涉黑人的祭拜方式。

对宗教“名义”的重视加上对祭祀“形式”的宽容，促使来自非洲的奴隶们至少在表面上放弃了自己的异教信仰，转而接受了天主教。因为唯有如此，他们才能借由祭拜耶稣、圣母与圣徒的契机，保留从故乡带来的风俗文化，继续供奉他们所信仰的奥里沙[②]。从这个角度看，对非洲宗教的禁令使得巴西黑奴不得不假借天主教的名义来进行祭祀活动。但另一方面，由于黑人远离故土，在运奴船上历经拘禁、瘟疫、海难的风险才到达巴西，他们为了能够在悲惨的奴役生活中坚持下去，也确实需要外界的支持。天主教会便是他们重要的援助力量，其重要性尤其体现在为生病的教友提供医治，以及保证他们死后能有体面的葬礼。[③]

除天主教对非洲黑奴所施加的影响之外，坎东布雷宗教亦体现了非洲黑奴对于天主教文化的主动参与及有效利用。如在《对天主教—巫术综摄的研究贡献》一文中，法国社会学家罗歇·巴斯蒂德便指出，在很多情况下，坎东布雷与天主教宗教活动的负责人和参与者都是同一批人，因此不仅许多坎东布雷的宗教仪式中吸纳了天主教弥撒，一些天主教的传统节庆中也加入了坎东布雷的祭祀方式，比如巴伊亚著名的“圣主邦芬清洗节”[④]。[⑤]在这种外在仪式性的表象之下，非洲后裔的心态同样值得关注。根据巴斯蒂德的观点，

---

① Gilberto Freyre, *Sobrados e mucambos*, São Paulo: Global, 2004, p.514.

② 奥里沙（Orixá）是约鲁巴宗教中的半神，可视为人类与其至高无上之神奥罗伦（Olorun）的媒介，是约鲁巴信徒主要的祈祷对象。比较重要的奥里沙包括雷神桑构、钢铁神兼战神奥贡、风雨神烟散、海女神耶曼娅、河神奥顺等。

③ Luis Nicolau Parés, *A Formação do Candomblé*, Campinas: Editora da Unicamp, 2007, p.110.

④ 圣主邦芬（Senhor do Bonfim），基督教信仰中耶稣升天时的形象。由于萨尔瓦多的圣主邦芬教堂为黑人提供庇护，因此也受到黑人爱戴，每年的“圣主邦芬清洗节”是萨尔瓦多最重要的节日之一。

⑤ Roger Bastide, “Contribuição ao estudo do sincretismo católico-fetichista”, in *Estudos afro-brasileiros*, São Paulo: Editora Perspectiva, 1973, pp. 172-176.

天主教圣徒本是巴西统治阶层的庇佑者，而当非洲黑奴在圣徒与非洲诸神建立起对应关系之后，他们也就变成了黑人的保护者。更重要的是，在非洲黑奴看来，他们与这些神的关系更为古老也更为亲近：

> 奥里沙与圣徒都是生活在古代的人物，因此，这两种宗教有着相同的源头，都是凡人成神；但是天主教徒把他们的圣徒神圣化了，而非洲人不懂什么是神圣化；相应的，奥里沙会附身在信徒身上公开亮相，而天主教身份却禁止他们的圣徒现身。①

正是这种与神的亲近性赋予了巴西坎东布雷宗教特殊的魔幻魅力，也构成了亚马多最为偏爱的情节桥段。由于《奇迹之篷》更倾向于展示现实的历史情境与严肃的斗争理念，这一特点并不突出，反而是在5年前（1964年）出版的中篇小说《干亲家奥贡》中，这一特点得到了最为清晰、生动地展现。

《干亲家奥贡》既是独立的中篇小说，也是长篇小说《夜间牧羊人》（*Os Pastores da Noite*）的一部分，与其中的另外两个故事拥有同样的背景和人物。“干亲家”的葡语原文是compadre，是孩子的父亲与教父之间的互称②；而奥贡则是坎东布雷宗教中最强大也是受最多人供奉的奥里沙之一。从题目就能看出，这则短篇小说讲述一个匪夷所思的故事：一位非洲谱系的神祇如何在天主教的洗礼仪式上，合理合法地成为一名巴西婴儿的教父。与《奇迹之篷》中的严肃说理与科学论证不同，《干亲家奥贡》自始至终都未曾提及任何与“种族”“融合”相关的词汇，但在其轻松欢快的叙事氛围之下，字里行间却都是对巴西混血文化的展示与歌颂。

在进入主线之前，亚马多首先交代了需要接受洗礼的婴儿的由来。混血

① Roger Bastide, “Contribuição ao estudo do sincretismo católico-fetichista”, in *Estudos afro-brasileiros*, São Paulo: Editora Perspectiva, 1973, pp. 180-181.

② 由于教父与教子之间并无血缘关系，类似于我国传统上的“结干亲”，而compadre又是巴西特有的概念，并无约定俗成的汉语译名，因此，亚马多最早的葡语译者便将这个词译成“干亲家”，后续译者也保留了这一做法。

妓女贝内迪塔诞下了一名男婴，随着她身体日趋衰弱，便带着孩子找到曾经与她有过一段感情的黑人玛肃，宣称他就是孩子的父亲。玛肃及祖母韦韦瓦迅速接纳了这个孩子，贝内迪塔也很快病逝。在小说开篇，读者首先看到的是一段关于婴儿外貌的描写：

> 男孩一头顺直的金发，眼睛接近蓝色。但并不是蓝色。“他有着与天空一样颜色的眼睛”，恶毒中伤的人这么说，但并非事实。“接近”蓝色，而非“就是”蓝色，那些认为孩子的父亲可能是老外的暗示不过是恶人浅薄的猜测，他们随时都在发表非此即彼的恶毒言论。①

事实与矛盾都很清楚：一位黑人父亲有了金发碧眼的儿子，而孩子的母亲也并非白人，这一切都让人对孩子的血统备感疑虑。然而，黑人玛肃却并不在乎肤色的差异，他接受了贝内迪塔的解释，相信孩子的外貌是遗传了曾外祖母，并在孩子的笑容中看到了自己的影子。通过短短几页的描述，亚马多便委婉表达了之后会在《奇迹之篷》里直接传达的理念。一方面，由于长久以来的混血传统，巴西人无法真正从血统上区分种族，而只能借助外貌和肤色，而外貌与肤色也并非科学精确的指征。另一方面，对于巴西民族而言，并不存在种族上的分野，黑人与白人亦可成为血浓于水的“同胞”，就像黑人玛肃与他的儿子一样。

而在文化上，尽管黑人玛肃及其家人都是坎东布雷宗教的虔诚信徒，但他们同时也对天主教的仪式极为热忱。因此，在听说孩子即将满周岁却尚未取名之后，玛肃的祖母便要求他一定要在 15 天内举办洗礼，为孩子正式命名。然而，在一切都准备妥当之后，却迟迟未能决定教父的人选，原因在于玛肃朋友众多，大家都争相竞选孩子的教父，希望借此成为玛肃的“干亲家”。面对这一困境，玛肃信奉的奥里沙、钢铁之神奥贡亲自现身，表示愿

① Jorge Amado, *O compadre de Ogum*, São Paulo: Companhia das Letras, 2012, p. 1.

意成为孩子的教父。不过，要完成洗礼仪式，奥贡就必须附身在一位男性信徒身上，亲自走进教堂接受神父的祝福，而玛肃他们找遍了整个萨尔瓦多，也只发现了一名符合条件的信徒。但在洗礼当天，这名信徒却被混乱之神埃舒抢先附身，并瞒过了众人进入教堂。正当埃舒在圣坛上表明身份、教堂一片混乱之时，奥贡发现主持洗礼的高梅斯神父儿时也曾在坎东布雷圣殿中参与祭祀，于是便短暂地俯身在神父身上，教训并赶走了捣乱的埃舒，又借那位信徒的身体完成了仪式。

在紧凑的故事情节中，一直夹杂着对于巴西宗教混融的描述。就连高梅斯神父也明确知道，“对于他的教众来说，教堂就是坎东布雷圣殿的延续，而他高梅斯神父就是‘白人奥里沙’的祭司”①。在一次弥撒中，他发现所有的信徒都身着白衣，经助手提醒才知道当天也是坎东布雷的节日；但最令他意外的是，就连助手也穿着同样的服装。同样的事情也发生在玛肃儿子的洗礼上。当他询问孩子的教父姓甚名谁时，得到的答案是“安东尼奥·德·奥贡”，因为对于当地人来说，钢铁神奥贡对应的就是圣徒安东尼奥，因此，这并非一个蒙混过关的假名，而是钢铁神的全名。当然，比上述种种更令人意想不到的是，要数高梅斯神父已经忘记的童年往事，因为就连他自己也并非与黑人宗教全无关系。

钢铁神奥贡进入教堂，打败埃舒，成为孩子的教父，这一事件至少证明了两个重要问题。首先，奥贡与圣安东尼奥确实是“一体二名”的关系，因此异教的奥里沙才能够既无负担亦无阻碍地进入天主教堂。如果接受了这一点，也就意味着坎东布雷将两者合二为一的解释更为正确，而所谓“纯正”的天主教徒却只是在片面地供奉神灵。其次，该事件也证明了，相比天主教徒与圣徒的关系，坎东布雷信徒与奥里沙之间确实更为亲密，因为非洲的神不仅接受祈祷与供奉，更会从天而降与众同乐，甚至成为他们的朋友与亲人。

---

① Jorge Amado, *O compadre de Ogum*, São Paulo: Companhia das Letras, 2012, p. 54.

然而，尽管对于坎东布雷的信徒来说，这一匪夷所思的故事为他们亲眼所见、千真万确，但对于并无此信仰的人而言，却只看到了最为寻常的洗礼仪式，就好像那位专程慕名而来的民族志学者一样。[①] 这一方面解释了为何缺少话语权的巴西—非洲宗教难以向公众展示其文化内涵，另一方面也赋予读者更大的解读空间。尽管就故事本身而言，奥贡的现身几乎是无可辩驳的神迹，但倘若读者坚持无神论立场，则仍可以将这场匪夷所思的事件视为教徒们的幻觉与想象，甚至像阿尔杉茹从未坦诚说明的那样，认为这一切都是“苦难、无知与原始恐惧造成的”[②]。事实上，自1956年之后亚马多放弃了非黑即白的人物塑造开始，作品中便始终有两种或者更多立场彼此交织，而作者本人则尽量隐身于舞台之下。在这一点上，只有《奇迹之篷》构成例外，因为得益于阿尔杉茹与作者难以掩藏的相似性，两者的声音也合二为一。但即便在这部小说里，亚马多也坦言，并非所有人物都按照他的规划行事，比如，他曾设想让塔代乌成为一名巴西共产党的创始人，但这个人物却毫不犹疑地走上了一心利己的精英路线，成了人民作家亚马多口中的“废物”[③]。

从这个意义上讲，我们或许可以认为亚马多的小说显示出一种“复调”的特质，但其实现“复调”的方式却不同于巴赫金所强调的对话与哲思，亦不同于米兰·昆德拉所看重的线索与结构。在亚马多看来，比思想深度与娴熟技巧更为重要的，是精准捕捉不同人物下意识的反应与决策。若想揭示巴伊亚底层民众的内心奥秘，根本无须复杂的论证与理性的探索，因为其所思所想便直接映照在每个人的见闻感受之中。然而，正如在《奇迹之篷》中，无论塔代乌、达米昂与阿尔杉茹选择何种道路，都能证明巴西的混血性不容置疑；在亚马多的后期作品里，尽管各个人物的声调立场不同，却都共同证明了传播与歌颂混血文化的正当性：对于笃信宗教的人来说，坎东布雷至少

① Jorge Amado, *O compadre de Ogum*, São Paulo: Companhia das Letras, 2012, p. 84.
② ［巴］若热·亚马多著，樊星译：《奇迹之篷》，南京：译林出版社，2016年，第285页。
③ 埃里克·内波穆塞诺、李修民：《船长返航——访作家若热·亚马多：创作计划及其六十年作家生涯所受的文学影响》，《当代外国文学》1995年第4期，第150页。

是与天主教平等的信仰；而对于无神论者而言，宗教自由也是平权诉求的必经之路。

可惜的是，在许多西方研究者眼中，亚马多这种以“复调”谱奏“和声”的努力遭到了无视。因此，在讨论巴西种族问题时，他们或者天真地将巴西视为种族和谐的样本，而无视底层有色人种长久以来所遭受的不公；或者一味强调混血过程中的暴力与压迫，而忽略弱势群体的主体作用，忘记“混血”也同样是底层人民团结斗争的成果；甚至有人会利用亚马多的唯物主义立场，攻击他对坎东布雷的书写是一种伪善，而全不考虑宗教综摄对于无产阶级文化的重要意义，亦不在乎混血文化对于巴西民族身份建设的巨大价值。倘若站在巴西社会的立场来看，上述批评仅仅体现了批评者对于巴西文化丰富驳杂的无知。而亚马多的写作目的之一，也正是要消除这种外来者的偏见与傲慢。

第四章　流氓与狂欢

当19岁的亚马多怀着批判的忧思写下《狂欢节之国》时，绝想不到在年逾四旬之后，他会成为巴西狂欢精神的最佳歌颂者与代言人。然而，尽管青年亚马多尚未意识到狂欢文化的重要价值，以此著称的巴西却早已展现出与现代西方国家截然不同的社会面貌。在20世纪中叶，巴西作为“狂欢节之国”的地位毋庸置疑，问题仅仅在于如何看待这一事实。因此，随着亚马多对巴西文化的态度转变，其对巴西狂欢精神的看法也越来越趋于正面。一方面，以狂欢节为代表的巴西民俗活动在其作品中占据的比重越来越大；另一方面，他的文学创作也越来越体现出谐谑、反讽的叙事风格。如果说，在亚马多前期的文学生涯中，左拉与高尔基是其最重要的学习对象，让他懂得为穷苦人民共情发声；那么自20世纪50年代末期开始，马克·吐温与果戈理则承担起写作导师的重任，令他明白笑声与幽默的力量。但在上述作家与若泽·德·阿伦卡尔、格列高里奥·德·马托斯（Gregório de Matos）等巴西前辈之外，亚马多更加推崇的还是两位文艺复兴时期的作家——拉伯雷和塞万提斯。在其晚年撰写的回忆性作品《沿海航行——为一部我永不会写的回忆录所做的笔记》（*Navegação de Cabotagem: Apontamentos Para um Livro de Memórias Que Jamais Escreverei*，1992年）中，亚马多详述了他从每位前辈作家身上学到了什么，唯有在拉伯雷与塞万提斯的名字之后，他未作任何详细的说明，仅仅写道：“我由他们而生”。①

① Jorge Amado, *Navegação de cabotagem: apontamentos para um livro de memórias que jamais escreverei*, Rio de Janeiro: Record, 1992, p. 471.

事实上，当1970年代巴赫金的狂欢化理论译入西欧并风靡全球之后，拉伯雷对于狂欢文化的书写也愈发受到重视。正是从这一时期开始，渐渐有研究者将亚马多的写作风格称为“拉伯雷式”①的，就连亚马多本人也在访谈中多次强调拉伯雷对其文学创作的影响，甚至明确声称“拉伯雷就是我所属的那一流派的第一位创始人”②。然而，尽管亚马多与这位法国作家确实有几分相似之处，二者的区别也同样明显。因此，与其说亚马多是拉伯雷的模仿者，倒不如说这位巴西作家继承了文艺复兴以降的民俗写作传统，同样的结论也适用于亚马多文学与西班牙流浪汉小说之间的关系。而在亚马多之前，已经有许多代巴西国内外作家对上述传统进行了传承与创新，亚马多同样也受惠于他们。更重要的是，20世纪的巴西社会为亚马多提供了进行狂欢化创作的现实土壤。正是巴西在现代社会独有的狂欢实践，使亚马多有可能从拉伯雷的创作中充分地汲取养分，从而创作出更能传递巴西精神风貌的作品。

同样，由于巴西特殊的社会背景，在刚刚接触到狂欢化理论之后，巴西学者们便对这一主题表现出强烈的兴趣。他们意识到，“在巴西，狂欢节是一场盛会，是鲜有人研究的社会学事实”③。1974年，巴西人类学家达马塔（Roberto Da'Matta）在奥地利以《狂欢、阅兵与游行》（*Carnavais, paradas e procissões*）为题做了一场学术报告，借助阅兵日与狂欢节这两个国家节日，对巴西秩序与混乱共存、等级意识与团结精神并重等特点进行分析，突出了巴西民族文化中的双重性与模糊性。5年后，这篇报告成为《狂欢、流氓与英雄》（*Carnavais, Malandros e Heróis*）的第一章，也奠定了达马塔的主要观点，即：将狂欢视为流氓与英雄、边缘与中心、低劣与崇高相混融的独特状态。

---

① Albert-Alain Bourdon, “Les Religions afro-brésiliennes dans l'œuvre de Jorge Amado”, in *Bulletin des Etudes Portugaises et de l'Institut Français au Portugal* 1974-1975 (35-36), p. 192.

② 埃里克·内波穆塞诺、李修民：《船长返航——访作家若热·亚马多：创作计划及其六十年作家生涯所受的文学影响》，《当代外国文学》1995年第4期，第147—151页。

③ Affonso Romano de Santa'Anna, *Trajetória poética e ensaios*, São Paulo: UNESP (Edição digital), 2014, p. 127.

而在紧随其后的章节《多重层面的狂欢》(*Carnaval em Múltiplos Planos*)中，达马塔将这种双重性延伸到公共空间（街道）与私人空间（家庭）的对比之中。他指出，就巴西而言，在“街道”所象征的公共关系中，占据主导地位的是随性、无序与混乱；而在“家庭”为代表的私密关系里，则表现为亲近的情感联系与严密的等级操控。达玛塔此番分析的例证正是亚马多年少时创作的《狂欢节之国》。在这本书中，主人公保罗·里格曾说过一句极具象征意义的话：“让我觉得自己是巴西人的时刻只有两个。一次是狂欢节时，我在街头跳舞。另一次是在我殴打朱莉时，在她背叛了我之后。”① 在达马塔看来，这句话就像一个社会学模型，极好地揭示了狂欢要素在巴西社会中的重要性。② 一方面，在狂欢节上跳舞与殴打情人两个事件正好对应了巴西人在“街道”与在“家庭”的不同表现。但在另一方面，情人并非妻子，亦可被视作“街道”的一部分；正如狂欢本身也并非全然混乱无序，其实更像是打破了“家庭—街道”这个二元区隔的中间状态。

借助文学作品阐释社会学与人类学思想，这既是达马塔为巴西学界所做的贡献，也体现了亚马多文学创作的独到之处。无独有偶，另一位致力于从巴西现实出发拓展狂欢化理论的学者——巴西作家兼批评家桑塔安纳(Affonso Romano Santa'Anna)——同样将注意力投在了亚马多身上。比起指出亚马多作品究竟在多大程度上体现了狂欢化思想，桑塔安纳更大的贡献在于他从一开始便意识到，“巴西一贯是狂欢与狂欢化实践的地方，也一定能为这一理论做出自己的贡献”③。

正如桑塔安纳在对《金卡斯的两次死亡》(*A Morte e a Morte de Quincas Berros d'Água*)④ 的研究中所指出的那样，他要讨论的是亚马多“为何及如何

① Jorge Amado, *O país do carnaval*, São Paulo: Companhia das Letras, 2011, p. 63.

② Roberto Da'Matta, *Carnavais, malandros e heróis: para uma sociologia do dilema brasileiro*, Rio de Janeiro: Rocco, 1997, p. 90.

③ Affonso Romano de Santa'Anna, *Que fazer de Ezra Pound*, Rio de Janeiro: Imago, 2003, p. 119.

④ 本书的葡语题目直译成中文是《死亡与因水叫喊的金卡斯之死》，而现有两个中译本的题目分别译为《金卡斯之死》（光明日报出版社，1985年）与《金卡斯的两次死亡》（译林出版社，2016年）。下文为方便讨论，统一用《金卡斯的两次死亡》来指代这本书。

是一位狂欢化作者，尽管他本人对此毫不在意”[①]。事实上，正是这种漫不经心的随意态度赋予了亚马多作品绝佳的狂欢化色彩，因为狂欢本身就应该无视任何规则，听凭最自然的创造，而巴西社会恰恰为其创造提供了无限可能。换言之，如果巴赫金的理论真能帮助我们解读亚马多，主要原因也在于巴西本身的狂欢精神与中世纪的欧洲有些许相似之处。在这两种社会情境下，人们都有利用狂欢来逆转现实与幻想、生与死、高贵与低俗等对立概念的冲动，从而以大众民俗来抵抗官方统治。作为民间文化极为兴盛的国度，当巴西将狂欢文化作为民族特色加以推广时，无疑也完成了对彼时占据统治地位的西方现代思想的反抗。

值得注意的，尽管就狂欢化理论而言，桑塔安纳与达马塔为我们带来了巴西最早的系统性研究，但在此之前，巴西评论界已经用另一套话语揭示过巴西文学传统中相似的思想特质。在达马塔的著作中，狂欢与流氓、英雄并列，并非出于偶然。因为正是在英雄与流氓的二位一体中，巴西的狂欢精神才得到了最佳的体现。这也同样解释了，为何体现出“狂欢化”的巴西作品也都同时是展示“流氓性”的绝佳范本，或者更具体地说，为何亚马多作品中最典型的狂欢者都具有一定的流氓特质。从这个意义上看，安东尼奥·坎迪多 1970 年的文章《流氓性的辩证法》[②]具有更重要的意义。尽管并不讨论亚马多，也未提到狂欢化，这篇论文却比任何研究都更有助于我们理解亚马多作品中独具特色的狂欢化写作。

《流氓性的辩证法》的分析主要基于 1853 年出版的长篇小说《一个民兵士官回忆录》(*Memórias de um Sargento de Milícia*)，其核心观点是要反驳马里奥·德·安德拉德将这本书视为流浪汉小说的意见，并提出一种基于巴西历史与文学传统的“流氓性”概念。坎迪多的立场非常明确，从叙事视角、

① Affonso Romano de Sant'Anna, “De como e porque Jorge Amado em *A morte e a morte de Quincas Berro d'Água* é um autor carnavalizador, mesmo sem nunca ter se preocupado com isto”, in *Tempo Brasileiro*, 1983 (74).

② Antonio Candido, “Dialética da Malandragem”, in *O discurso e a Cidade*, São Paulo: Duas Cidades, 1993, pp. 19-54.

故事情节、人物塑造等多个角度证明这部小说的主人公并非一个西班牙式的“流浪汉”（pícaro），而是一名巴西式的“流氓”（malandro）。两者最大的区别在于以下几个方面：首先，西班牙的流浪汉小说通常采取第一人称叙事；而巴西的流氓文学则习惯采用第三人称，这使得巴西文学可以对主人公的行为进行更为全面地解读与评判。其次，西班牙式的流浪汉起初天真无邪，只是在经过社会毒打之后逐渐堕落；而巴西式的流氓则天生具有无赖狡猾的一面。再次，在传统的西班牙流浪汉小说中，主人公通常居于从属地位，担当仆人或者学徒；而巴西流氓文学的主人公则不会遵从任何主人或是老板的指令，无须为生计苦恼奔波，甚至会将辛勤工作本身视为屈辱。最后，在黄金时代的西班牙小说中，流浪汉的结局通常并不好，不是在一系列冒险后被社会同化，最终沦为平庸之人，就是过上了比之前更加悲惨的生活；而在巴西文学结尾，流氓则很可能因为运气或天分取得成功，真正成为令人心生向往的英雄。

正如亚马多从未刻意成为一名狂欢化作家一样，坎迪多在撰写这篇名作时，也并未考虑到巴西式流氓与狂欢精神之间可能存在的联系。然而，倘若我们将桑塔安纳、达马塔与坎迪多的分析并置来看，就不难发现在前两位学者的“狂欢化”与最后一位的“流氓性”之间存在着难以忽视的相似之处。对于一个典型的巴西人来说，对狂欢的追求就像一种本能，即使如保罗·里格那般接受欧式教育、长期在国外生活也无法避免。当这种本能体现在巴西式的流氓主人公身上，便是他对特定社会秩序的天然反抗，其欺瞒狡诈只为即时的寻欢作乐，而非获得世俗意义上的成功。与此同时，正如保罗·里格并非始终仅凭本能行事，同时也维持着体面与理智，巴西式的流氓在无赖狡诈之余，也往往保留着忠诚、团结等令人尊敬的美德。正是在这一意义上，巴西文学的经典形象体现出巴西社会本身的双重性与模糊性，就像坎迪多在分析《一个民兵士官回忆录》所说的那样，这些作品的现实主义精神不拘于对一时一地的现实记录，而是来自大众喜闻乐见的喜剧传统。[①]

诚然，坎迪多之所以能在20世纪70年代初将“流氓性”作为巴西文学特色而加以探讨，很可能也是得益于亚马多、弗雷雷等巴西知识分子对西方现代理性主义有意识的抵抗。因为尽管《一个民兵士官回忆录》创作于19世纪中期，但直到坎迪多之前，没有其他评论家能够像他一样，将这部小说中的流氓形象提高到理论高度，部分也是因为这种流氓特质如果脱离了欧洲的流浪汉小说传统，就会变成某种上不得台面的特质。从这个意义上看，早期巴西评论界对于“流氓性”的忽视，就正如同亚马多早期人物对于“狂欢节”的排斥一样，都与巴西知识分子对于自身民族文化的不自信有关。可以说，正是坎迪多的这一理论为后来学者研究亚马多作品提供了更多支撑，而亚马多笔下的文学形象也促进了相关理论的发展。流氓性与狂欢化由此成为理解亚马多后期文学创作的重要概念，也为大众进一步理解巴西民族性指明了方向。

属于谁的狂欢节？

如巴西大多数的节庆仪式一样，狂欢节也是由葡萄牙殖民者带入巴西的。此类节庆活动从一开始就受到广大奴隶的欢迎，因为唯有在这些日子中，他们才能够获得难得的欢愉与闲暇。到了19世纪，欧洲受启蒙主义、理性至上等思潮影响，已经放弃了中世纪常见的狂欢活动。而在巴西，狂欢节却获得了包括王室在内的全民欢迎。这一时期最主要的狂欢活动是“泼掷”（Entrudo），但在不同社会阶层的表现也迥然有别。对于上流社会的有钱人来说，投掷的往往是一种盛满香水的蜡球，欢庆的地点也在庄园别墅内部，目的是为了增进亲友之间的情谊。而另一种“泼掷”习俗则以奴隶或流浪者为主要参与者，他们走上街头，将包括污水和尿液在内的各种液体泼向

① Antonio Candido, “Dialética da malandragem”, in *O discurso e a cidade*, São Paulo: Duas Cidades, 1993, p. 26.

彼此。白人有时也会参与其中，但法令却禁止黑奴向他们泼洒污水。而底层人一旦不慎“弄脏”白人，便可能被投入监狱。

这一活动拥有巨大的民众基础，甚至有一定社会地位的人也觉得它“令人无法抗拒”[①]，正如著名作家阿图尔·阿泽维多（Artur Azevedo）所断言的那样。然而，无论“泼掷”习俗有多么流行，这项底层人士主导的狂欢活动却始终被精英阶层鄙视。在巴西帝国时期（1822—1889年）的报刊文章与文学作品中，狂欢节往往与“野蛮”“粗俗”“原始”等词汇联系在一起。因此，巴西官方也开始致力于禁止并消除“泼掷”活动，与此同时，引入一种新的狂欢节庆祝方式也被纳入日程。

自19世纪下半叶开始，巴西统治阶层寄希望于引入欧洲模式，将狂欢节活动变得更加“优雅”与“现代”。这一时期，面具、舞会、狂欢装扮开始被视为是“真正的狂欢”，而“泼掷”行为则被看作是有损狂欢精神的行为。另一方面，街头“泼掷”也逐渐被游行队列取代。知识阶层在这类街头游行中占据重要地位，他们善于用花车表达对自由理想的追寻，以及对巴西帝国与奴隶制度的批判。在最初的花车游行中，知识分子追求的是“文明”“秩序”与“进步”，这种实证主义思潮原本与大众文化格格不入，但大众却借助街头游行，找到了进行自我表达的其他方式，如在街头敲锣打鼓尽情喧嚣。与此同时，在巴伊亚等地，非洲特色的狂欢节庆祝方式也逐渐走上街头。

巴西官方再度将此类的大众街头狂欢视为野蛮与落后的表现，甚至从社会治安的角度进行镇压。直到施行威权主义的总统热图利奥·瓦加斯上台之后，才改变了此类政策。一方面，是瓦加斯为了能够更多地赢得大众支持，试图将狂欢节游行变成自己的宣传工具。另一方面，则是因为此时的政府已经意识到，狂欢节作为巴西文化特色，对于外国游客拥有巨大的吸引力，对

---

① Leonardo Affonso de Miranda Pereira, *O carnaval das letras: os literatos e as histórias da folia carioca nas últimas décadas do século XIX*, dissertação de mestrado, Unicamp, 1993, p. 54.

巴西经济发展与文化传播都不无裨益。里约桑巴舞学校与狂欢节游行比赛正兴起于这一时期。底层的价值观念暂时得到重视，独立自由、游手好闲的流氓形象甚至一跃成为狂欢节游行中的主角。然而，随着瓦加斯有意识地争取劳工阶层的支持，狂欢节游行也开始着意避免对流氓英雄的歌颂，转而将工人作为新时代的英雄代表。

1945 年，“二战”结束，瓦加斯的独裁统治也宣告完结。巴西重新迎来民主化时代，狂欢节等活动也成为推动巴西民主化进程的政治手段。一方面，是以巴西共产党为代表的左翼政党致力于将狂欢游行变成底层民众争取权益的重要方式；另一方面，保守政客也希望借助桑巴舞学校的影响力，来达到进一步稳定社会思想的目的。因此，在 1946 年的狂欢节上，以“曙光”“胜利”“英雄”为主题的游行队列在桑巴舞学校比赛中名列前茅。而在 1948 年，也即巴西废除奴隶制 60 周年之际，获得前三名的桑巴舞游行主题分别是：废奴主义诗人“卡斯特罗·阿尔维斯”、宣告奴隶制全面废除的“《黄金法案》”以及该法案签订者“伊莎贝尔公主”。直到 1960 年，“帕尔玛雷斯的逃奴堡”被柳树学院桑巴舞学校搬上街头，与奴隶抗争相关的历史才第一次进入里约热内卢的桑巴游行中。同一时期，巴西狂欢节及桑巴、卡波埃拉等非洲—巴西文化活动越发受到国际社会重视，成为巴西旅游业与巴西文化传播不可或缺的力量，许多外国艺术家也加入到巴西狂欢节的表演之中。

尽管巴西官方仍旧对大众狂欢心存警惕，随时准备应对由此产生的失序混乱，警方在维持秩序时也不乏各种执法过当的问题，但 20 世纪中叶自由和平的政治氛围还是促进了巴西街头狂欢游行的蓬勃发展。然而，自 1964 年军政府上台之后，狂欢活动自带的抵抗属性越来越为独裁统治所不容，因为无论是 1966 年将坎东布雷宗教中海女神耶曼娅带上街头，还是在 1969 年为抗击巴西审查法案而选择致敬“自由英雄”，游行队伍都显示出强烈的政治抵抗意图。军政府因此开始了对游行主题及桑巴歌词的审查，巴西狂欢节活动也失去了应有的自由。

值得一提的是，正是在这极端压抑的1970年代，坎迪多发表了他关于流氓性的论述，达马塔、桑塔安纳等人开启了巴西关于狂欢化问题的研究。在这种研究兴趣的转向之中，重要的或许不仅在于文学本身。毕竟，在了解上述历史之后，我们能够清楚地看到，在巴西，狂欢节早已成为多种思想力量对抗的核心场域。也只有明确了这一点，我们才更能理解亚马多作品中对于流浪及狂欢精神的书写意义。

《金卡斯的两次死亡》：僭越与逆写

《金卡斯的两次死亡》就是亚马多一生仅有的三部中篇小说之一，另两部分别是1964年的《干亲家奥贡》与1994年的《土耳其人发现美洲》（*A Descoberta da América Pelos Turcos*）。《金卡斯的两次死亡》最早发表于1959年的《先生》（*Senhor*）杂志中，又在两年后与《老船长外传》（*Os velhos marinheiros ou o capitão de longo curso*）结集出版，题目统一为《老船长们》，可见从未远航的金卡斯也被亚马多视为“船长”中的一员。这种反常理的“归类”自然与亚马多笔下“陆地”与“海洋”的隐喻色彩有关，也即将金卡斯视为对抗现实、追寻梦想的代表人物。另一方面，在人物的塑造上，同亚马多早期作品中的海员水手（如《死海》的主人公库玛）相比，金卡斯等较晚出场的船长普遍更为轻松欢快，因为他们无意取得世俗意义上的成功，也就能轻松摆脱掉现实的束缚，去追寻真正的自由与幸福。在这个意义上，《金卡斯的两次死亡》拥有不逊于《加布里埃拉》的文学地位。这是因为，如果说1958年出版的《加布里埃拉》标志着亚马多的创作由革命文学向民俗文学的转换，那么，正是在金卡斯的故事中，这位巴伊亚作家首次展现出诙谐幽默的叙事才华，并将其作为新的抗争“武器”。亚马多对此有着十分清晰的认识，并在采访中多次提到：

从某个时候开始，我的作品就带有幽默感。要获得幽默感不是一种容易的事，因为我认为，起码在文学方面，富有幽默感不是一个作家年轻时就能做到的。[①]

我掌握了一种新的东西，并把它视为一个强大的武器，这就是幽默。有时候，一个人很不容易摆脱宣传性小册子的那种写法，摆脱批评家们称之为宣传性的、恶善两元论演说式的写法……非白即黑，一切都划分得清清楚楚。我认为我掌握了幽默这一武器，而幽默的毁灭性比起任何政治宣传来都要厉害得多。[②]

仅以幽默作为武器的说法而言，亚马多的这番说辞或许并不新鲜。但倘若我们联想到，在20世纪50年代的狂欢节上，巴西民众是如何利用谐谑来反攻当局管制、嘲弄警方暴力的，或许能对亚马多年近半百才习得的幽默感有着更深刻的认识。1956年，里约《头条报》(*Manchete*)上刊载了这样一则新闻：当年的狂欢游行吸引了大批观众，群情激昂之中，有人在地上泼了汽油点火助兴，负责监管的警察赶到之后，不仅逮捕了点火的始作俑者，还抢夺了拍摄警察执法场景的记者相机，并对其施以暴力，在场的其他摄影记者也遭到同样的对待。围观群众见证了"警察无以复加的愚蠢举动，对其进行公开谴责，爆发了响亮的嘲弄声"[③]。而司法部长听说了这件事情之后，则立即撤换当值警察，换上街头巡警，后者的到来"赢得了民众的热烈欢呼"[④]。

这则报道的措辞颇值得玩味，因为在群众发出嘲弄的嘘声时，针对的似乎并非警察的"暴力"，而是其"愚蠢"。同样的，在面对警察的棍棒时，周围的观众并未直接动手阻拦，而是通过嘲笑迫使巴西官方主动退让，又通过

① 埃里克·内波穆塞诺、李修民：《船长返航——访作家若热·亚马多：创作计划及其六十年作家生涯所受的文学影响》，《当代外国文学》1995年第4期，第149页。
② 〔巴〕若热·亚马多著，孙成敖译：《我是写人民的小说家》，昆明：云南人民出版社，1997年，第66页。
③ "A polícia municipal executou o ballet bárbaro dos cassetetes", in *Manchete*, Fev 18, 1956 (200), p. 64.
④ Ibid..

欢呼将后来的巡警变成为自己的同谋。在20世纪中叶之前的巴西，这种媒体与大众的同仇敌忾是极难见到的，更遑论以此来战胜、改变政府意志。这首先是因为早期的媒体往往站在精英的立场上，对一切有损社会安定的因素持批评态度。而在独裁总统瓦加斯统治期间（1930—1945年），狂欢节与其他文化活动一样，始终受到国家权力的管控与监视。因此，直到1946年巴西恢复民主制之后，里约当局才签发指令，要求“警察在完全没有办法避免时才能使用暴力”①。同样值得一提的是，在20世纪中叶之前，巴西狂欢节尚未受到国际社会的足够关注，参加街头狂欢游行的以底层人士为主，市民阶层与外国游客较少参与其中。因此，即使当时出现狂欢节参与者对警察的漫骂与嘲笑，也只能在其暴力威慑下尽快逃离，而难以取得如此广泛的影响力。

我们无从得知当时的社会氛围究竟在多大程度上促进了亚马多对于幽默力量的认识，但可以肯定的是，正是在这个民众可以用笑声打败警察警棍的时代，亚马多创造出了第一个以笑取胜的人物形象，也就是金卡斯——“巴伊亚的流浪汉之王”。金卡斯本名若阿金·苏亚雷斯·达·库尼亚，曾是国家税务局的模范职员，一个有头有脸的人物。金卡斯正是若阿金的昵称。由于他在中年之后，骤然抛弃了光鲜的资产阶级生活，自愿成为流浪汉，金卡斯便失去了象征家族的姓氏。随后，他又因为在酒桌上误将白水当作烧酒喝下而尖叫不已，而成了众人口中“因水叫喊”的金卡斯。正如题目《金卡斯的两次死亡》所传达的那样，主人公在这部小说中死了两次。第一次，他是一本正经的公务员若阿金，中规中矩地死在床上，由医生开具死亡证明，由爱慕虚荣的亲属为他穿衣打扮，准备棺材，筹备葬礼；而第二次，他却是巴伊亚街头人人爱戴的金卡斯，由他亲自安排自己的身后事，选择月光下的大海作为新的归宿。如果葡萄牙语直译过来，这本书的题目其实是《死亡与“因水叫喊”的金卡斯之死》，可见只有第二次才是独属于金卡斯的死亡。而

① “A polícia e o carnaval: instruções às autoridades policiais”, in *Correio da Manhã*, Fev 28, 1946, p.3.

金卡斯也恰恰借助最后一次肆意疯狂的死亡，完成了对家人及其持有的阶层观念的嘲弄。

在这篇仅几万字的小说中，这种嘲弄贯穿始终。早在金卡斯宣告离家流浪之时，他的女儿女婿及兄弟姐妹便感受到莫大的屈辱。在此后的3年间，金卡斯常常衣冠不整、烂醉如泥地出现在街头，成为旧识口中的谈资，其家人也因此沦为笑柄。本以为金卡斯去世之后，他们可以通过体面的葬礼，将金卡斯重新塑造成曾经的若阿金·苏亚雷斯·达·库尼亚，并以此证明这3年的疯狂不过是一场虚幻。然而，这场死亡却更像是金卡斯自导自演的闹剧，一切只是为了捉弄他的亲人，将他们“置于耻辱与街谈巷议中”[①]。

证明这一点的标志之一便是金卡斯的笑容，这也是他同家人抗争时最有力的武器。事实上，在听到金卡斯的死讯后，他的女儿万达曾数次尝试重新掌控金卡斯，但却都被其笑容打败。第一次，是万达刚刚赶到死亡现场，她本准备演上一出父慈女孝的戏码，却因为金卡斯“面带微笑，仿佛正在玩闹”[②]而羞得面红耳赤，因为她意识到，金卡斯“是一个不体面的死者、一具听天由命的流浪汉尸体，他缺少死亡的端庄，不懂得尊重，而是嘲讽地笑着，嘲笑她，肯定也在嘲笑列奥纳多与家里的每个人”[③]。随后，万达寄希望于用医生开具的死亡证明将金卡斯之死盖棺论定，却因医生感叹“他在笑，嗯！一副放纵的样子”[④]而再次羞得满脸通红。甚至在她花重金为死者添置新衣、雇人为他整理仪容之后，金卡斯那“得意嘲弄的笑容”[⑤]依然没有消失：

> 因为金卡斯嘲弄着一切，这副笑容在增大、扩散，不久便会充斥了这猪圈般的房间。他的嘴唇在笑，眼睛也在笑，他的眼睛正盯着被殡葬人员遗忘在角落里的肮脏的破衣服。这是因水叫喊的金卡

① 〔巴〕若热·亚马多著，樊星译：《金卡斯的两次死亡》，南京：译林出版社，2016年，第5页。
② 同上书，第17页。
③ 同上书，第18页。
④ 同上书，第25页。
⑤ 同上书，第43页。

斯的笑。[1]

正是在这轻蔑肆意的坏笑中，万达听到了金卡斯对她和其他亲戚的漫骂——“毒蛇”和“屁袋”。漫骂在这里具有双重意义：既是对亲人自私虚伪的无情攻击，也是对民间诙谐文化的继承与弘扬。事实上，同样的骂人话在金卡斯的朋友们听起来可能只是玩笑，他们也时常互骂对方是“蠢货”“贱人”或者“不要脸”[2]，但这并不会影响他们之间的感情。换言之，金卡斯式的漫骂仅对虚伪的上层人有杀伤力。正因为此，同时也得益于这种漫骂中所包含的幽默成分（在骂人时，“金卡斯坏笑得更厉害了”[3]），普通读者才更容易与金卡斯和他的朋友们产生共情。

值得一提的是，作为巴西文学中典型的流浪汉形象，金卡斯天生便具有寻求个体自由、反抗社会规训的倾向。然而，在其前半段人生中，他却一直被家庭的虚荣束缚，而这种与其天性不符的“体面”生活构成了他不幸的源头。正如金卡斯的姐姐所回忆的那样：

可怜的若阿金……他人很好，没做过坏事。他喜欢这种生活，这是每个人的命运。他年轻时就这样。有一次，……他想跟一个马戏团一起出走。后来被打得皮开肉绽。[4]

而在金卡斯女儿的印象里，与父亲相关的“美好回忆”则包含以下 3 个场景：第一个，是她小时候跟父亲一起去看马戏团的临时表演，“她可能从没见他那么开心过，一个大男人像孩子似的骑在马上，放声大笑，而他平时连微笑都很少有”[5]；另一个，则是父亲荣升税务员的那天，亲朋好友都前来祝贺，而最开心的却是她的母亲奥达西莉亚太太——“她站在客厅一群人中

① 〔巴〕若热·亚马多著，樊星译：《金卡斯的两次死亡》，南京：译林出版社，2016 年，第 43—44 页。
② 同上书，第 85—89 页。
③ 同上书，第 45 页。
④ 同上书，第 31—32 页。
⑤ 同上书，第 41 页。

间讲话，喝着啤酒，手里还拿着送给税务员的墨水笔，仿佛这场庆祝是献给她的”①；最后一个则是她小时候发高烧，父亲曾寸步不离地陪伴喂药。

通过金卡斯的家人对于税务员若阿金的回忆，亚马多勾勒出金卡斯作为流浪汉的两大特色。首先，尽管他游手好闲、厌恶工作，却并非无赖恶徒。相反，他曾是最温柔负责的父亲，在女儿重病时悉心照顾、毫无怨言。即使在他成为流浪汉之后，他也是最忠诚善良的朋友，会在友人住院期间竭尽全力看护对方的幼子；是最公正无畏的勇士，能够在他人遭遇危难时出手相救。其次，金卡斯的流浪并非出于走投无路或者随波逐流，而是他主动放弃与努力抗争的结果。在忍受了大半辈子的势利伪善与情感操控之后，金卡斯才最终鼓起勇气与曾经的生活彻底决裂，并在同妓女、流浪汉的交往中收获了最为真诚的爱情与友情。换言之，金卡斯的流浪并不意味着下沉与堕落，反而体现出昂扬向上的精神面貌。

这种价值体系的倒置（或者说混杂）正是对巴西式狂欢精神的绝佳解释。事实上，恰恰是在最为欢闹肆意的狂欢节游行上，巴西人创造出了最深刻有力的政治示威。尤其考虑到在19世纪末至20世纪初期，巴西政府曾借维持社会治安与公序良俗为名，禁止（以黑人后裔为主的）底层游行与街头狂欢，因此违反法令的狂欢活动本身便是对当时保守主义与种族歧视的公然挑衅。尤其考虑到狂欢本身的全民性与感染力，这种示威也获得了其他方式难以企及的传播力度与影响范围。关于狂欢活动对于巴西人民凝聚力培养的重要性，达马塔曾做出如下论述：

> 我们知道，人在有共同目的时会聚集起来。只要一个共同目的，就会拉帮结派，形成仪式团体或者政党。然而，当人们没有确切目标、拥有多重目的时，他们就会转变为“民众”或者“大众”。狂欢节便是这样的情形，因为此时的大家都在追求“快乐”“笑

① 〔巴〕若热·亚马多著，樊星译：《金卡斯的两次死亡》，南京：译林出版社，2016年，第41页。

容”“音乐”“幸福”“性快感”。也就是说，大家都在寻找政客与规划师无法达成的目标，在执着地追逐欢愉与幸运、快乐与舒适。这阻止了集团区分，促成了不可思议的开放，最终将所有人都联系起来。所有人都是“寻欢作乐者”，都属于追求幸福的人类一员，正如若热·亚马多笔下的人物，正如巴西人。①

很明显，在《金卡斯的两次死亡》中，以金卡斯家人为代表的上流人士并不认可这种对幸福的执着追求。倘若以达马塔的视角分析，我们或许可以认为他们并非巴西民众的一员，其内心更为认同的是来自外国尤其是欧洲的文明标准。在明白了巴西民族狂欢化的精神实质之后，我们便更能够理解亚马多前后期作品的延续性。因为在其后期作品中，亚马多一方面采用幽默谐谑的写作风格，并尽量保持叙事视角层面上的双重性与模糊性；另一方面又将大众狂欢凌驾于精明算计之上，传递出十分明确的价值立场。在这个意义上，可以说这部 20 世纪 50 年代末出版的小说延续了亚马多三四十年代的意识形态理念，即以底层人民的真诚朴实对资产阶级金钱至上的观念进行批判。为了达到这个目的，除强调金卡斯作为主人公的个人选择之外，对于日常习俗的有效逆转也同样不可或缺。

在针对巴西社会的研究中，达马塔更重视巴赫金狂欢化理论中对于日常生活的颠覆。正是因为巴西社会存在“街道”与“家庭”、贫穷与富有的二元对立，狂欢精神对这一界限的消解才显得十分重要。而同样借助狂欢视角进行分析的桑塔安纳则更强调亚马多对《圣经》故事的改写。在《金卡斯的两次死亡》中，这种改写不着痕迹而又无处不在，通过不断的暗示与强化，让读者轻松接受作者的立场与观点。而其中最重要的一步，就是对“死”与“生”这一对核心概念的置换。在此基础上，对于高雅与低俗、强大与弱小的调换显得顺理成章，亚马多的写作意图便得以达成。

---

① Roberto Da’Matta, *Carnavais, malandros e heróis: para uma sociologia do dilema brasileiro*, Rio de Janeiro: Rocco, 1997, p.115.

在《路加福音》中，正是天使向牧羊人宣告了耶稣的诞生。或许是为了呼应这一点，在《金卡斯的两次死亡》里，将金卡斯的死讯带给其家人的同样是一名同基督教有关的人士，也即圣像雕刻师。在税务员若阿金离家出走、成为“流浪汉之王”金卡斯之后，他便完全切断了曾经的社会关系，转而过上了与之前全然不同的生活。此后，只有圣像雕刻师能够穿梭于不同社会团体之间，在金卡斯的两段生活之间建立起联系，仿佛他的两段生活正对应着人类与诸神、世俗与神圣。而当金卡斯死亡的消息扩散之后，黑人帕斯汀尼亚在小市场门口与众多流浪汉一起哀悼，则很容易让人想到教堂里唱诗的情形：

> 黑人帕斯汀尼亚喝了一大口酒，抹抹眼泪，绝望地吼道：
>
> “我们的爸爸死了……”
>
> “……我们的爸爸……”其他人呻吟着。
>
> 慰藉的酒瓶在众人手中传递，黑人眼中的泪水渐渐增多，强烈的痛苦也在加剧：
>
> “一个好人死了……”
>
> “……好人……”
>
> 时不时地有某个新人加入进来，有的甚至不知道发生了什么。[①]

这段话中，黑人就仿佛弥撒中领读的神父，而“我们的爸爸”则无疑会让读者联想到“我们的天父”，也无怪乎在听到这句话后，某个不明真相的小男孩会开玩笑地问是“耶稣基督还是州长”[②]。在《金卡斯的两次死亡》中，这种将主人公神圣化的尝试随处可见。比如听到金卡斯去世的消息之后，妓女在屋内摆上了耶稣升天的版画。她们为了哀悼而拒绝接客，“就像在设立圣餐日与耶稣受难日一样”[③]。

① 〔巴〕若热·亚马多著，樊星译：《金卡斯的两次死亡》，南京：译林出版社，2016年，第62页。
② 同上书，第67页。
③ 同上书，第55页。

然而，既然狂欢的死亡意味着新生，这种悲伤的氛围也自然不可能持久。因为在短暂的伤痛之后，帕斯汀尼亚等四人便成功地将金卡斯从棺材中解救出来，将他带到了妓院、酒馆以及港口的渔船上。对于金卡斯的朋友们来说，这无疑意味着这位流浪者之王死而复活。也正是在这个意义上，众人宣告当日是金卡斯的生日，并打算以最盛大的方式来庆祝它。之前的哀愁一扫而空，所有人都开始尽情地说笑嬉闹，酒瓶交替传递，甚至连酒馆中的打斗都充满了狂欢色彩。由于复活节的到来标志着长达40天的斋戒期结束，面对金卡斯的复活，人们的庆祝方式便是在最大限度上满足口腹之欲。无论是金卡斯夸张的喝酒方式（他每喝一口便吐一口），还是曼努埃尔大师为大伙儿准备的数量充足的烩鱼，都既体现出对于中世纪狂欢传统的继承，也意味着对现实语境下穷困压抑等生活境遇的反抗与逆转。

从某种意义上说，上述描写其实是在以一种逆向的方式，细致完成了对金卡斯的“加冕”，将这个底层流浪汉一步步提升到与耶稣基督等同的地位。之所以强调逆向，是因为以世俗的眼光来看，金卡斯的穿着比之前更为破旧邋遢。事实上，在金卡斯重生之前，家人曾试图将其还原为令人尊敬的税务员若阿金，并花费一大笔钱，为他购置了崭新的衬衣、西装、皮鞋。但这番做法不过是想将“流浪汉之王”的冠冕除去，忤逆他的意志、践踏他的尊严，将他重新变回那个可被轻易操控的公务员而已。而在金卡斯的流浪汉朋友代替其家人承担起守灵的工作之后，便将那些束缚着他的崭新衣物统统脱去，并把曾经的旧衣穿在他的身上，金卡斯才又成了那个耀武扬威的街区统帅。

不难看出，在《金卡斯的两次死亡》这部小说中，一切原有的价值体系都遭到逆转，甚至包括大众通常对于狂欢的理解本身。在传统的狂欢节上，人们只是短暂地为小丑、愚人戴上皇冠，然后，便迅速地将其打回原貌。而在亚马多的讲述中，金卡斯本就是另一处精神领地之上的统治者。在这种叙事逻辑之下，最破烂的衣物便是国王的华服，而重金购买的新衣与棺材却只是徒增束缚的阴谋。因此，尽管在读者眼中，金卡斯的狂欢仅仅持续了一晚，但其反抗的姿态与斗争却从未停歇。

事实上，这种从未停歇的抗争精神与巴西狂欢节国王的来源也有几分相似之处。虽然，早在中世纪的节日庆典上，便出现了选举狂欢国王的传统，而巴西狂欢节上的“莫莫国王”（Rei Momo）则来源于古希腊神话中的天神莫莫，但上述古老的源头却并不意味着选举狂欢国王的习俗在巴西早已有之。事实上，巴西第一个真人扮演的狂欢国王直到1933年才出现，在此之前，只有用纸糊出来的玩偶形象。1933年1月，几位《夜晚》（*A Noite*）晚报社的记者萌生出让真人扮演莫莫国王的想法，他们邀请一位体型硕大的编辑作为扮演者，并为他定制了专门的服装。从此之后，莫莫国王成为巴西狂欢节最具特色的形象，经久不衰。

根据学者塞尔玛·佩雷拉斯·费莱利科·佳里尼（Selma Peleias Felerico Garrini）的研究，莫莫国王的出现及流行与新闻界对于瓦加斯独裁统治的反抗直接相关。① 换言之，1933—1945年之间，当众人在记者的带领下为狂欢节国王加冕脱冕时，他们脑中呈现的形象正是被捧上高位但终会跌落神坛的独裁总统瓦加斯。证明这一点最好的证据，便是这一时期出版的诸多政治讽喻漫画，其中瓦加斯经常被穿上狂欢节的服装，甚至与莫莫国王并肩而行。由此可见，巴西的狂欢国王并非仅仅在狂欢节的3天中耀武扬威，而是始终承担着反抗威权统治的重任。这也正是金卡斯这一形象存在的意义。

因此，虽然在《金卡斯的两次死亡》中，亚马多从未提到“狂欢”一词，但却用精彩的写作完成了对现实的绝对逆转，而这种逆转原本只有在狂欢的场景下才能够实现。换言之，通过对于富贵与贫穷、高雅与低俗、荣耀与卑鄙等一系列价值判断标准的转换，亚马多在实质上模糊了狂欢活动与日常生活之间的界限。借由创造一个从生到死不停狂欢的流浪者，这位巴伊亚

① Selma Peleias Felerico Garrini, *Memória e representação da figura do Rei Momo na mídia impressa (*1930-1945*)*, dissertação de mestrado, PUC-SP, 2004.

作家希望能够让反抗精神一以贯之地持续下去，因为他们需要的并非只是短暂的欢愉与发泄，而是彻底的颠覆与变革。

《弗洛尔和她的两个丈夫》：冲突与调和

由于《金卡斯的两次死亡》篇幅短小，人物与场景变换迅速，主人公两段生活之间对比强烈，其对于巴西社会原有价值体系的挑战也显得更为极端。因此，尽管在金卡斯故事的结尾，亚马多借吟游诗人之口，确认了狂欢视角下也存在另一种真实，流浪汉之王金卡斯与公务员若阿金这两种身份却至死仍是割裂的状态。然而，无论狂欢精神对于巴西有多么重大的意义，任何国家都不可能舍弃一切管理手段，仅靠欢笑与玩闹运转。更何况，正如达玛塔在《狂欢、阅兵与游行》中指出的，巴西社会本就具有秩序与无序、保守与恣意的双重特质，也唯有二者的结合才能真正展现巴西民族精神，构建起真实可信又独具特色的国家形象。

正是在此意义上，1966年出版的《弗洛尔和她的两个丈夫》比《金卡斯的两次死亡》更进一步，其对巴西狂欢精神的展现也更加全面、生动。因为在这部小说里，亚马多不再以简单的“对立”模式去处理巴西社会现存的种种矛盾，这在他的文学创作生涯中也是一大进步。虽说从《加布里埃拉》开始，亚马多笔下的人物已不再像前期那样非黑即白、性格单一，但主要角色所代表的立场之争仍旧依稀可见。在《加布里埃拉》里，是传统庄园主阶层与新兴资产阶级之间的较量；在《干亲家奥贡》中，是种族混融（文化综摄）与种族歧视（宗教迫害）的斗争；《金卡斯的两次死亡》则是社会保守力量与底层大众意识之间的对抗。无论斗争的过程如何，最终都以一方的获胜告终，这个获胜者便代表了巴西民族未来的发展方向。然而，在弗洛尔太太的故事里，尽管两个丈夫在性格上分属两个极端，却无意于一较高下。弗洛尔本人也在反复的摇摆犹疑之后，最终接受了同时拥有两个丈夫的幸福生活。

其中，弗洛尔的第一任丈夫瓦迪尼奥与金卡斯有不少相似之处。身为小康家庭的私生子，他也曾拥有一段相对体面的生活，甚至在寄宿学校升到了毕业班。但由于缺乏家庭的温暖，他爱上一名同学的母亲，并为之抛弃学业，也因此遭到父亲嫌弃，彻底成为一名流浪者。事实上，瓦迪尼奥（Vadinho）这个绰号便源于“流浪”（vadiar）一词，而他的原名其实叫作瓦尔多米洛·桑托斯·吉马良斯，其中吉马良斯的姓氏来自巴西一个极有权势的家族，因为瓦迪尼奥的父亲是这个家族的远亲。然而，至少在他从学校辍学之后，除了他去世时的悼词与纪念文字以外，便没有人再以原名称呼过他。正如若阿金变成金卡斯之后抛弃了原先的身份，瓦迪尼奥身上也丝毫看不到吉马良斯家族的印记，而是一个名副其实而又彻头彻尾的流浪汉。他不仅和金卡斯一样嗜酒好色，还沉迷赌博，即使在同弗洛尔结婚之后，也依然是一个“夜游神”，流连于酒馆妓院，甚至会偷抢弗洛尔辛苦攒下的钱。

在这个意义上，瓦迪尼奥或许比金卡斯更加不守规矩与难以控制，也更具有狂欢本身所带来的破坏感。毕竟，如果说在撰写《金卡斯的两次死亡》时，亚马多是无意中赋予了主人公狂欢化的特质，那么瓦迪尼奥就是被特意塑造成狂欢精神的化身，因为整部小说正由他在狂欢节上的死亡展开：

> 狂欢节中的一个星期日上午，弗洛尔太太的第一个丈夫瓦迪尼奥突然在离家不远的七月二日广场上死去了。当时，他化装成一名巴伊亚州妇女，正随着一支狂欢队伍忘情地跳着桑巴舞。……他至死还在开心地度着狂欢节。①

此处，狂欢本身的颠覆性通过两个方面直白地展现出来：首先，是死亡与欢笑的结合，这与金卡斯的葬礼如出一辙，也预示着死亡与新生之间的关

① 〔巴〕若热·亚马多著，孙成敖、范维信译：《弗洛尔和她的两个丈夫》，南京：译林出版社，2016年，第4—5页。

联；其次，是男性装扮成女性，但事实上，在瓦迪尼奥的裙子之下，还藏着一个木薯制成的假阳具。这种表里不一的装扮既代表着打破现实的表演，也暗示着肉体与精神的分离，为瓦迪尼奥灵魂的重生归来埋下了伏笔。至此，我们已经可以断言，亚马多开篇便明确了瓦迪尼奥与狂欢精神——以及其所代表的破坏、重建、伪装、欺瞒——的对应关系。

一旦将瓦迪尼奥与这种以“倒置 / 混淆”为主要特色的狂欢精神联系起来，便不难理解他如何在小说开头便死去，最后又以魂魄的形态重返人间。然而，这绝不意味着瓦迪尼奥要建立一种与原先秩序相反的新秩序，即使他拥有足够的能力。如果说，在瓦迪尼奥生前，他尽管藐视一切道德规章，却还需要受制于种种客观条件的话，当他以鬼魂的形式重返人间，便拥有了更为强大的力量，几乎可以为所欲为。然而，作为游离于社会秩序之外的人，无论生前还是死后，瓦迪尼奥最感兴趣的都是赌博和女人，因此，当他魂魄归来之后，也并未做什么过于出格的事情，只是扰乱了赌场的秩序、不着痕迹地调戏女子，以及不断地教唆弗洛尔太太放弃矜持，接受与两个丈夫共同生活。

一方面，摆脱了肉体限制的瓦迪尼奥比亚马多笔下的其他人物更加随心所欲，但在另一方面，纯粹超然的灵魂力量又在实质上违背了追求满足身体欲望、破坏一切既定准则的狂欢精神。借助对瓦迪尼奥身边之人的描绘，亚马多对此巧妙地做出解释。首先，尽管除了弗洛尔太太之外，其他所有人都看不到瓦迪尼奥，但他却并非完全没有实体，而是能够触碰、抚摸他人，甚至在弗洛尔太太身上留下吻痕，并在一位女郎的臀部留下了指印。其次，是瓦迪尼奥身边赌友的反应。作为恶作剧之神，瓦迪尼奥与各色赌徒关系友好，生前便十分仗义。然而，当他死后归来，利用自己超自然的能力破坏贝朗西·拉莫斯一手遮天的赌博王国时，他最好的兄弟米兰当却因为总赢钱而发誓再也不去赌场了——“世界上没有任何力量（人的力量或者超人的力量）

能让他重新摸一摸筹码”[①]。

从某种意义上说，可以认为死后的瓦迪尼奥利用了自己“超人”的力量，推翻了赚得盆满钵满的赌博帝国，建立了一种“庄家必输”的新规则。但任何板上钉钉的秩序都与追求混乱的狂欢互斥，正如嗜赌如命的阿纳克雷翁反思的那样：

> 无休无止的赢钱算不上赌博。算不上与运气格斗，算不上与庄家、赌盘或纸牌厮杀。买来筹码，放进赌盘的某个数字上，必赢无疑，玩这种蹩脚的魔术有什么意思？他，阿纳克雷翁，堂堂正正的赌家，轮盘赌上堪称师表，究竟犯了什么天条，横遭不可逆转的命运惩罚？[②]

最终，瓦迪尼奥的几位好友全都放弃了这种不光彩的“赢钱”手段，鬼魂在赌场的恶作剧也就此作罢。这一插曲明确表达出狂欢精神对于混乱、冒险与不确定性的追求，同时，也解释了鬼魂形态的瓦迪尼奥为何没有利用自己的超自然力量，去谋求更多的利益或权势。

事实上，除了在弗洛尔之外的人面前隐身之外，死者瓦迪尼奥与其生前并无太大不同，可以说是真正跨越了生死，而达到了混淆一切的狂欢境界。但能够隐形的事实却极大地改变了他与弗洛尔太太之间的关系，能够让他肆无忌惮地跟在后者身边，而不引起其他人丝毫的怀疑。对于理解狂欢精神在巴西的地位，这一点至关重要，因为在这部小说中，真正代表巴西价值取向的并非瓦迪尼奥，而是他的妻子弗洛尔太太。

弗洛尔原是一个美丽大方而又家教严格的姑娘，可谓是巴西传统社会中的女性理想范本。瓦迪尼奥假扮上流社会的当权阶层，与她结识并迅速陷入爱河。在瓦迪尼奥真实身份暴露后，弗洛尔已经深深爱上了他，甚至不惜

① 〔巴〕若热·亚马多著，孙成敖、范维信译：《弗洛尔和她的两个丈夫》，南京：译林出版社，2016年，第517页。

② 同上书，第557页。

为他与自己的母亲决裂。即使婚后瓦迪尼奥暴露出游手好闲、嗜赌好色的本性，弗洛尔也仍在他的情欲攻势之下无法自拔。可以说，在与瓦迪尼奥的相处中，弗洛尔已经不知不觉地受到影响，虽然也会为丈夫的不负责任与花天酒地感到煎熬，但其内心深处仍沉溺于对方的男性魅力，会为了短暂的幸福与温存而甘愿忍受日常的痛苦焦虑与不安全感。

这正是巴西民众对于狂欢节的态度，因为无论在中世纪的欧洲还是现当代的巴西，对于大多数的民众来说，狂欢节都更像是一种短暂的情绪出口，用以排遣日常的沉闷与困窘。正因为如此，也有一些学者对巴西狂欢文化持保留态度。在人类学家达玛塔出版《狂欢、流氓与英雄》的 13 年后，由巴西社会学家玛利亚・伊佐拉・佩雷拉・德・奎罗斯（Maria Isaura Pereira de Queiroz）撰写的《巴西狂欢节：经验与神话》（*Carnaval Brasileiro: o Vivido e o mito*）一书问世，其核心观点之一便是认为先前的研究很可能高估了狂欢节的颠覆性，因为他们仅仅考虑到狂欢作为神话的象征意义，而未曾评估它对于现实世界的影响。奎罗斯直言不讳地写道：

> 狂欢神话是创造性活动的结果，它汇集了观察，形成了观念，构建出一个引人入胜的社会图景。它是每个人一年一度的庇护所，在其中能够找到自由愉悦的快感，与现实中不得不接受的幻灭截然相反。但它却仅仅是一种图景……①

诚然，无论是在《金卡斯的两次死亡》中，还是在达玛塔和桑塔安纳对它的分析里，象征意味都十分强烈，因为他们的关注点主要在于知识分子的抗争姿态与艺术表达。但从《弗洛尔和她的两个丈夫》开始，亚马多明显注意到了强调现实意义与大众立场的重要性，这也是弗洛尔的第二任丈夫必须存在的理由。在忍受了一段时间的寡居生活之后，弗洛尔与药剂师特奥多罗结了婚。后者与瓦迪尼奥截然不同，正如作者借诺尔玛太太之口总结的那

① Maria Isaura Pereira de Queiroz, *Carnaval brasileiro: o vivido e o mito*, São Paulo: Brasiliense, 1999, p. 195.

样："特罗多奥博士作风正派，心地善良，极有教养，对妻子又体贴备至，是个品质高尚的人。"[①] 即使他在日常生活中过于追求秩序、略显教条，却对弗洛尔极尽迁就，陪她住在旧房子里，允许她像婚前那样开设厨娘学校，遇到意见分歧时则主动退让。

然而，这样一个温柔体贴、有条不紊的人，却无法让弗洛尔感到全然的幸福，因为缺少了冒险、激情与变化的可能。"生活平平淡淡，毫无变化，毫无生气"[②]，这便是令弗洛尔太太烦恼的原因。最终，在弗洛尔与特奥多罗再婚的一年之后，瓦迪尼奥的灵魂听到妻子内心深处的呼唤，而重新回到了她身边。尽管在一开始，弗洛尔为保持对第二任丈夫的忠贞，多次试图赶走瓦迪尼奥，甚至不惜求助于巫术。但当坎东布雷的诸神应招而来，全力围攻瓦迪尼奥及其保护者埃舒时，最终还是弗洛尔太太主动救下了瓦迪尼奥。因为此时的弗洛尔已经屈从于第一任丈夫的诱惑，感受到了与两位丈夫共同生活的和谐与美满，也就再也无法忍受没有瓦迪尼奥的日子了。

这段诸神围攻瓦迪尼奥的描写可谓是全书的高潮，也预告了故事的尾声。在这场混战中，既有的一切都推倒重来：妓女找到丈夫并生儿育女，人们像烧毁一张脏纸一样焚毁了独裁政权，封建传统被推翻摧毁。其中最精彩的描写当属下面这个段落：

> 全城的处女都脱光了衣服，在道路与广场上献身。接着便诞生了成千上万个孩子。他们都长得一模一样，因为他们都是瓦迪尼奥的儿子，都是离经叛道的左撇子。海上漂浮着房屋与阁楼、巴拉灯塔与乌尼昂庭院。海上堡垒移动到了耶稣圣殿，鱼类在花园里发芽，星星在树上成熟。在带有黄色印记的赤红天空上，广场的钟指向了震惊的时刻。[③]

---

① 〔巴〕若热·亚马多著，孙成敖、范维信译：《弗洛尔和她的两个丈夫》，南京：译林出版社，2016 年，第 366 页。

② 同上书，第 435 页。

③ Jorge Amado, *Dona Flor e seus dois maridos*, São Paulo: Livraria Martins, n.d., pp. 373-374.

这无疑是全书纵情狂欢的巅峰时刻，在不可解释的奇幻与迷醉之中，一切都遭到了颠倒与混淆：在大街上献身生子的处女，漂浮在海上的灯塔与房屋，边界模糊的动物、植物与星辰。不仅如此，海上堡垒又名圣马塞洛堡垒，是巴西著名的军事要塞，自17世纪便开始守卫着巴伊亚，而耶稣圣殿则是巴伊亚最为著名的坎东布雷宗教圣殿，二者的交织重合无疑会让人联想到秩序与反秩序、天主教与巴西非洲宗教之间的对抗与共存。

然而，瓦迪尼奥的魂魄最终不敌诸神的围剿。就在他奄奄一息之际，却是弗洛尔突然赤身裸体地出现，拯救了自己的第一位爱人。作为“一个摆脱了所有羁绊的自由思想”[①]，她战胜了距离与虚伪，也战胜了一切陈规与谎言。“她交欢的呻吟声盖过了战争女神央桑死亡的呼喊”[②]，因为她终于承认自己对于瓦迪尼奥那难掩的欲望，不再用道德与理性压抑自己，狂欢的欲念也再次颠覆了死亡。正是凭借着这种诚实与勇气，弗洛尔最终与两位丈夫幸福地生活在一起，为拥有两种爱情而心满意足。

尽管在临近全书的终章时，瓦迪尼奥的魂魄才得以归来，但这一大团圆结局其实在开头便已经透露。就在弗洛尔写给作者本人的便条上，故事的女主角不仅对人为何一定要有两种爱情发出询问，还隐晦提及了午夜之后难以言说的情爱。而在这张便条上，最值得玩味的或许是弗洛尔太太的署名，她自称“弗洛尔丽佩德斯·派娃·马杜雷拉”或者“弗洛尔·多斯·吉马良斯太太”。这当然与她分别冠以两任丈夫的姓氏有关，但在另一方面，当庄重的弗洛尔丽佩德斯与亲昵的弗洛尔并置时，也很难不让人想起若阿金与金卡斯之间的区别。

同样作为拥有两个名字的人物，金卡斯的两次死亡决然对立，而弗洛尔的两种爱情却缺一不可。这种差异不仅来自于亚马多本人创作风格的转变，即从革命作家逐步转型成一名风俗作家，也同样取决于巴西形象的衍化，见

① 〔巴〕若热·亚马多著，孙成敖、范维信译：《弗洛尔和她的两个丈夫》，南京：译林出版社，2016年，第566页。
② 同上书，第566—567页。

证了它从一个落后的第三世界国家逐步成为令人神往的和谐国度。一方面，正如本章开头分析的那样，在军政府时期严厉的审查制度之下，狂欢化的写作方式更容易成为民间反抗意识的重要出口，但在另一方面，狂欢式的反抗也是在有意识地弱化仇恨与对立，转而以一种更温和的方式来达到平权的目的。巴西政府显然注意到了狂欢节在表达民意方面的作用，甚至会有意识地利用这一点来缓和社会冲突。除官方对于狂欢节态度转换之外，同样值得注意的还有巴西知识分子对于政治议题的看法。这是因为，与全球革命热情高涨的20世纪“红色”30年代不同，60年代的巴西知识分子处在美苏“冷战”的阴影之下，对极端化的左右对立极为敏感谨慎，认为一切意识形态纷争都理应让位于对具体的人的关心与保护。因此，尽管巴西的狂欢活动一直与社会反抗息息相关，但经过半个多世纪的发展演变之后，其对立性在逐渐弱化，反而更多地指向了一条社会冲突的和解之路。

瓦迪尼奥的行事作风充分证明了这一点。他虽是颠覆与混乱的代表，处于规则与秩序的对立面，却始终避免硬碰硬的直接对抗，凭借瞒天过海的诱骗之术，一步步实现自己的目的。从他最初接触弗洛尔时使用的假身份，再到魂魄归来后的隐身术，瓦迪尼奥式的反抗都是在利用规则而非诉诸暴力。事实上，他不仅愿意与弗洛尔的第二任丈夫——代表规则与秩序的特奥多罗[①]——共享自己的妻子，而且还主动称其为自己的“同事”，因为他只能也只愿为弗洛尔带来爱情与欢愉，而诸如物质财富、社会地位等只能由后者提供。因此，在弗洛尔萌生离开第二任丈夫的念头时，瓦迪尼奥甚至会悉心劝解：

> 亲爱的，别说这种话……你喜欢忠诚、正经，我知道。但是，这一切早已完了，何必自己骗自己呢？既不能只要我，也不能只跟他，应该和我们两个在一起，我的傻弗洛尔。他也是你的丈夫，和

① 尽管在亚马多的笔下，特奥多罗似乎是一个非常温和的人，但他“物归其位、位放其物”的信条其实正说明了他对秩序及其暗含的等级化体系的追求。

我有同样的权利。你这第二个丈夫是个好人，我越来越喜欢他……我刚来就告诉过你，我们三个会和睦相处……[①]

正如狂欢节本身并未改变既有的世界，而只是在其之上创造出另一个幻想世界，让人们能够短暂地摆脱现实的束缚一样，瓦迪尼奥式的流浪汉也无意将社会推倒重建，只是满足于利用现有规则来争取权益。巴西社会的特点是，在高压的制度之下，永远有数不清的缝隙与漏洞作为缓冲。通过制度之外的人情往来与暗中交易，底层或边缘群体在获得些许权利的同时也熄灭了积蓄的怒火，这缓解了上层社会统治的压力，维持了现有秩序的稳定。因此，就像上述引文所言，在弗洛尔与其两位丈夫的关系之中，“和睦相处”才是重中之重。这表明瓦迪尼奥与特奥多罗并非你死我活的竞争关系，而是和谐甚至合作的关系。双方看似让渡了一部分作为丈夫的权利，但也都获取了一定的利益。对于瓦迪尼奥而言，这令他能够在不失去弗洛尔的情况下逃避养家的职责，而特奥多罗则无须面临妻子出轨他人的风险，夫妻关系也更为紧密。

当然，这段关系最大的受益者还是弗洛尔太太本人——接受了两个丈夫的弗洛尔就像认可了自身双重性的巴西，一面是较为稳定的社会秩序，避免了大规模的流血冲突，创造了宜人的政治与投资环境；另一面是颇具诱惑的冒险与狂欢，通过影视、音乐、旅游资源的开发，为巴西带来了重要的经济与文化收益。随着弗洛尔成为巴西文学中极富魅力的女性角色，巴西也成为国际上最具吸引力的国家之一，这其中的关联并非偶然。

① 〔巴〕若热·亚马多著，孙成敖、范维信译：《弗洛尔和她的两个丈夫》，南京：译林出版社，2016年，第553页。

第五章　超越性别的女人

在以狂欢化视角分析《弗洛尔和两个丈夫》时，为了突出巴西民族精神的特点，达玛塔曾借巴西文学与美国文学中的经典人物，做了一番简单却颇具启发性的对比：

> 令人好奇的是，正如一个美国女生某次对我说的那样，如果以全球性的方式来谈论巴西，最好借助一个女性形象（弗洛尔太太、加布里埃拉、伊拉塞玛①、卡皮杜②……我不想说还有那些音乐、诗歌与祷词中反复被我们吟唱的马丽娜、朵拉、多洛雷斯、玛利亚等等），而美国则最好由一群年轻人定义：汤姆·索亚、哈克·费恩和他们的朋友们。③

无论马丽娜、朵拉还是玛利亚，都是巴西的常见女名，故而顺理成章地构成巴西人集体意识中的女性代表。而伊拉塞玛与卡皮杜则分别是巴西浪漫主义文学与现实主义文学中的经典女性角色，加之前者的葡语名字 Iracema 本来就 América（美洲）调换了字母顺序的改写，其中的象征意味不言而喻。除此之外，达玛塔最先提到的弗洛尔与加布里埃拉则均为若热·亚马多笔下的人物，同时也是巴西乃至整个葡语世界最为家喻户晓的文学形象。

---

① 伊拉塞玛（Iracema），巴西浪漫主义作家若泽·德·阿伦卡尔同名长篇小说中的女主人公，是一名印第安少女，与葡萄牙男子马丁相恋，在诞下两人的孩子莫阿希尔（意为痛苦之子）后去世。

② 卡皮杜（Capitu），巴西现实主义作家马查多·德·阿西斯长篇小说《沉默先生》（*Dom Casmurro*，又译为《堂卡斯穆罗》）中的女主人公，出身贫寒但颇有野心，与富家子弟本托结婚并诞下一子。由于他们的儿子与本托的一位朋友十分相像，本托怀疑卡皮杜出轨，却并无证据。两人最终不欢而散。

③ Roberto Da'Matta, *Carnavais, malandros e heróis: para uma sociologia do dilema brasileiro*, Rio de Janeiro: Rocco, 1997, pp. 93-94.

在亚马多的文学创作中，女性角色的塑造占有重要地位。《味似丁香、色如肉桂的加布里埃拉》（下文简称为《加布里埃拉》）是亚马多第一部以女性角色命名的作品，也首次为这位巴伊亚作家带来了现象级的图书销量。在此之前，亚马多已是一名畅销作家，但从没有一本书能够在3年之内连续再版20次，短时期内便在全球销售出20万册。[①] 随着这本书的出版，以及随后的影视改编，巴西国内掀起了一股“加布里埃拉热潮”，妇女们开始模仿女主人公的穿衣方式，也像她一样在鬓角戴上一朵花，并将为自己新出生的女儿起名为加布里埃拉。在此之后，《弗洛尔与她的两个丈夫》重复了这一商业奇迹，首印的75,000册图书在短时间内便销售一空，改编的电影也在上映后打破了巴西票房纪录。此外，亚马多还在20世纪70年代创作了另外两部以女性角色命名的作品——《厌倦斗争的特蕾莎·巴蒂斯塔》（*Tereza Batista Cansada de Guerra*，1972年）与《来自阿格列斯特的季叶塔》（*Tieta do Agreste*，1977年）[②]——同样受到读者的好评。在2012年作家百年诞辰之际，巴西文学公司出版社（Companhia das Letras）曾将这4部作品以“亚马多笔下的女人”为题结集出版，足见其重要性与影响力。

除普通读者之外，各国文学研究者也都对亚马多笔下的女性形象颇为关注。他们大多从性别视角出发进行分析，批评者与赞扬者兼而有之。这种争议首先与亚马多巨大的作品数量相关，因为仅在《弗洛尔和她的两个丈夫》中，亚马多便塑造了超过200个人物，这些人物性格各有不同，为文学批评提供了多样化的分析样本。但不可否认的是，即使面对相同的人物，不同的研究者也可能做出截然相反的评价，如针对女性情欲的描写到底意味着女性的自我解放还是对男性无意识地讨好，鼓励妓女生育到底是对世俗的反抗还

① Joselia Aguiar, *Jorge Amado: uma biografia*, São Paulo: Todavia, 2018, p. 377.

② 中译本将这两部作品分别译为《厌倦了妓女生活的特雷莎·巴蒂斯塔》与《浪女回归》，其实是对两位女主人公的妓女身份加上了原作中所没有的道德评判。为避免引起误解，此处与下文中都将使用原作标题的中文直译。同样需要说明的是，由于这两部作品的中译本都有大量删节，因此，本章中的相关引文都将从葡语原版翻译。

是对男权的屈服等问题，至今仍未能形成统一的意见[①]，这也恰恰证明了亚马多笔下女性人物的多面性与复杂性。

事实上，这种复杂性主要体现在亚马多的后期创作中，因为倘若将亚马多笔下的女性形象略作分类，会发现其前期作品中的女性角色相对简单，主要由以下三类人组成。第一类是柔弱的传统女性，她们往往被塑造为各种社会弊端下的牺牲者，比如《茹比亚巴》中的琳蒂纳尔娃、《沙滩船长》中的朵拉和《无边的土地》中的埃丝特。此类角色通常肤色白皙、面容姣好，在故事中担当女主人公的角色，却因为当时巴西女性在社会上的弱势，而不得不依赖书中男性，最终以悲剧收场。第二类则是具有斗争精神的女战士形象，其中最典型的当属《死海》中的罗莎·巴尔梅兰，她不但容貌出众，更具有英雄气概，以至于到处都传唱着关于她的歌谣：

> 罗莎裙边有短刀一把/罗莎·巴尔梅兰，匕首就在胸前/罗莎·巴尔梅兰，不怕拳手的绝招/她耳环摆动，体态优美、轻盈。[②]

而第三类则是各色各类的姘妇或者妓女，她们大多为出身贫寒的混血女子，年少时因受到引诱或遭到强暴而失去贞操，之后便利用自己的性魅力获取经济支持。在这一女性群体中，又可以分为两种，第一种完全迫于无奈，代表人物便是《无边的土地》中的三姐妹；另一种则出于个人选择，比如《茹比亚巴》中的罗桑达·罗惜达。

而在亚马多后期文学创作中，第一类传统柔弱的女性形象几乎消失不见；具有英雄气概的女性则与早期作品中沦于边缘的妓女或者姘妇合二为一，并且一跃成为亚马多文学创作的核心。这种组合方式在一定程度上解释了亚马多笔下女性的矛盾感，学者玛利亚·路易莎·努内斯（Maria Luisa

---

① 就这一点来说，亚马多创作的许多女性形象几乎可以和马查多·德·阿西斯笔下的卡皮杜相媲美，针对后者究竟是背叛丈夫的通奸者还是被丈夫诬陷的受害者，巴西国内外评论界至今也未能达成一致，但却能在这种持续的争执中，不断发现作者创作的精妙之处。

②〔巴〕若热·亚马多著，范维信译：《死海》，哈尔滨：黑龙江人民出版社，1987年，第45页。

Nunes）将其称为“女性主义考量与父权主义叙事”[1]的结合。一方面，这些女性都具备坚定的自我意识，不为世俗观点所左右，能够以各种方式反抗社会不公，促进平权与进步，这使得一部分研究者将亚马多看作为女性发声的作家。但在另一方面，亚马多又始终强调书中女性的魅力与情欲，甚至就连最保守的弗洛尔太太，也曾在瓦迪尼奥去世后差点屈服于“寡妇王子”埃杜阿尔多的诱惑，最后更是欣然与两个丈夫共同生活。正因为如此，许多批评者认为亚马多始终将女性视为承载男性欲望的客体，加上这些女性角色大多为混血女郎，使亚马多不仅为许多女性主义批评者所不容，也常遭到种族平权者的批判。

除了对亚马多作品中性感香艳的描写有所不满之外，美国研究者更多将矛头指向其笔下女主人公对于生育的渴求，甚至认为这一设定完全抹杀了其女性书写的开创性与革命性。就这一点而言，亚马多的批评者很可能忽略了巴西社会现实的特殊性，也并未意识到资产阶级女性与无产阶级女性的巨大隔阂。事实上，当前者追求完全自由的性解放时，后者只能利用自己的身体去换取一定的经济独立；当前者急于摆脱必须承担的母职时，后者想要拥有自己的子女却不得。关于这一点，巴西女作家帕德里西亚·加尔旺早在20世纪30年代就做出过反驳：

> （精英女性）叫嚣着性解放、生育自主、“知识女性”的投票权。……然而，她们却忘记了，在最穷困的阶层中，生育限制几乎已经存在，而社会经济生活中的所有问题都尚待解决。[2]

正是在这个意义上，针对帕泰（Daphne Patai）等人对于《厌倦斗争的特蕾莎·巴蒂斯塔》结尾的批评[3]，亚马多才会如此解释：“我认为怀孕、生

① Maria Luisa Nunes, “Narratives by and about Women in the Third World”, in *Brasil/Brazil: A Journal of Brazilian Literature*, 1989, 2, p. 8.

② Pagu, “Maltus Alem”, in *O Homem do Povo*, Mar 27, 1931, p. 2.

③ Daphne Patai, *Myth and Ideology in Contemporary Brazilian Fiction*, Rutherford: Fairleigh Dickinson University Press; London: Associated University Presses, 1983, pp.111-140.

育、拥有孩子是一个革命行为”[①]，尤其考虑到在此之前，女主人公曾被迫流掉了一个非婚孕育的胎儿。

或许作为一名白人[②]男性作家，当亚马多选择将混血女性作为故事主角加以塑造时，这些诟病便难以避免。但不可否认的是，在20世纪中叶，作家做出此番选择的本意是在不损害文学本身纪实性与拟真性的前提下，为处于弱势一方的巴西女性发声，正如他对狂欢精神与混血文化的歌颂是为了替巴西穷人与黑人后裔正名一样。从这一观点出发，我们对于亚马多女性书写的分析便无须局限于性别议题，而可以将它放在阶级、种族观念以及巴西殖民历史的大背景下，作为巴西民族形象构建的重要一环来加以讨论。在某种意义上，亚马多前期作品中的女主人公形象就宛如殖民时代的巴西，以美丽温柔著称，却遭到无情的欺骗与盘剥，最终陷入难以翻身的悲惨境地，可谓与阿伦卡尔笔下的伊拉塞玛一脉相承。手握短刀匕首的女英雄则代表了弱势一方的奋起反击，正契合了革命时期的亚马多极力宣扬的斗争意识。然而，这种硬碰硬的极端反抗始终只是个例，并无法反映巴西大众的精神意志，1935年巴西共产主义起义的迅速失败便证明了这一点。[③]

或许正因为如此，尽管《死海》中的罗莎·巴尔梅兰、《无边的土地》中的安娜·巴达洛与《争自由的地下工作》中的玛丽安娜都曾展现出不输于男性的坚强意志，并因此而为评论家津津乐道，却并未能引起巴西读者的强烈共鸣。而加布里埃拉不仅成为最受欢迎的女性角色，也被视为是20世纪50年代巴西国家形象的绝佳代表。因此，与单纯的女性主义批评视角相比，从民族身份构建的角度来解读亚马多后期的女性人物，也许更有助于解释其重要性与特殊之处。

---

① Alice Raillard, trans, Annie Dymetman, *Conversando com Jorge Amado*, Rio de Janeiro: Record, 1990, p. 305.

② 亚马多具有印第安血统，但因为肤色和外貌原因，一直被视为白人作家。

③ 从20世纪20年代开始，出于对政治制度的不满，巴西掀起了一系列武装起义运动，参与者均为军队成员。1934年，巴西反抗武装力量领袖普列斯特（Prestes）加入巴西共产党，计划于1935年发动第一场真正的无产阶级革命。然而，与革命者预想的不同，在起义打响之后，大众应者寥寥，包括普列斯特在内的发起者迅速被捕，起义宣告失败。

象征“人民”的加布里埃拉

《加布里埃拉》是亚马多决意放弃党务工作、全情投入写作之后所创作的第一部小说，也是他第一部以主人公姓名为题的作品。与《茹比亚巴》这部以配角命名的小说相比，两者的共同点在于作为标题的人物本身都具有强烈的象征色彩，但由于主配角地位的不同，他们所代表的价值取向也截然相反。在《茹比亚巴》中，同名的年迈神父是黑人传统文化的代表，但其身上的种族烙印却终将被主人公巴尔杜伊诺身上觉醒的阶级意识所取代；而在《加布里埃拉》里，女主人公本身便代表着进步与未来，其爱情的胜利也标志着巴西将迎来一个更加自由民主的新时代，正如亚马多曾亲口认定的那样：

> 在一种由落后经济向先进经济的转向中，政治权利与社会习俗也被迫改变，这位混血厨娘（加布里埃拉）便是人民智慧与力量的象征，是让众人能够理解新时代意义的工具。①

事实上，这并非是作者第一次将这位混血厨娘同巴西人民联系起来。在小说第四章的引言中，亚马多便如此定义加布里埃拉：“也许她是个幼稚的孩子，也许她是人民的化身。”② 但纵观全书，作者却仅仅刻画了加布里埃拉如孩童般天真幼稚的一面，而并未解释她与人民的关联，仿佛这一联系是不言而喻的。1959 年，也即这部小说出版的一年之后，巴西著名作家利马（Alceu Amoroso Lima，笔名 Tristão de Athayde）在认可了“在亚马多的符号体系中，加布里埃拉同时也是**人民**③”之后，特别强调了“在小说中，伊列

---

① Jorge Amado, “Carta a uma leitora sobre romance e personagens”, in José de Barros Martins, *Jorge Amado povo e terra: 40 anos de literatura*, São Paulo: Martins, 1972, p. 31.

②〔巴〕若热·亚马多著，孙成敖译：《味似丁香、色如肉桂的加布里埃拉》，南京：译林出版社，2016 年，第 353 页。

③ 原文“人民”一词为大写，此处用粗体表示。

乌斯社会的衍变与加布里埃拉的故事密不可分”[1]，或可看作一种有效的解释。稍晚一些，又有学者将加布里埃拉的形象与巴西1960年建成的新首都巴西利亚联系起来，指出这二者都属于“不可臣服之物”，不受一般自然法则的限制，是世间独一无二的存在——正如巴西利亚由巴西人凭空所建，不同于任何其他国际都市一样，加布里埃拉也超越了任何一个真实而具体的人物形象，成为一种难以定义的寓言与象征。[2]尽管从时间上说，《加布里埃拉》的出版要略早于巴西利亚的建成，但二者都无疑是巴西传奇总统库比契克任期内（1956—1961年）的成就。当时巴西正处于民粹主义时期，经历了热图里奥·瓦加斯15年的独裁统治之后，大众再度享受到民主自由的政治氛围，巴西经济也迎来了前所未有的高速发展，举国上下都沉浸于一种乐观主义的情绪之中，这在一定程度上揭示了这部小说的关键主旨——进步——一词的由来。

倘若从小说设定的背景来看，《加布里埃拉》可以视为亚马多“可可系列”的一部分，其中当权的“可可上校”正是《无边的土地》中的奥拉旭与巴达洛们，他们通过武装械斗与伪造合约掌握了土地，代表着旧时代的统治势力。然而，尽管同为《无边的土地》的续作，讲述的也都是发生在伊列乌斯的故事，1958年的《味似丁香、色如肉桂的加布里埃拉》与1944年的《黄金果的土地》在行文风格上却截然不同，因为当后者着力展现1929年之后金融危机对巴西带来的经济打击时，前者则将目光投向了可可产区正蓬勃发展的1925年。因此，虽然同样描绘了“可可上校”由兴盛到衰败的转变，《加布里埃拉》却无须考虑外来资本的制约与剥削，而是可以直面新时代全民意志的胜利，全书洋溢着的昂扬基调，也恰恰与20世纪50年代末期巴西的社会氛围相适应。

---

① Tristão de Athayde, “Gabriela ou o crepúsculo dos coronéis”, in *Diário de Notícias: Suplemento Literário*, Aug 28, 1959, p. 2.

② Juarez da Gama Batista, “Gabriela e Dona Flor”, in José de Barros Martins, *Jorge Amado povo e terra: 40 anos de literatura*, São Paulo: Martins, 1972, pp. 90-92.

亚马多一贯擅长书写历史，他既然将时间地点设定得如此具体，便意味着这不会只是一个简单的爱情故事。事实上，正如孙成敖在译后记中指出的那样，尽管这本小说的全名叫作《味似丁香、色如肉桂的加布里埃拉》，但可可产区革新势力与保守势力之间的政治斗争才是全书的主线。[①] 这从小说的篇幅笔墨中便能看出，因为除在引言部分匆匆提及之外，女主人公加布里埃拉直到 100 页之后才第一次出场，很快便又消失不见。当她与叙利亚移民纳西布相遇并真正成为故事的核心人物时，小说已经讲述到 170 页，也就是近三分之一的部分。作为一名从腹地远道而来的逃荒者，在她到达伊列乌斯市之前，这里奉行的是旧式的制度与习俗；在她到来之后，革新与进步便逐渐代替了腐朽与落后。

考虑到加布里埃拉作为巴西人民的象征意义，亚马多此番安排的用意是显而易见的。书中女主人公的到来便等同于巴西大众意志的崛起，因为在 20 世纪 50 年代民主自由的氛围中，正是巴西人民创造了新的时代，引领了新的风气。这种隐喻色彩更因为加布里埃拉"腹地人"的身份而得到加强。可以说，从 1902 年库尼亚的《腹地》出版之后，许多知识分子便将落后的内陆地区视为巴西民族的未来所在，希望能够从这里诞生真正的巴西文化，以同深受欧洲影响的沿海文明相抗衡。单从这个意义上说，加布里埃拉的出现确实与巴西利亚的建设有着异曲同工之妙，因为后者的选址也正位于巴西领土的中心。如此一来，二者便都通过一种具体形象的呈现，完成了巴西腹地（本土）文化对于沿海（欧洲）文明的超越。

值得强调的是，加布里埃拉这一角色绝不仅仅是悬置于文本之上的象征符号，她更直接参与了对于小说情节的推动，这也是这部小说能够吸引普通读者的原因。作为巴西现代文学中最具代表性的女性形象，加布里埃拉的魅力在于其天真纯粹与难以揣摩。天真意味着她对于金钱、道德、社会地位等

---

① 〔巴〕若热·亚马多著，孙成敖译：《味似丁香、色如肉桂的加布里埃拉》，南京：译林出版社，2016 年，第 547—548 页。

统统不屑一顾，因此便没有任何东西能够约束她，决定其行为的只有她自己的意志。这使她像一个未经社会规训的孩童，无须按照常规行事，也就天然具有主导变革的潜质。在这部小说中，正是加布里埃拉与纳西布之间出人意料的情感走向促成了当地婚姻观念的改变。而这种改变既是更大范围内社会进步的佐证，也是进一步进行社会变革的动力。由此可见，尽管表面上亚马多是在讲述一个爱情故事，实质上却是想借用男女关系的变化来指涉巴西社会的衍变。加布里埃拉所代表的也并非现实中的某个女性个体，而是全体被压迫者的觉醒与突围。

为了明确这一群体性的变化过程，亚马多在讲述女主人公故事的同时，也在书中穿插其他几位女性人物的生平经历，着重体现了她们逐渐摆脱压迫的过程。《加布里埃拉》一书共分 4 章，每章标题各对应一位女性角色，分别为“奥费妮西娅的郁闷”“格洛莉娅的孤寂”“玛尔维娜的秘密”和“加布里埃拉的月光”。通过这 4 名女性角色的不同苦恼，亚马多展示了处于弱势地位的女性觉醒、抗争与胜利的过程，并借此隐喻巴西社会不断开放的历史进程。其中，奥费妮西娅生活在 19 世纪中期，也即巴西帝国时代。她家境优渥、容颜秀丽，却因为爱上了巴西皇帝佩德罗二世而甘为情妇，最终被自己的亲哥哥囚禁，郁郁而终。在小说开篇，奥费妮西娅的故事早已成为传说，但她的后人西妮娅济娜却刚刚因为婚内出轨而被丈夫一枪毙命。不仅如此，由于当时可可产区依旧奉行“复仇法则”，赞同“受到欺骗的丈夫只有把奸夫和淫妇一起杀死才能洗刷掉其名誉所蒙受的耻辱”[1]，连杀两人的“可可上校”门东萨并没有被立即逮捕，甚至很多人都认为他一定能够免于刑罚。

然而，与其说这一复仇法则体现的是男性对女性的压迫，倒不如说是当权者对于其治下民众的全面操控，因为能够据此复仇的人都具有一定财富

① 〔巴〕若热·亚马多著，孙成敖译：《味似丁香、色如肉桂的加布里埃拉》，南京：译林出版社，2016 年，第 2 页。

与社会地位，尤其以当地的大庄园主为甚。他们要求妻子守贞，自己却在外面花重金供养姘妇。尽管姘妇出轨并不会影响他们的名誉，庄园主仍会对胆敢觊觎她们的男性极尽威胁。第二章标题中的格洛莉娅便是科里奥拉诺的情妇，她诱惑并嘲弄从她门前经过的男性，因为这些人虽然痴迷于她的美丽，却惮于“上校”的威胁而不敢与之亲近。“上校”的这种管控欲辐射到方方面面，不仅妻子与情人受到管制，就连女儿的自由也要剥夺，这便是玛尔维娜所遭遇的烦恼，正如第三章标题下的注释所说的那样：

她命中注定将鹏程万里，现在却被禁锢在自家的花园里。[①]

妻子、情人、女儿，无论其具体的身份如何，在巴西大家长制的社会中，她们均需要依附庄园主（也即统治者）而生，这正是巴西数百年殖民历史与奴隶制度的遗留。巴西的现代化进程，或者小说中所谓的“进步”，也正需要对抗这种历史悠久的压迫与不公。因此，在属于加布里埃拉的第四章中，不仅女主人公本人最终获得幸福，上述 3 名女性角色也分别解除了自己的烦恼：先是玛尔维娜从父亲安排的寄宿学校出逃；然后是格洛莉娅公然与穷困教师若苏埃出双入对；而直到加布里埃拉与纳西布经历了以假证件结婚、女方婚内出轨、婚姻宣告无效、两人和好如初的过程之后，亚马多才在《卷后语》的部分告诉大家，开头枪杀妻子与情夫的门东萨上校最终被判有罪，并特意指出：

一名可可庄园的上校，因为杀死与人通奸的妻子和她的情夫而被判入狱，这在伊列乌斯的历史上还是破天荒的第一次。[②]

这种“破天荒”的改变证明了一个新时代的来临。正如上文已经提到的那样，这部小说的主线是保守势力与新兴势力之间的角力，而“可可上校”

① 〔巴〕若热·亚马多著，孙成敖译：《味似丁香、色如肉桂的加布里埃拉》，南京：译林出版社，2016 年，第 217 页。
② 同上书，第 543 页。

的入狱也恰恰证明了当地政治力量的更迭。与此同时，伊列乌斯港口的建成、拉米罗上校的去世、出口商蒙迪尼奥的竞选获胜也无不是这一社会变化的最佳注脚。相比较之下，加布里埃拉与纳西布的爱情故事似乎微不足道，身为作者的亚马多也对此有着清晰的认识：

> 从1925年的收获季节开始到1926年的收获季节为止，迅猛的进步和种种代表着文明时代的新事物正在改变着伊列乌斯的面貌。一些人认为，那一年可以成为港口年；另一些人则说，那一年是可可出口商蒙迪尼奥·法尔康和当地的老酋长拉米罗·巴斯托斯在政治上进行较量的一年；一些人对那一年之所以念念不忘，是因为法院对热苏伊诺·门东萨上校做出了引起轰动的判决；还有一些人认为，第一艘瑞典轮船抵达该市，该市的可可从此开始可以直接对外出口，是那一年里最重大的事件。但是，谁也没有把那一年看作是纳西布与加布里埃拉的爱情年。①

然而，虽然没有人认为两个外来移民的爱情故事能够“使其他几件大事相形见绌，从而成为那个时期整个伊列乌斯生活舞台的中心事件”②，亚马多却偏偏选择将其作为整部小说的核心，仿佛巴西社会中的一切巨变都因两人的抉择而一锤定音。加布里埃拉以出轨来追逐自由，纳西布则以谅解完成了对自由的接纳，而其他人——无论小说里的群众还是小说外的读者——之所以能接受这一点，在很大程度上是出于对加布里埃拉的偏爱。这一创作手段无疑是亚马多寻求写作突破的尝试，即以一种潜移默化的暗示与共情来代替早期直白的政治宣传。而要达到这一目的，加布里埃拉的设定便必须是一个讨喜的人物：美丽开朗为她赢得众人的好感，纯真幼稚使她无须为自己的决断负责。鉴于她只是为了留住爱情才无奈答应与纳西布结婚，婚姻本身又对

① 〔巴〕若热·亚马多著，孙成敖译：《味似丁香、色如肉桂的加布里埃拉》，南京：译林出版社，2016年，第13页。
② 同上。

她产生了诸多束缚，因此，她的出轨才能够得到原谅，并最终推动当地社会风俗的变化。

《加布里埃拉》的巨大成功证明了亚马多这一策略的可行性。这一形象在海外的迅速传播，既塑造了世界对于巴西的直观印象，也引起了其他国家对于巴西文化的巨大兴趣。值得一提的是，加布里埃拉的诞生并不全然得益于亚马多的天才独创，也同巴西种族意识的变迁有着莫大的关联。巴西文学史上的混血女郎形象最早可追溯至17世纪的巴洛克诗人格列高里奥·德·马托斯，但因受奴隶制影响，一直到19世纪中期之前，混血儿都鲜少在巴西文学中占有一席之地。在《一个民兵士官回忆录》（1853年）里，曼努埃尔·安东尼奥·德·阿尔梅达（Manuel Antônio de Almeida）笔下的维丁尼娅几乎整合了马托斯诗歌中散落的混血女性特质，但却终究只是一个重要配角，其出场仅仅是为了影响主人公的命运走向。在1875年出版的《女奴伊佐拉》中，废奴主义者贝尔纳多·吉马良斯尽管开创性地将主角设定为一名混血女郎，但却受制于当时的优生学观点，将其描写成纯粹的白人模样。可以说，一直到巴西混血文化逐渐受到认可之后，具有混血身份特质的女性形象才开始在巴西文学中占据要位，甚至最终取代了以伊拉塞玛为代表的印第安女性，成为公认的巴西民族精神象征。

或许正是因为这种作为民族精神的象征意义，使得加布里埃拉的形象很难完全摆脱巴西长久以来对于混血女郎的刻板想象。在《巴西文学中的混血女子与肤色偏见》（*Preconceito de cor e a mulata na literatura brasileira*）一书里，特奥菲洛·德·奎罗斯·儒尼奥尔（Teófilo de Queiroz Júnior）指出自马托斯开始，在三百余年的巴西文学史中，混血女子形象通常具有以下4个特点：美丽、快乐、音乐性（能歌善舞）以及强烈的（性）吸引力。[①] 除此之外，作家与诗人还常常将她们与花朵、色泽、香味等具有感官色彩的元素

① Teófilo de Queiroz Júnior, *Preconceito de cor e a mulata na literatura brasileira*, São Paulo: Editora Ática, 1975, p. 46.

联系起来。在亚马多笔下，无论是味似丁香、色如肉桂的加布里埃拉还是之后的其他混血女郎，也均同时具有上述几大特征，其中加布里埃拉与弗洛尔太太的厨娘身份更强化了香料与女性之间的联系。因此，在针对亚马多的女性主义者批评中，最常见的观点之一是认为其作品中的食物与女性都是消费品，目的是为了供男性享乐。然而，亚马多本人的意图或许更在于其社会学考量，正如罗萨娜·里贝罗·帕德里希奥（Rosana Ribeiro Patricio）指出的那样：

> （作者对食物的细致记录）是希求将东北部区域饮食提升为真正的民族饮食。……根据弗雷雷传统区域主义的理想，巴西女性范本也许经由厨艺体现。……如此一来，在这部小说中，混血女郎厨艺精湛的刻板印象便是以积极方式呈现的，目的是为了合法化其作为劳动者（酒吧厨娘）的社会地位，并将其从事的活动（区域美食）提升为真正的巴西特色，从而将加布里埃拉提升为民族身份的象征。[①]

由此可见，即使亚马多笔下的混血女性具有部分刻板印象的痕迹，却绝不意味着她们不具有开创性。而与这种细节上的设定相比，亚马多与此前作家的更大不同在于，他并未将混血女性限定在某种从属地位[②]，而是真正赋予了她们突破自身命运（并进一步改变社会观念）的可能性。这一点极为难得，因为既然混血女性始终处于性别与种族的双重弱势地位，又因巴西长久以来的父权与奴隶制度而难以获得阶级跃升，她们逆转命运的方式便极为有限。从某种意义上讲，这与曾经的巴西在面对欧洲美国时，经济文化都全面落后的情况如出一辙。因此，讨论亚马多对混血女性的书写塑造，也有助于

① Rosana Ribeiro Patricio, *Imagens de mulher em* Gabriela Gravo e Canela, Salvador: FCJA, 1999, p.88.

② 根据奎罗斯·儒尼奥尔的研究，在亚马多之前的巴西文学作品中，混血女性的存在往往只是为了服务于另一个男性角色。女奴伊佐拉看似是一个例外，但实际上只是从反面证明了这一定律，因为她虽然最终获得了幸福结局，却是以接受“漂白”并丧失混血身份为代价的。参见 Teófilo de Queiroz Júnior, *Preconceito de cor e a mulata na literatura brasileira*, São Paulo: Editora Ática, 1975, pp. 112-115。

揭示巴西文化在世界范围内的流行传播。事实上，无论是混血女郎形象的崛起还是以狂欢节为代表的巴西流行文化的成功，在为弱势一方赋权层面，都主要包括以下两种方式：一是神话与想象，二是身体与实践。

厌倦斗争的特蕾莎：塑造女神的两种方式

在以塑造民族身份为己任的浪漫主义时期，巴西作家创造了许多美丽、纯洁、温柔的理想女性形象，她们身上有着圣母或天使的光辉，与当时巴西社会对女性的期望不谋而合。在亚马多早期的女主人公身上，也不难见到这些特点，只是更强调在残酷的现实面前，这些理想必然遭受毁灭的命运。然而，当亚马多转而将目光投在混血女性身上时，这一具有天主教色彩的女神塑造方式便不再奏效，因为后者的目光中不再是温柔与慈爱，而是僭越与挑战。比之妻子或母亲这种受制于家庭的传统女性，身为妓女与情人的她们能够更加积极地参与到公共事务之中，这使她们更接近于前基督时代的女神形象。亚马多也确实善于从古老的神话传说之中，寻找能够为其僭越赋予合法性的手段。

尽管并不十分明确，但在加布里埃拉身上已经能看到一些远古传说的影子。在分析这部小说时，奎罗斯·儒尼奥尔便注意到加布里埃拉出场时满身泥土的状态对于上帝用泥土造人的指涉意义，并指出她就像是另一个版本的阿芙洛狄忒。① 以古希腊的爱神来比喻加布里埃拉，其美貌、爱欲、勇气与叛逆便都显得顺理成章，更无须担忧现实中的道德评判。阿芙洛狄忒从海上诞生，而加布里埃拉则从巴西的腹地深处而来，身上带有与土地相接的精神气质，这也解释了她在美貌之外，还能歌善舞、长于厨艺。无独有偶，在美国学者皮尔斯·阿姆斯特朗（Piers Armstrong）看来，加布里埃拉的名字呈

---

① Teófilo de Queiroz Júnior, *Preconceito de cor e a mulata na literatura brasileira*, São Paulo: Editora Ática, 1975, p. 60.

现出与大天使加百列（Gabriel）的强烈关联，因此才会由她来宣告进步的到来。[1]

如果说，在《加布里埃拉》这部标志着亚马多从革命文学向民俗文学的转型之作中，对神话传说的借用还十分隐晦的话，那么从《弗洛尔和她的两个丈夫》开始，女主人公与女神的对应关系就变得更加明确了。这一方面是因为这部小说本身的魔幻色彩，另一方面则得益于亚马多对于坎东布雷宗教中非洲传统有意识的挖掘。弗洛尔在许多方面都与加布里埃拉颇为相似，同样容貌出众、情欲炽烈、厨艺精湛。但与从腹地逃荒而来、毫无家庭牵累的加布里埃拉不同，弗洛尔出身于一个体面的城市家庭，从小接受的教育使她难以冲破道德感的束缚，直到瓦迪尼奥快要魂飞魄散之际才肯直面自身的欲望。为了能够更好地展现弗洛尔的这一变化，亚马多安排她结识了坎东布雷信徒迪奥妮济娅，而后者的名字正来源于古希腊神话中的酒神迪奥尼索斯。迪奥妮济娅象征着能够让弗洛尔冲破束缚、拥抱快乐的助力，也正是在她的引领下，弗洛尔进一步认识了自己，因为她不仅告诉弗洛尔其护卫天使是司水女神奥顺，而且认真解释了奥顺究竟是个怎样的女神：

> 她表面上看起来是个非常温顺平和的太太，住在远离尘世、跟她一样宁静的宅院，掌管江河湖海。如果仔细观察，人们就会发现，那只不过是想象，实际上淫荡得很呢。表面是一潭死水，里面是狂烈的旋风。……这个表里不一的女神嫁给了狩猎神奥舒西和火之神尚戈[2]。她本身是水，却总是受火的煎熬。[3]

外表平静、内心炽热说的无疑是弗洛尔本人，关于这一点，亚马多在随后几页中专门做了说明：

---

① Piers Armstrong, *Third World Literary Fortunes: Brazilian Culture and Its International Reception*, Lewisburg: Bucknell University Press; London: Associated University Presses, 1999, p. 94.

② 火之神尚戈亦可译为雷神桑构，因为他同时掌管雷、电与火。

③〔巴〕若热·亚马多著，孙成敖、范维信译：《弗洛尔和她的两个丈夫》，南京：译林出版社，2016 年，第 283—284 页。

> 外表上，她是贞洁的化身，表情娴静、温文尔雅、与世无争；内心里，像她的护卫天使司水女神奥顺一样，受着熊熊欲火的煎熬。[①]

不仅如此，既然这名司水女神既嫁给了狩猎神，又同时是火神的妻子，那么她的故事也便预示着弗洛尔太太与两个丈夫共同生活的结局。

值得一提的是，无论加布里埃拉还是弗洛尔太太，她们与社会习俗的抗争都相对隐晦。她们身上虽然具备一定的女神特征，但总体而言依然是人性大于神性。在亚马多第三部以女主人公为题的小说《厌倦斗争的特蕾莎·巴蒂斯塔》中，这一点得到了改变。在历次斗争中，特蕾莎都似乎完全化身成为坎东布雷宗教的女战神烟散（Iansã）[②]，因为与司水女神奥顺的温柔与魅惑不同，掌管风雨雷电的烟散是勇气与力量的象征。这部小说的经典场景之一是男女主人公的初次相遇，当时，特蕾莎因替一名女子打抱不平而同几名男子厮打在一起，身姿灵巧、英勇无畏。就在男主人公让努为特蕾莎的英姿所倾倒，并准备投入战斗助其一臂之力时，全书第一次出现了“烟散”的称呼。

> “我来了，烟散！”混血儿发出了战斗的吼声，但无人知晓他为何提到烟散：是为了特蕾莎，想用这个最为勇敢、无所畏惧的奥里沙的神名来称呼她；还是只是想宣告让努阿里奥·热莱巴大师——来自博贡圣殿的坎东布雷祭司——加入斗争的兴奋。[③]

然而，如果这里还存在些许疑问，下文中让努便明确无误地肯定了特蕾莎与烟散的相似性：

> 以（让努）出色的眼光来看，特蕾莎应该是烟散的女儿，因为

① 〔巴〕若热·亚马多著，孙成敖译：《味似丁香、色如肉桂的加布里埃拉》，南京：译林出版社，2016年，第287页。
② 在中译本《厌倦了妓女生活的巴蒂斯塔》中，这一称谓有“扬桑”“央裳”等不同译法。
③ Jorge Amado, *Tereza Batista cansada de guerra*, São Paulo: Companhia das Letras, 2008, pp. 21-22.

> 她们拥有同样的勇气，随时可以投入战斗：虽身为女性，但烟散是无畏的，她手持武器与丈夫桑构并肩。[①]

这种对于女性力量的强调不免让人想起《死海》中手持短刀匕首的罗莎·巴尔梅兰。事实上，单就其战斗属性来说，特蕾莎不仅具备巴西非洲宗教中战争女神的光环附体，同时也有巴西民间谣曲中“战斗少女”（donzela guerreira）的形象加持。

在《绳上故事：巴西挂绳文学》（*Stories on a String: The Brazilian Literatura de Cordel*）一书中，坎迪斯·斯莱特（Candace Slater）细致梳理了特蕾莎·巴蒂斯塔的故事与巴西传统民间文学之间的关系。挂绳文学（literatura de cordel）发源于文艺复兴时期的欧洲，最早用于印制中世纪的口头文学或者歌谣。由于在葡萄牙此类小册子通常被挂于绳上出售，因而得名“挂绳文学”。自 16 世纪开始，此文学形式由葡萄牙殖民者引入巴西。到了 19 世纪下半叶，由于印刷成本低廉，挂绳文学逐渐成为巴西东北部最具特色与影响力的文学形式，也成为亚马多文学创作中重要的灵感来源。巴西挂绳文学的主题通常包括历史传奇、日常见闻、宗教神迹等等，以诗体的形式撰写，可以配乐传唱。在《死海》中，罗莎·巴尔梅兰的故事由多个 4 行诗节构成，正是挂绳文学最常见的形式之一。而《厌倦斗争的特蕾莎·巴蒂斯塔》虽然没有借用这一诗体的文学样式，其叙事结构却符合挂绳文学中常见的“考验—回应”模式[②]，也即让主人公不断遭遇困难并做出应对，并因其应对方式而遭到惩戒或者获得奖励。除此之外，在讲述特蕾莎与天花斗争的故事时，叙事者特意化用了 ABC 歌谣的形式来讲述女主人公的冒险历程，也可以看作是对挂绳文学的直接致意。

当然，比之形式或结构上的关联，更具启发意义的还是特蕾莎对于巴西

---

① Jorge Amado, *Tereza Batista cansada de guerra*, São Paulo: Companhia das Letras, 2008, p. 42.

② Candace Slater, *Stories on a String: The Brazilian Literatura de Cordel*, Berkeley ans Los Angeles: University of California Press, 1982, pp. 149-150.

传统民间文学"战斗少女"这一形象的挪用与革新。[①]"战斗少女"的故事发源于中世纪时的伊比利亚半岛，后经由葡萄牙殖民者传入巴西，同挂绳文学一样在东北部地区产生了重大影响。此类故事的初始设定与《木兰辞》很像，都是战争爆发，年迈的父亲无力参战而又膝下无子，此时最年长的女儿主动请缨，女扮男装进入军队。但在进入军队之后，少女所在军队的长官却通过其眼神发现"他"并非男子，并在自己母亲的建议下对其进行了一系列测试。少女一一经过考验，在最后沐浴或游泳环节即将暴露身份时，她会拿出一封家书，声称父亲（或父母）身亡，并邀请长官同她一起归乡。归乡后，少女便得以恢复女子身份，接受长官的爱意，故事就此结束。在斯莱特的分析中，特蕾莎与上述"战斗少女"的相似性主要体现为：她们都并非主动参战，而是在男性缺席时被迫承担了男性角色，一旦遇到一名真正的战士（比如传统故事中的军队长官或是亚马多笔下的让努），她们便会自动回归女性角色，步入婚姻或者生下孩子。

斯莱特的这番分析得到了艾伦·H. 道格拉斯（Ellen H. Douglass）等学者的赞同[②]，也成为批评亚马多表面书写女性、实则维护父权的重要论据。然而，当斯莱特指出，小说标题中的"厌倦战斗"暗示了特蕾莎身上带有浓重的"战斗少女"色彩时，却似乎忽略了亚马多很可能旨在以一种逆向的方式去重述此类传统故事。事实上，尽管"战斗少女"的故事有多个版本，但在葡萄牙浪漫主义作家阿尔梅达·加雷特（Almeida Garrett）收集整理之后，最为人熟知的版本便是《投身战争的少女》(*Donzela que vai à guerra*)，而"厌倦战斗"的特蕾莎则正与之相反。不仅如此，与少女一词所象征的纯

① 值得一提的是，亚马多并非第一位这么做的巴西作家，因为早在20世纪初期，多明戈斯·奥林皮奥（Domingos Olimpio）和阿弗兰尼奥·佩肖托（Afrânio Peixoto）便分别创作了《男子汉卢西亚》（*Luiza-Homem*, 1903年）与《漂亮的玛利亚》（*Maria Bonita*, 1914），留下了深入人心的强悍女性形象，而在吉马良斯·罗萨（Guimarães Rosa）的《广阔腹地，条条小路》（*Grande sertão: veredas*, 1956）中，迪亚多林女扮男装的故事更可以看作是"战斗少女"的现代重塑。

② Ellen H. Douglass, "'Dressing Down' the Warrior Maiden: Plot, Perspective, and Gender Ideology in *Tereza Batista cansada de guerra*", in Keith H. Crower et al. eds., *Jorge Amado: New Critical Essays*, London: Routledge, 2001, p. 85.

真处女不同，特蕾莎一早便受尽凌辱沦落风尘。如果说，战斗少女需要努力维持男性身份，其勇猛与爱情注定无法兼得；特蕾莎却始终在坚强地寻找爱情，并在每一次情欲体验之后变得更加勇敢。特蕾莎的这一特点即使在遇到真爱之后也未曾改变，因为虽然她在初次相遇时获得了让努的帮助，却并未就此退出战斗，甚至还从警局救出了因此被捕的让努。不仅如此，就在她最终感到厌倦疲惫，想要放弃抗争时，也是让努的归来让她重拾勇气。

由此可见，虽然亚马多利用了伊比利亚传统中的“战斗少女”形象，打造出一个更为大众喜爱与接受的英雄女性，但特蕾莎却并非是在刻意模仿一种“男性气质”，因为其英勇无畏与女性魅力并不冲突。换言之，如果说传统上“战斗少女”是在男性与女性角色之间游移变换，那么在亚马多笔下的混血姑娘身上，则完全打破了这种男女之间非此即彼的刻板划分。正如种族意义上黑人、白人、印第安人共同构成了巴西混血儿一样，男性与女性也并非完全不可调和。更何况，在天主教与非洲信仰的融合过程中，原本就存在着性别倒置的情况。尼纳·罗德里格斯在19世纪末的观察表明，许多坎东布雷信徒将男性奥里沙桑构与女性圣徒圣芭芭拉对应，因为二者都被视为雷电之神。不仅如此，由于桑构的妻子是河流女神奥顺，而圣芭芭拉通常与圣热罗尼莫并置于神坛上，所以还有一些人会将河流女神与圣热罗尼莫视为一体。面对这种性别的错置，尼纳·罗德里格斯记录道：“（由于信仰的根基在于对雷电的敬畏）守护神的精神身份比性别差异更为强大。”① 基于同样的理由，当特蕾莎超越了男女之间的决然分界，其本身也获得了更为强大的神话力量，也更有资格成为巴西的民族象征。为了更清楚地说明这一点，我们还需要再次回到亚马多对于坎东布雷诸神的借用。

正如上文已经分析的那样，在特蕾莎出场时，她被视为是战争女神烟散，这也与其“战斗少女”的形象相符。然而，就在烟散这一形象确立不久

① Raymundo Nina Rodrigues, *O animismo fetichista dos negros baianos*, Rio de Janeiro: Fundação Biblioteca Nacional; Editora UFRJ, 2006, p. 110.

之后，特蕾莎便与让努相爱。两人在海中温存时，让努说道："现在你不再是烟散，你只在打架时才是烟散。如今你是海洋女王热娜伊娜。"[①]这一变化并不意味着特蕾莎会为了爱情放弃自我，因为无论烟散还是热娜伊娜，都是特蕾莎复杂自我的一个侧面。关于这一点，在这部小说的首章与末章中，亚马多都专门用一个小节做了说明。[②]

在第一章的第十小节，叙事者在首节的简短介绍之后，再度直接与读者对话，不仅强调了特蕾莎的复杂与神秘，还特别暗示这些特质与巴西民族的关系："关于特蕾莎·巴蒂斯塔的民族，我无法同尊敬的各位说明。""正如高贵的同胞所知，为形成巴西民族，所有民族均在此混融。""关于您感兴趣的特蕾莎·巴蒂斯塔，有许多完全矛盾的消息、截然不同的观点、绵延不绝的争论。"[③]尽管亚马多并未直接将特蕾莎比喻成巴西，但字里行间的暗示却让人感受到，似乎正因为特蕾莎如巴西一样融合了一切，所以才会有各种自相矛盾的信息。

这一谜团一直延续到小说结尾。在最后一章的第一小节中，亚马多重新回到这个问题。在这一节里，叙事者似乎在同一位来到坎东布雷圣殿寻求占卜的信徒对话，宣称自己经验丰富、神力无穷。然而，由于对方询问的是特蕾莎的保护神，就连他也无法确切给出占卜的结果。混乱仍在继续，意见难以统一，但这一次叙事者给出了更为清晰的解释：

> 最早的观点说她的保护神是烟散，最新的说是耶曼娅。也有人说是奥沙拉、桑构、奥舒熙，不是吗？伊乌阿和奥舒玛累，还有呢？别忘了奥贡和娜南，还有奥姆鲁。[④]

在这短短的两行文字中，叙事者一连借用了10个奥里沙的名字，并在

---

① Jorge Amado, *Tereza Batista Cansada de Guerra*, São Paulo: Companhia das Letras, 2008, p. 59. 热娜伊娜即海女神耶曼娅。
② 可惜的是，在中译本中这两部分都被删去了。
③ Jorge Amado, *Tereza Batista Cansada de Guerra*, São Paulo: Companhia das Letras, 2008, p. 51.
④ Ibid., pp. 339-340.

下面一一解释了这些神灵与特蕾莎的关系。其中，奥舒熙象征着丛林与荒野，耶曼娅代表着海洋与远航，两者包含了各式各样的巴西地理元素。战争女神烟散自不必说，但她并非唯一附体特蕾莎的战神，因为雷神桑构、运动与周期之神奥舒玛累、死亡女神娜南等等也都以自己的神力为她在战斗中提供助力。与此同时，奥沙拉的老年形象奥沙鲁凡[①]用智慧为她开路，瘟疫之神奥姆鲁则协助她战胜了肆虐的天花疫情。在这些守卫特蕾莎的神祇中，不只有女神，也有男神，甚至还有以奥舒玛累为代表的双性神，这更加证实了特蕾莎对于传统“战斗少女”故事中性别界限的超越。

事实上，特蕾莎的故事就如同《加布里埃拉》一样，尽管作者看似在讲述一个个动人心弦的爱情罗曼史，但越到小说最后，女主人公的民族象征意义便越明显。在临近结尾时，亚马多最后一次插入与读者的直接对话，此次的叙事者尤拉里亚·莱奥·亚马多（Eulália Leal Amado）正与作者的母亲同名。可以说，亚马多正是在借自己母亲的口吻，对特蕾莎身上的谜题做出最后的解答：

> 特蕾莎·巴蒂斯塔，她遭到生命的重罚，疲于挨打受难，但即便如此，她依然站直了身子，背负起死亡的重量，坚持要从这具受到诅咒的身体中诞下一个孩子，迎接新的生命。这样的特蕾莎·巴蒂斯塔像谁呢？……**那我就告诉你她像谁。她像巴西人民，受尽苦难却从未屈服。人人都以为他死了，他却从棺材里站起来。**[②]

在上述引文里，最后两个第三人称代词从“她”变为了“他”。我们当然可以认为，这是因为这里的叙述对象不再是特蕾莎，而是人民这一集合名词，但特蕾莎与巴西人民之间确凿无疑的关联也足以证明她无法被单一的性

① 奥沙拉（Oxalá）是造物之神，也是最重要的奥里沙。他以青年奥沙奎安（Oxaguiã）或老年奥沙鲁凡（Oxalufã）两种形象示人。青年人的标志是宝剑、盾牌和杵臼，象征着力量。老年人则握着一把特殊的权杖，象征着和平、耐心与智慧。

② Jorge Amado, *Tereza Batista cansada de guerra*, São Paulo: Companhia das Letras, 2008, p. 441. 粗体格式为本书作者樊星添加。

别身份所限。

在这里，作为巴西人民代表的特蕾莎想要生下一个孩子，其实正是要建立属于巴西的未来，因为在她真正获得自由之前，从不被允许生下属于自己的孩子，甚至曾被迫流产。更重要的是，当特蕾莎真正做好准备迎接这个孩子时，她早已凭自己的力量进行了数次斗争：年少时为求自由而手刃庄园主；在其他妇女被殴打时挺身而出；瘟疫期间代替临阵脱逃的医护人员照料患者、注射疫苗；又在妓院被迫搬迁时积极奔走，号召妓女联合起来罢工抵抗，甚至被捕受刑也无怨无悔。值得一提的是，这些斗争在巴西历史上似乎也有迹可循，如独立运动、废奴主义运动、疫苗普及、贫民窟迁移政策以及军政府时期对反抗者的逮捕用刑等历史事件，都能在特蕾莎的经历中看到或多或少的影子。[①] 可以说，正是在无数次战斗之后，特蕾莎及其代表的巴西才拥有了孕育自己未来的可能，这也是亚马多将妓女生子视为一个革命事件的重要原因。

通过上述分析不难看出，在特蕾莎·巴蒂斯塔的故事中，亚马多主要借用了神话信仰与民俗传说两种方式，塑造出一个近乎完美的女神形象。需要强调的是，这种塑造女神的用意是多方面的。首先，自然是为了体现女主人公的非凡魅力，使小说更加精彩有趣。其次，既然神话、传说为特蕾莎添加了迷人的神圣光环，那么她对强者的挑战与对弱者的帮扶就仿佛真正的神迹，其锄强扶弱的宗旨也更值得受到长久广泛的传颂。最后也是最重要的一点在于，作者借坎东布雷宗教信仰与巴西民俗“造神”，创造的必然是独属于巴西的民族之神。特蕾莎·巴蒂斯塔身上的神性能够赋予她更为深刻的隐喻意义，使其成为浓缩了巴西民族精神的象征符号。

① 18 世纪开始的巴西独立运动可以看作是巴西知识分子为自己争取自由的运动；而废奴主义运动则主要是部分巴西精英为被奴役者发声；巴西疫苗历经一段漫长的时期才逐渐为民众接受，1904 年甚至爆发了针对强制天花疫苗的反抗运动，因此，从民众反对疫苗到接受疫苗，可以视为是巴西卫生运动的胜利；里约热内卢 20 世纪 60 年代开始推行强制性的贫民窟迁移政策，其中居民的遭遇就类似于书中被迫搬迁的妓女。

衣锦还乡的季叶塔：从女神降临到光环退却

《厌倦斗争的特蕾莎·巴蒂斯塔》问世5年后，亚马多又创造了季叶塔这一经典人物。季叶塔原名安东尼叶塔，年少时便容貌出众，成为众多男性的觊觎对象。她的姐姐出于嫉妒，向父亲告发季叶塔生活放荡，使后者在被暴打之后又被赶出家门。时隔25年之后，季叶塔再次回到当初将她扫地出门的地方，小说的情节便围绕着此次回归展开。不同于没有家庭拖累的特蕾莎或者加布里埃拉，季叶塔尽管也拥有出众的美貌与无上的勇气，却无法像前两位女主人公那样完美坦荡，因为她不得不在意周围亲友的想法。事实上，为了赢得家乡人的敬重，季叶塔先是对自己的身份进行了一番伪装，在获得初始的信任之后，她又以个人魅力加深了他人的好感，并因对家乡所做的实质性贡献而获得众人的认可。

如果说特蕾莎故事中对于神话的运用是为了给女主人公更多的光环加成，季叶塔作为富豪遗孀的虚假身份则主要用于揭露部分人伪善的道德观念。季叶塔因为生活不检点而被赶出家门，其卫道士般的姐姐在其中起到了决定性的作用。然而，当季叶塔在圣保罗站稳脚跟，编造了自己与富豪结婚的消息，并每月都寄去家书与支票之后，便立即受到了姐姐的认可与逢迎。与特蕾莎受到坎东布雷古老神祇的周全护卫不同，季叶塔能够倚仗的只有金钱与资本，这使她精心编造的故事也极易破灭。

然而，尽管对季叶塔的描绘缺少如特蕾莎一般的神话色彩，其故事本身却也颇具象征意义。因为最后季叶塔作为妓院老板的真实身份之所以被揭穿，原因正在于一个汲汲营营的镇政府秘书。因此，他们两者之间的对比较量，其实也反映了官方与民间、精英与草根之间的巨大差别。这个镇政府秘书名为阿斯卡尼奥，为了攀附权贵，他热烈地追求季叶塔名义上的养女诺拉，只因为将其视为巨额财产的继承人。诺拉也迅速坠入爱河，并在面对阿斯卡尼奥的求婚时，向对方透露了实情。但阿斯卡尼奥在得知真相后，便对诺拉态度大变，甚至在辱骂中把她赶出家门，也将季叶塔的真实身份公诸于众。从阿斯卡尼奥对季叶塔的揭露来看，仿佛他才是遵循道德的正派人士，而季叶塔和诺拉则是人人都可以踩上一脚的娼妇。但所有读者都知道，季叶塔回到家乡小镇，除了排解思乡之情与度假休闲之外，也打算利用自己的财产与人脉，真正造福家乡人民，使他们也能够用上电能。与季叶塔这份慷慨无私形成鲜明对照的，正是阿斯卡尼奥的投机钻营。作为镇长的热门候选人，阿斯卡尼奥为了自己的政治与经济利益，不惜主动邀请重污染企业入驻小镇，准备在风景秀丽的海边建造排放毒气污水的二氧化钛工厂。

就这样，一边是牺牲公共利益为自己谋取福利的政治投机者，另一边是努力赚钱回馈家乡的妓院老板，亚马多的道德天平究竟偏向哪边其实非常明显。事实上，在故事正式开讲之前，叙事者便通过一系列问题，表明了自己写作此书的目的正是为了让读者思考，谁才是真正的英雄：

> 请回答我，哪些人是这则故事的英雄，谁在为土地与人民斗争？每个人都将土地与人民挂在嘴上，都是最热忱无私的捍卫者。我们会发现有识之士在此过程中发了财，而人民与土地却因此受损。
>
> 在这场我正要理清的混乱中，谁值得将名字放在道路或广场的标牌上，值得受到赞美、致意，成为荣誉市民、当得起英雄的称号？①

在上述提问之后，叙事者直接点名了阿斯卡尼奥，将其讥讽为“不惜一切代价追求进步的人”②，因为通过后文的叙述，读者不难发现其代价便是土地与人民。而在小说结尾，小镇终于通电，尽管官方将入城的道路以水电站

---

① Jorge Amado, *Tieta do Agreste*, Rio de Janeiro: Record, 1977, p. 17.
② Ibid..

站长的名字命名，这块崭新的路牌却很快消失，取而代之的则是一块手写的木牌，上面写着“季叶塔之光路”，以强调女主人公为此处带来的电力与光明，算是直接回答了开篇的问题。不仅如此，作者还专门强调，这块路牌“出自人民之手”①。

尽管此处对“人民”的强调让人很容易将季叶塔与特蕾莎联系起来，但两者的叙事策略上却呈现出巨大不同。正如《干亲家奥贡》与《奇迹之篷》虽然都致力于展现巴西混血文化，却一则奇幻、一则纪实一样，在季叶塔的故事中没有任何的超自然力量。作为被逐出家门无依无靠的牧羊少女，初入社会时，身体便是季叶塔唯一可以利用的资源。她曾在下等妓馆谋生多年，幸而经上流妓院的老鸨介绍，结识了圣保罗工业家菲利普，才渐渐过上优渥的生活。然而，与特蕾莎卖身只是为了维持基本生存不同，季叶塔并未因此便彻底从良，而是极为现实地在菲利普的帮助下当上了妓院老板。尽管她所在的行业无法登大雅之堂，但其经营的手法与对金钱的态度都与菲利普别无二致，“我们需要成为金钱的主人而非奴隶”②，需要用赚到的钱做有意义的事。对于季叶塔来说，有意义的事情包括为手下的姑娘提供安稳的生活，也包括为故乡的亲友谋求更多的保障。

除了用身体赚取金钱之外，季叶塔同样以其他方式亲身改变了小镇的状况。其中之一是利用自己的身体魅力，逐步改变了小镇保守的风气，让人们能够没有负担地拥抱自由与时尚，顺应自身的欲望，加深夫妻之间的感情。另一方面，季叶塔也曾经亲自冲入火场，救下一名衰弱的老人，并因此被烈火轻微灼伤。这些伤痕仿佛闪耀的勋章，也使她在众人心中的形象进一步得到提高，正如小说中直接阐明的那样：“如果说水电站的灯光……使安东尼叶塔·伊斯特福斯·坎塔莱利成了荣誉市民、阿格列斯特子女中无与伦比的人物，那么拯救老迈的米格莉娅就将她提升到圣女的级别。”③

---

① Jorge Amado, *Tieta do Agreste*, Rio de Janeiro: Record, 1977, p. 590.
② Ibid., p. 178.
③ Ibid., pp. 289-290.

自火场救人之后，季叶塔便经历了一番由凡人逐渐“封圣”的过程。先是当地居民以朝圣的心情探望她、为她献上祝福；继而有人以严谨的格律诗歌颂她的事迹，将季叶塔比喻成腹地的圣女贞德；与此同时，民间的游吟歌者也传唱着她的事迹，称赞她为“外表靓丽、内心高尚的圣季叶塔”[①]；甚至连她的肖像也被放置在教堂的祭台上，与圣母玛利亚的母亲圣安娜并列。虽然乍看之下，季叶塔似乎也完成了凡人到女神的转变，但这一转变却更像是在为其最终身份败露、跌落神坛所做的铺垫。

事实上，在这部小说中，季叶塔的形象地位呈现出一种“倒U”型的发展趋势。《来自阿格列斯特的季叶塔》全书由5个章节与尾声共6部分组成，如果说前3部分讲述了季叶塔如何一步步获得了虚幻的女神光环，后3部分就是在讲这一光环如何逐渐消失。在第一章，季叶塔尚未回到家乡，对于那个偏僻小镇的居民而言，她仅仅是一名依靠信件、新闻与传言构建的都市贵妇。在第二与第三章里，季叶塔凭借靓丽出众的外貌、自由果敢的作风以及对家乡事务的关注逐渐赢得众人的认可，并因火场救人的壮举，而在第三章最后被视为圣徒一般的存在，迎来了个人形象的高光时刻。然而，随着她在家乡待的时间越来越久，她身上的神秘光辉便日益减少。可以说，从第四章开始，季叶塔便越来越显示出其真实的样貌。先是季叶塔的小妹艾丽莎也想搬去圣保罗生活，在正式提出要求前，她特别对季叶塔说道：“在认识你之前，我曾将你想象成一个仙女，而你果然是一个仙女。”[②] 但这个要求马上遭到季叶塔的严厉反对，也象征着女主人公逐渐走下神坛的开端。在此之后，曾经将季叶塔奉为女神的外甥里卡多也移情别恋。而季叶塔作为妓院老板的身份最终暴露，则无疑是这一过程的最后一步。

然而，在小说后半部分，随着女主人公前期构筑的完美形象逐渐崩塌，她却比之前更深入地参与到当地的政治实践之中。正是在最后三个章节中，

---

① Jorge Amado, *Tieta do Agreste*, Rio de Janeiro: Record, 1977, p. 290.

② Ibid., p. 367.

小镇选举与二氧化钛工厂建立从故事背景变成了叙事核心，季叶塔非常清楚如何利用自己的魅力、金钱与人脉，去做真正对家乡人民有益的事情。也正因为如此，在季叶塔失去了一切虚幻的光环、显露出最本真的样子之后，仍能由“人民之手”为其立上一块路牌，以纪念其不断斗争为当地带来的“光明”。

除去构建一种戏剧化的冲突之外，季叶塔身份的伪装与暴露也标志着一种反精英的倾向，正如亚马多在1977年的访谈中所强调的那样，这部小说的目的并非要塑造一个超越常人的女英雄，而是宣扬大众的力量：

> （这本书的）主角是这个受威胁之地的民众。我活了这么多年，得出的结论是只有人民会为自己的利益斗争。通常情况下，那些以人民名义行事的不过是一些投机者。在内心深处，他们喜欢指使民众。我笔下的主人公就是那些缺乏保障而理应自保的人。季叶塔正是这种人。她或许有钱，但是以社会地位而论，她一无所有。……在某一时刻，她发现自己必须为人民斗争。并非她想要这么做，而是不得不这么做。她明白如果不进行斗争，她自己也会受到损害。[①]

这便回到了本章开头所讨论的问题，也即亚马多之所以偏爱用女性形象来展示巴西的民族精神，原因之一便在于她们在男权社会中的弱势，但这种弱势并非仅就性别而言。事实上，无论从性别、阶级还是种族角度出发，一个贫穷的混血女子都十分适于代表缺乏保障的巴西民众。而无论在加布里埃拉、特蕾莎还是季叶塔的故事中，也都是弱者本身最终成为巴西社会的变革力量。正因为在现实的社会情境下，这些弱势群体一无所有，也绝不可能通过法律途径争取自身的权益，因此，使用一些“非常规”的手段——无论是利用神话与传说，还是借助身体与实践——不仅情有可原，甚至可以说是势在必行。

① Claudio Bojunga, Benício Medeiros, “Contra o elitismo”, in *Veja*, Aug 17, 1977, p.4.

在季叶塔故事问世的两年之后，亚马多又出版了《军人、女人、文人》（1979年）[①]，更强化了女性作为弱者与抵抗者的象征意义。尽管在这部小说中，女性同样直接影响到了选举与政局，但亚马多却并未再创作一个如季叶塔一般的女英雄，而是创作了一幅迷人的女性群像。除了贫穷的女裁缝罗莎之外，巴西文学院院士夫人罗莎丽妞、葡萄牙外交部部长的女儿马利娅·曼努埃拉、剧院女明星玛利娅·若昂等人也都参与到了阻止纳粹分子当选巴西文学院院士的行动。正是依靠数名女性角色的努力斡旋，残暴的军队将领佩雷拉上校才未能如愿以偿，而另一军方候选人莫列拉将军也因落选而暴毙身亡。

考虑到这部书创作于巴西1964—1985军事独裁阶段的末期，这一结局的设定无疑体现出全民意志对于强权压迫的抵抗。因此，亚马多才会在这本书的最后说道，在那个黑暗笼罩大地，独裁、暴政随处可见的时代，这篇故事"总能播下一粒种子，燃起一点希望之光"[②]。可以说，正是亚马多笔下的女性——以及她们所代表的巴西人民——为自己争取到了些许希望的光芒。

① 葡语原文直译为《军装、文学院士服、女人睡衣》。
② 〔巴〕若瑟·亚马多著，陈凤吾译：《军人、女人、文人》，北京：中国文联出版社，1989年，第234页。

第六章　瞄准民族建设的“阴暗面”

1964年的军事政变深深改变了巴西的历史走向，其影响直到今天仍未完全消失。倘若以第一任文人总统就职为界，巴西军政府直到1985年才彻底结束，这21年漫长的独裁统治却可以分为3个不同的阶段。1964年的军事政变是军队在部分文人政客与城市中产阶级的支持下发动的，因此，在政变之后的5年里，虽然一直由军人当政，但法制社会的表象依然得到了保留。但随着反抗活动的加剧，军政府的执政策略也在不断收紧。1968年底，时任巴西总统的陆军上将科斯塔·伊·席尔瓦（Costa e Silva）颁布了严苛的第五制度法案（AI-5），否决了宪法规定的多项民主权利，使其能够于1969年关闭国会，开启10年的政治压抑时代。1969—1978年间，巴西知识分子失去了言论自由，文艺创作需要接受事先审查，稍有不慎便可能遭到禁止。尽管若热·亚马多此时早已名声在外，相对而言能够有更自由的创作空间，但并不意味着他可以全无顾忌，毕竟早在政变刚刚发生时，他便做好了遭到搜查逮捕的准备。[①] 直到1979年初，第五制度法案废除，巴西文艺创作才逐渐恢复自由，政治上也逐步开放，开启了再民主化的进程，并最终在1985年迎来了民选政府上台。

上述背景有助于揭示上一章所分析的作品所处的时代。除了《加布里埃拉》创作于经济发展、政治开放的1958年，余下的几部作品均出版于军政府时期。其中，《厌倦斗争的特蕾莎·巴蒂斯塔》与《来自阿格列斯特的季

① Jorge Amado, *Navegação de cabotagem: apontamentos para um livro de memórias que jamais escreverei*, Rio de Janeiro: Record, 1992, p. 23.

叶塔》创作于巴西政治最为压抑的 1969—1978 年间，这或许解释了前者对于监禁与酷刑的描写。而《军人、女人、文人》则出版于再民主化进程刚刚开启的 1979 年，对政治的关照构成这部小说的核心，这在亚马多的作品中非常罕见。[①] 正是在这些创作于军政府时期的小说里，亚马多塑造了一个个平民英雄，既是为了歌颂民众的抵抗与斗争，也有意为大家带去勇气与希望。

而到了 20 世纪 80 年代，新的民主时代终于到来，巴西知识分子无不投入到对过去这段噩梦的反思之中，亚马多也不例外。不仅如此，作为一个年逾七旬的老人，亚马多也越来越倾向于对个人经历与历史进程进行回溯，以期对过往的一切进行一番“总结”。因此，在 20 世纪八九十年代，亚马多创作了仅有的两部回忆性的作品，分别是童年自传《格拉皮乌纳的小男孩》（*O Menino Grapiúna*，1981 年）以及回忆笔记《沿海航行——为一部我永不会写的回忆录所做的笔记》。而在虚构文学方面，这位巴伊亚作家也出版了两部极具总结色彩的长篇小说，分别是描写乡村生活的《大埋伏》(1984 年)以及聚焦都市传奇的《圣女消失》(1988 年)。

与亚马多之前的作品相比，这两部 20 世纪 80 年代出版的小说呈现出一种独特的创作倾向。这是因为在通常的印象中，亚马多从 20 世纪 30 年代初期步入文坛开始，便一直是一个“乌托邦”的创造者，杜阿尔特在其专著《若热・亚马多：乌托邦时代的小说》[②] 对此做过详细的论证。即使在 20 世纪 50 年代之后，亚马多开始有意识地避免非黑即白的形象塑造，其笔下的人物也往往能够划分出阵营，并且其中正义的一方——无论是妓女（如特蕾莎与季叶塔）、流浪汉（如金卡斯与《沙滩船长》中的孩童）还是外来移民（如加布里埃拉、纳西布以及后者的盟友蒙迪尼奥）——总会在经历重重

---

① 尽管亚马多被许多人视为是政治作家，但在他本人看来，他一生中仅创作过两部“政治小说”，一部是 1954 年出版的《争自由的地下工作》，另一部就是《军人、女人、文人》，而“其他的作品则是因为具有人民性和社会性才具有了政治性”（〔巴〕若热・亚马多著，孙成敖译：《我是写人民的小说家》，昆明：云南人民出版社，1997 年，第 121 页）。

② Eduardo de Assis Duarte, *Jorge Amado: romance em tempo de utopia*, Rio de Janeiro: Record, 1996.

磨难之后，取得世俗或象征意义上的最终胜利。然而，如果仔细分析《大埋伏》和《圣女消失》这两部作品，就会发现这种“大团圆”式的情节设定已不再适用。

对于《大埋伏》一书而言，其副标题已经清楚表明，作者本就意在挖掘历史的“阴暗面”。叙事者也在开头和结尾反复声明了他的立场：

> 当人们众口一词说是的时候我却说不。我要去发现和揭示阴暗的一面，因其卑鄙和恶劣之故而从历史教科书中被抹去的那一面。我要深入到龌龊的开创时期，去体会用烂泥和鲜血制成的陶土的坚固性——它足以对抗和战胜暴力、野心、邪恶和文明的社会法律。在贞洁碑尚未竖起之前，我要讲述那些并非圣洁的爱情故事。当众人说是的时候我却说不，因为我不受其他承诺的约束。[①]

尽管这并非亚马多第一次在故事开始前引入叙事者的声音，但却是叙事者第一次明确表示“清算”历史的强烈意图。也就是说，在亚马多之前的作品中，要么是为了唤起革命意识而进行现实批判，要么是为了弘扬巴西文化而讲述民俗故事，其作品往往展现出即刻的当下性或者对未来的展望。而《大埋伏》不仅在开头便亮明其回溯一段“阴暗”历史的意图，更在结尾毫不讳言地表示，这段历史之后发生的事情——“进步、解放、易名、升格为乡和市、建起教堂、别墅、豪华住宅、铺上英国式十字路”等等——都“无须再讲，说起来也味同嚼蜡”[②]，可谓与 20 世纪 50 年代创作的《加布里埃拉》形成了鲜明对比。

促成这一反差的原因之一无疑是 1964 年开始的军事独裁统治。虽然说 1930—1945 年间，巴西也曾处于独裁统治之中，但这段经历却随着“二战”中同盟国的胜利而告终，加之当初的独裁者瓦加斯也在 1954 年由于政治压

① ［巴］若热·亚马多著，孙成敖、范维信译：《大埋伏》，昆明：云南人民出版社，1995 年，第 7 页。
② 同上书，第 659 页。

力而自杀，也算为曾经的历史画上了一个完整的句点。然而，尽管在《大埋伏》出版的 1984 年，军事独裁已临近尾声，这种政治上的逐步开放却是由独裁者一方主动推进的。不仅如此，早在 1979 年，也即第五制度法案废除之后不久，时任巴西总统的若昂·菲格雷多（João Figueiredo）便颁布了大赦条令，宣布赦免所有在 1961 年 9 月 2 日至 1979 年 8 月 15 日之间犯下政治或相关罪行的人员。该法令一方面使之前因反抗军政府而被捕的政治犯获得自由，使流亡者得以归国；另一方面却也足以令独裁者免于责罚，使他们无须为当政期间犯下的罪行付出代价。

因此，尽管表面上看，随着再民主化的开启，巴西再次迎来了一个充满希望的新时代，但之前的"阴暗"历史却从并得到清算。从法律和政治的立场上看，所有在 20 世纪六七十年代曾施以暴行的犯罪者都并未付出相应的代价，甚至直到军事独裁统治彻底结束的 26 年之后，主要参与者早已作古之时，巴西政府才成立了"国家真相委员会"（Comissão Nacional da Verdade），用以调查 1946—1988 年间发生的人权侵犯事件。因此，对于当时的亚马多等知识分子来说，从文学角度来回溯一段不堪的历史便显得尤为重要，这也构成理解《大埋伏》的重要出发点。

而亚马多在 20 世纪 80 年代出版的另一部长篇作品《圣女消失》，则展现出某种回顾与反思的意识。除副标题"一个巫术故事"之外，这部小说在"圣女消失"之后又印制了另外 3 个可能的标题，分别是："雷电女神烟散降临巴伊亚城""对疯狂者与卫道士的公开羞辱"以及"诸神之战"。事实上，尽管这部小说可以看作是亚马多出版的最后一部长篇小说[①]，其构思却可以追溯到 20 世纪 60 年代初期，而《诸神之战》（*A Guerra dos Santos*）才是其最早定下的标题。当时亚马多见证了坎东布雷宗教内部对于女祭司的继任之争，便想以此为主题创作一部虚构作品。然而，由于故事本身会涉及现实

① 在《圣女消失》之后，亚马多仅创作了一部虚构作品，即中篇小说《土耳其人发现美洲》。该小说是发现美洲 500 周年的应邀之作，且其故事构思来源于《大埋伏》。因此，可以认为《圣女消失》是亚马多一生中的最后一部重量级小说。

中的人和事，有可能给当事人带来困扰，亚马多便将这部小说的写作推迟了整整20年，情节也做了大幅度调整，一方面使整体的叙事氛围变得更加奇幻而幽默，另一方面也对军政府时期的独裁统治进行回顾。

从这个意义上说，《圣女消失》与《沿海航行》的创作颇有几分相似之处。这两部作品都来源于亚马多对于真实事件的亲历与见证，但作为宗教与政治高层，亚马多所知的机密极为敏感，因此注定无法全盘托出，而只能以虚构或碎片化的方式展现其中的一个切面。也正因为如此，《沿海航行》并非一部完整的回忆录，而只是为一部“永远不会写的”回忆录所做的笔记。关于为何无法写出真正的回忆录，亚马多也专程做出了解释：

> 伊利亚·爱伦堡和我刚刚跟几个大人物谈完话……为了接受斯大林和平奖，我从布拉格来到此地。那是1952年1月，零下20摄氏度，冷风横扫着莫斯科的街道。在高尔基大街的公寓里，我们往嘴里倒着伏特加，伊利亚对我说：*若热，我们是永远不能写回忆录的作家，我们知道得太多了*。我仍因刚才的谈话而震惊不已，点头表示赞同。[①]

上述引文来自于《沿海航行》的第一篇笔记，其中斜体的部分也为亚马多故意为之，可以看作是这部作品的点睛之句。然而，尽管亚马多清楚地表明，他自认为没有权力将此前相关人士出于信任而告知他的秘密公之于众，但长达六百多页的回忆笔记却仍暴露了他回顾过去的强烈意图。我们同样有理由相信，他虽未明说要重新审视此前的创作，《大埋伏》与《圣女消失》却带有总结反思巴西乡村以及城镇问题的目的，因为这两部作品既带有前期作品中的辛辣与批判，又不乏后期创作的奇幻与幽默，更能看到对此前某些观念的补充与修订。如果说，在经过军政府时期的压抑与苦痛之后，巴西许

① Jorge Amado, *Navegação de cabotagem: apontamentos para um livro de memórias que jamais escreverei*, Rio de Janeiro: Record, 1992, p. 1.

多作家都开始致力于对巴西历史的再书写，以完成新的民族身份建设[①]，那么，对于一直致力于构建巴西民族形象的亚马多来说，只需要重新梳理之前的创作主题，便足以达到相同的目的。

《大埋伏》的建设与乌托邦的覆灭

倘若从民族身份建设的角度去看，《大埋伏》可以视为亚马多一生创作中最具隐喻性质的小说，其最重要的主人公并非某个具体的人物，而是一处名为“大埋伏”[②]的地方。在小说开头，这里只是一处荒无人烟的“地点”，因主角之一纳塔里奥在此处进行了一场耸人听闻的伏击而得名。在接下来六百多页的篇幅中，随着其他主要人物陆续登场，亚马多详细叙述了这个地方如何成为脚夫、妓女或其他居无定所之人选择的“过夜之地”，再逐步发展成“路边的小居民点”“小村庄”，并吸引越来越多的人把此处当作“落脚点”来组建家庭，从而形成人丁兴旺的“村庄”。然而，这片蓬勃发展的土地却最终受到他人觊觎，为了合法化自己的行为，那些侵占者则将这里称为“罪孽的堡垒，匪徒的巢穴”。最终，托卡亚格朗德的居民在捍卫家园的战斗中全军覆没，新城市伊里索波利斯[③]则在原址上建立并迅速发展。

值得注意的是，除了一则解释性的前言之外，《大埋伏》全书共分为 7 章，上段引号中加粗的内容便构成了各个章节的标题，可见地点本身的发展变化构成了小说的叙事主线。不仅如此，由于葡萄牙殖民者初到巴西时，美洲大陆对于彼时的欧洲人来说也宛若一片处女地，“大埋伏”的发展又仿佛巴西社会的缩影，其隐喻意义也不言而喻。

---

① 其中最具代表性的作品包括内里达·皮农（Nélida Piñon）的《梦想共和国》（*A república dos sonhos*）与若昂·乌巴尔多·里贝罗（João Ubaldo Ribeiro）的《巴西人民万岁》（*Viva o povo brasileiro*），这两本书与《大埋伏》一样，均出版于 1984 年。

② 原文为 Tocaia Grande，音译为“托卡亚格朗德”，这也是中译本中采用的翻译方式。但在本章中，为便于读者理解，均采用“大埋伏”这一翻译方法。

③ 伊里索波利斯，葡语原文为 Irisópolis，意为“彩虹城”。

事实上，《大埋伏》开头各主人公的出场就仿佛一则修正后的三种族寓言。与鼓吹巴西文化由印第安、欧洲与非洲 3 种文化融合而成的观念不同，亚马多此处安排的 3 个主要角色分别为印欧混血儿纳塔里奥、阿拉伯移民法都尔与黑人蒂桑。一方面，这种改变呼应了 20 世纪 80 年代初期巴西社会对三种族寓言的反思。由于在军政府时期，三种族寓言曾经被统治者用作证明巴西社会平等、民族和谐的论据，而巴西混血文化的缔造者之一吉尔贝托·弗雷雷也曾为葡萄牙"新国家"的独裁统治进行背书，因此，在政治逐渐开放之后，巴西知识分子便开始批判"种族和谐"理论，如在 1981 年出版的著作《相对化》(*Relativizando*) 中，人类学家达玛塔便直接将三种族寓言视为"巴西式种族主义"的表现，认为它阻碍了巴西有色人种的平权斗争。[①] 另一方面，这种设定与亚马多此前作品中常见的人物形象也有所区别。曾经最受关注的黑白混血儿为印欧混血儿所取代，印第安血统首次在亚马多的主人公身上得到特别强调[②]；黑人不再被简化为单纯的阶级立场或巴西混血文化的构成要素，而是从历史的角度去回溯巴西黑人的族群身份[③]；阿拉伯移民虽然不是首次出现[④]，但却是第一次作为巴西民族的构建根基，与印第安、欧洲与非洲文化并置。

在 1985 年与法国学者阿利塞·赖拉尔德的长谈中，亚马多曾直言《大

① 巴西三种族寓言（或三种族神话）最早由德国植物学家卡尔·冯·马齐乌斯于 1840 年提出，彼时巴西刚刚独立不久，急需构建一种统一的民族性，而三种族寓言正好可以在不改变既有社会格局的情况下做到这一点。因此，在达玛塔看来，这种理论表面上宣扬平等，实际上却为维护不平等服务。参见 Roberto Da'Matta, *Relativizando: uma introdução à antropologia social*, Rio de Janeiro: Editora Rocco, 1987, pp. 58-85。

② 需要指出的是，正是从 20 世纪 80 年代开始，巴西社会才开始真正重视起现实中的印第安人问题。关于这一点，亚马多也曾在访谈中说道："在巴西，人们总是通过不同的形式进行斗争，以证明黑人文化的重要性和保卫黑人的宗教，但却没有任何人想到印第安人问题，对印第安人丝毫不予重视。人们的脑子里只有一个充满浪漫色彩的形象，谈论着巴西还存在着一种图皮—瓜拉尼语言，如此而已。今天人们开始意识到了印第安人的问题，并真正地在全国的范围内渐渐引起了争论。"（〔巴〕若热·亚马多著，孙成敖译：《我是写人民的小说家》，昆明：云南人民出版社，1997 年，第 101 页。）

③ 继《茹比亚巴》之后，亚马多作品中的核心人物便从黑人变成了混血儿。在《大埋伏》出版之前，只有《干亲家奥贡》中的马苏勉强可以算是一位黑人主角，但故事的核心其实是奥里沙奥贡。

④ 从第一部小说《狂欢节之国》开始，阿拉伯移民便零散出现在亚马多的各个作品中，而在《大埋伏》之前，亚马多笔下最具代表性的阿拉伯角色当属《加布里埃拉》中的纳西布。参见 Valter Luciano Goncalves Villar, *Os árabes e nós: a presença árabe na literatura brasileira*, tese de doutorado, Universidade Federal da Paraíba, 2012, pp. 154-181。

埋伏》的核心问题正在于对土地的占有以及为此展开的斗争，并进一步谈道：

> 我们的文明就诞生在这片用鲜血养肥的土地上。来自腹地的塞尔希培州人、阿拉伯人、不同国度的移民、刚刚从奴隶制度下被解放的黑人，他们都在这片土地上流出了自己的鲜血。[①]

倘若结合之前的语境，会发现亚马多这段话主要回应的是19世纪末到20世纪初期，巴西东北部因大庄园所有制而引发一系列无政府主义动乱；然而，从他提及“文明诞生”的那一刻起，这种土地与人的交互便无疑又象征着国家的形成，隐喻着巴西从16世纪初到20世纪末的一系列变化。

在阅读《大埋伏》时，能够明显感受到这种时空指涉的双重性。小说的故事发生在巴伊亚州南部的一块区域。在20世纪初期的几十年中，这片区域从人迹罕至的荒地发展成人丁兴旺的村庄，期间最主要的掌管者就是纳塔里奥，他也是全书中最早出现的人物。正如上文中已经提到的那样，纳塔里奥是一名印欧混血儿，但却能时刻让人联想到巴西这片土地最早的主人，也即印第安人。造成这一联想的原因有两点。一是印欧混血儿一词“caboclo”本来就有“印第安勇士”的意思，而在亚马多所熟悉的坎东布雷宗教中，该词则用来形容“印第安先辈的灵魂”，可见这一词汇本就包含了对于印第安元素的偏重。二是亚马多在塑造纳塔里奥的人物形象时，也更加强调其印第安特质。从外貌特征（“纳塔里奥的脸宽得像个印第安人，头发乌黑而平滑，圆鼓鼓的面颊仿佛苹果一般，一双小眼睛，目光显得十分锐利”[②]），再到行事作风（“难道纳塔里奥也有能看透别人想法的本领吗？此人具有印第安人的血统，对这种人是永远无法摸透的”[③]），纳塔里奥均十分接近纯血统的印第安人，让人能够轻易将他同神秘的土著部落联系起来。

---

① 〔巴〕若热·亚马多著，孙成敖译：《我是写人民的小说家》，昆明：云南人民出版社，1997年，第130页。
② 〔巴〕若热·亚马多著，孙成敖、范维信译：《大埋伏》，昆明：云南人民出版社，1995年，第13页。
③ 同上书，第14页。

与此同时，从另一个角度来看，亚马多使用“印欧混血儿”而非“印第安人”，也是出于尊重现实的需要。自葡萄牙人在巴西实行殖民统治以来，印第安族群的人口持续减少，并不断迁往人烟稀少的边缘地带，鲜少与其他巴西人有直接交集，甚至常常存在语言不通、交流不畅等障碍。如果考虑到，在《夜间牧羊人》的最后一个故事中，为捍卫集体土地所有权而最终牺牲的“疯鸡”热苏伊诺（Jesuíno Galo Doido）同样是一个印欧混血儿，或许更容易确认其中的隐喻性质。在历史上，印第安人经受欧洲人的侵略，并最终失去家园；在现实中，印第安人的后代与其他处于社会底层的人一样，继续重复被剥夺侵占而流离失所的命运。

在20世纪初期，印第安人已经几乎被排除在巴西社会之外；而对于大部分黑人而言，融入社会的尝试才刚刚开始。由于巴西奴隶制存续了三百多年，直到1888年才完全废除，其遗留下的等级制度与种族偏见一直根植于巴西社会的潜意识中。因此，在黑人主人公蒂桑身上，几乎浓缩了巴西4个多世纪以来黑人群体的历史命运。

作为建设“大埋伏”的三主角之一，蒂桑是被迫逃亡到这里的。在此之前，他一直在一家蔗糖种植园工作谋生。从16世纪到18世纪，东北部的蔗糖种植园都是巴西经济的支柱，同时也是吸收非洲奴隶最多的地方。而自19世纪下半叶开始，随着种植园中的蔗糖作坊渐渐被现代化的蔗糖加工厂所取代，巴西经济的重心也逐渐转移至东南部的咖啡种植业，后者对于自由劳工的需求同样是巴西废除奴隶制的动力之一，可见蔗糖种植园与奴隶制之间的紧密联系。因此，尽管在蒂桑出场时，巴西奴隶制已经废除，但其在蔗糖种植园中的生活却与殖民时期的奴隶无异。从下面这段引文中，我们能够很好地看出这一点：

一天，男爵和夫人在甘蔗园周围散步，谈论着有关马及其他动物品种的优劣与美丑，阿德罗阿尔多男爵指着一个正在作坊里打铁的年轻黑人，要玛达玛夫人注意观看那个品种极其优良的动物：“你注意看他的脊背、大腿、双头肌、头部，亲爱的，真是一个漂亮的动物，一个完美无缺的典型。你仔细看他的牙齿。”①

这个在作坊里打铁的年轻黑人便是《大埋伏》的主角蒂桑，男爵则是这个蔗糖园的拥有者。无论是对黑人身体的品评还是牙齿（通常用于判断牲畜的年龄）的观察，都说明在男爵眼中，黑人与马匹并无不同，这也正是奴隶主对待奴隶的一贯看法。而他的夫人却持有不同的观点，因为她从教会学校的修女处得知，“经过洗礼命名，黑人同样获得了灵魂”，只是在她们眼中，黑人的灵魂却始终“具有殖民地性质，是属于第二等的”②。就小说的情节而言，上述评价解释了男爵夫人对于黑人蒂桑的态度，她一方面认可他的男性魅力，一方面又将其视为低人一等的仆从。而从历史的角度来看，男爵夫人的形象又仿佛是对耶稣会士的嘲弄——他们曾以教会的名义阻止殖民者奴役印第安人，但却对蓄养黑奴持放任与支持态度，与此同时，传教行为本身也可视为是对于异质文化的打压，因为他们只是希望通过“文明教化”将被殖民者剥离其原先的传统，说明了他们将美洲本土文化视为次等文化的事实。

由此可见，无论对于男爵还是其夫人而言，仆从都必须完全服从他们的意志，毫无人身自由而言。因此，当男爵发现蒂桑竟然与他所钟情的女仆偷情之后，便怒不可遏，甚至想要殴打女仆出气。而蒂桑为了保护女仆，则动手打了蔗糖园主，并因此被扣上一系列罪名，不得不远走异乡。可以说，在逃离了蔗糖园之后，蒂桑便摆脱了“奴隶”的身份，开启了作为手工业者的阶段。也正是在赢得了自由之后，非洲文化与信仰的魅力才开始在蒂桑身上更加显现出来。

除了印欧混血儿纳塔里奥与黑人蒂桑之外，《大埋伏》的另一位主角是

① 〔巴〕若热·亚马多著，孙成敖、范维信译：《大埋伏》，昆明：云南人民出版社，1995年，第67页。
② 同上书，第68页。

阿拉伯人法都尔，也是亚马多笔下最具血肉的角色之一。[①] 他原是一个黎巴嫩的天主教徒，15 年前从故乡来到巴西，因被“大埋伏”的风景所吸引而决定在此定居。阿拉伯人向巴西的移民潮开始于 19 世纪，当时叙利亚、黎巴嫩等地还处于奥斯曼帝国治下，所以巴西当地人会习惯于将这些阿拉伯人统称为“土耳其人”。而在这些阿拉伯移民中，有相当一部分都是为了躲避奥斯曼帝国的宗教迫害，才选择远渡至新大陆的。除信仰原因之外，经济因素也起到了重要作用，比如法都尔赖以为生的手段——贩卖商品、放高利贷等等，也都是巴西的阿拉伯移民最常从事的活动。

如果说，在经典的巴西三种族神话中，欧洲人、美洲人与非洲人分别以殖民者、被殖民者以及奴隶的身份被固定在特定的位置，形成了一种难以被打破的权力格局，那么 19 世纪新移民的到来无疑为巴西赋予了新的民族身份。值得一提的是，这些人不仅有阿拉伯人，更有德国人、意大利人、日本人。这些来自世界各地的移民以一种更为自由的方式融入巴西，不断改变这个国家的社会风貌。那么，如果巴西能够彻底摆脱此前的殖民阴影，完全由人民自由建设，它将会如何发展？仿佛为了寻找这个问题的答案，当 3 位主角相继登场之后，亚马多就将“大埋伏”当成了一块试验田，任凭他笔下的人物自发地建设这个地方。

在空无一物的土地上建设家园并非易事。作为这片土地最主要的管理者，纳塔里奥还保留着对博阿文图拉上校的忠诚，并不能将精力全部放在这里。黑人蒂桑则是依靠一笔借款，才得以在“大埋伏”开起了一间铁匠铺。阿拉伯人法都尔用自己的积蓄经营起一家小商店，生意并不好，还在开业不久之后就遭到了一伙儿匪徒的劫掠。除此之外，蒂桑与法都尔都还曾为自己的婚姻问题苦恼，因为此地只有妓女，缺少可以成婚的女人。[②] 而纳塔里奥

① 由于对法都尔这一人物的塑造过于完备，甚至超过这部小说的需要，亚马多只好将部分情节砍掉，并将其加工成一部中篇小说，即《土耳其人发现美洲》。

② 值得一提的是，这里并非由于主人公出于偏见而不愿与妓女成婚或同居，而是因为妓女为家庭所累，必须以此方式赚钱（如泽济妮娅），或者心怀对爱情的憧憬，不愿同不喜欢的人住在一起（如贝尔纳尔达）。

也非常清楚，只有吸引更多的家庭来此定居，进行耕种，这里才能真正地发展起来。

因此，当一群塞尔希培州的逃荒者在纳塔里奥的指引下，来到"大埋伏"组建家庭之后，这里才升级成了"小村庄"。更重要的是，家庭的建立意味着下一代的产生，最早来到"大埋伏"的妓女科罗卡也因承担起接生的重任，而赢得了更多人的尊重。在这个居民点逐渐发展壮大之后，尽管人和人之间也可能出现嫌隙与竞争，但长时间自由平等的相处更培养了众人的团结与默契。在面对疾病、自然灾害与外来者入侵时，大家都能够秉承"大家为一人，一人为大家"的座右铭，而最先做出这番宣言的正是阿拉伯移民法都尔。事实上，在他的商店遭受劫掠时，附近恰好有几个为庄园主看守库房的人，但那些人却以"人人为自己，上帝为大家"[①]为理由拒绝帮忙。法都尔当时接受了这一说法，并未多加抱怨，但在"大埋伏"的建设过程中，他却逐渐意识到团结一致的力量，从而做出上述宣言。

可以说，直到这部小说的倒数第二章结束，亚马多都在进行着一项虚拟的社会实验，目的是为了思考，在没有殖民者或其他强力干扰的情况下，单纯依靠巴西的天然资源，以及包括印第安人、黑人与自由移民在内的普通民众，能够建设出一个怎样的国家。通过五百多页的细致描写，亚马多向读者展示了一个乌托邦的形成过程，并依靠对自然环境的描写与对多民族融合的展示，暗示这完全可能是处于平行世界中的另一个巴西。

然而，正如在《大埋伏》的扉页上，亚马多借故事中的一名"幸存者"之口所说的那样——"我们能够对付洪水和瘟疫，却无法与法律相抗衡"[②]，"大埋伏"最终还是覆灭了。而令这些居民屈服的并非蛮荒地区的不确定性，反倒是"文明"世界的强权。正是在"大埋伏"的居民辛勤劳作、开荒垦殖、取得收成之后，这里才因其可能带来的财富而受到旁人的觊觎。在州政

① 〔巴〕若热·亚马多著，孙成敖、范维信译：《大埋伏》，昆明：云南人民出版社，1995年，第480页。
② 同上书，第3页。

府和大庄园主的联合指挥下，庞大的武装部队以剿匪的名义进入“大埋伏”。然而，尽管对方人数众多，当地居民却并未退缩，而是主动拿起武器战斗。或者说，他们惧怕的并非死亡，而是屈服后遭到奴役。最终，包括蒂桑与法都尔在内的多名居民全部牺牲，而纳塔里奥则撑到最后一刻，亲自用手枪了结这一事件的始作俑者文图里尼亚，“大埋伏”的故事就此结束。尽管纳塔里奥的结局并未明确交代，但一切都暗示着他也难逃死亡的命运。

倘若仅从结局来看，《大埋伏》与《黄金果的土地》有几分相似之处，后者的主人公维克多最终因外资企业操纵而失去了可可田的所有权，并在捍卫土地的过程中射出最后一枚子弹，其命运也不言而喻。然而，就整体的情节推进而言，这两部相差40年的小说却给人完全不同的阅读体验。在《黄金果的土地》中，危机始终存在，并不断加剧，最终的悲剧是一种必然。而小说的结局虽然惨烈，却依然给人留有希望，因为维克多的儿子约奥沁姆已经参与到共产主义的斗争之中，坚信总有一天土地会归大家所有。《大埋伏》的情况却截然相反，从小说开头算起，它的绝大部分内容都是昂扬向上且令人愉悦的，却在最后急转直下，以主人公全灭的悲剧收尾。尽管在作者开篇已有暗示，但结局仍令人猝不及防。

这种强烈的悲剧性使《大埋伏》成为亚马多作品中的一个特例。以《加布里埃拉》为分水岭，在此之前，亚马多主要通过揭示现实不公，来号召大家为创建一个更美好的家园而共同斗争；在此之后，亚马多对巴西绚烂民俗的描写，则常常造成一种“世界已足够美好，或至少会越变越好”的幻觉。但唯有在《大埋伏》中，亚马多耐心而又精心地建造起一个平等互助而又繁荣发展的乌托邦，最终却只是为了将它彻彻底底地毁掉。通过“大埋伏”的建设与毁灭，亚马多传递了一个再明确不过的信息：即使一个共同体拥有独立发展的各项资源，即使其中的所有人都愿意为共同的理想而努力奋斗，它仍不可能摆脱外界环境的影响，更无法与强权社会的倾轧相抗衡。

从这个意义上说，《大埋伏》的结局设定可以看作是对巴西国内现状的反思，亦体现了对巴西殖民历史及其国际地位的关切。正如我们在本章开头已经提出的那样，《大埋伏》的书写首先是对 1964 年军事政变的清算以及 20 世纪 80 年代开启“再民主化”进程的回应。而这场军事政变之所以发生，原因恰恰在于左翼总统若昂·古拉特（João Goulart）自 1961 年上任之后，便着力推进的一系列社会改革。古拉特的本意无可指摘，是想通过重新分配土地与各种资源，建设一个更为公正平等的巴西。但这一系列的改革举措却意味着要动既得利益者的“蛋糕”，引起了以军队为代表的保守阶层的敌视，从而导致了灾难性的军事政变。由此可见，如果不触及巴西社会的根本问题，如果不清除殖民体制与奴隶制历史的遗存，巴西便很难彻底改革——就好像纳塔里奥曾经的主人博阿文图拉上校过世之后，他的儿子文图里尼亚依然认为前者应当为自己服务，并策划入侵了“大埋伏”一样。

另一方面，巴西作为一个前殖民地以及现代世界体系中的“边缘”国家，其发展并不仅仅取决于自身，更受制于以发达国家为主导的政治、经济乃至文化格局。因此，仅依靠巴西一国人民的积极行动，也许并不能解决国家所面临的困境。更何况，在巴西的当权者之中，许多人的利益早已与欧洲或美国捆绑在一起。关于这一点，亚马多曾一针见血地做出过批评：“巴西外交部曾经声称，凡是对美国有益的东西对巴西也全部有益……这就是巴西外交部过去所推行的政策和所遵循的行事准则”[①]。与这些人相比，甚至连 1964 年上台的军方都起到了积极的作用，因为“他们多少不再完全和绝对地听命于美国人，而是更加考虑到巴西人民的利益了”[②]。可以肯定的是，亚马多的此番言论绝不是为了替独裁者辩护，而是想要证明巴西对于美国的依附究竟有多么难以破除。而只要这种依附关系一日不变，巴西整个国家便如同亚马多笔下的“大埋伏”一样，无论建设得多么繁荣美好，最终依然难抵霸权的剥削与侵占。

---

① 〔巴〕若热·亚马多著，孙成敖译：《我是写人民的小说家》，昆明：云南人民出版社，1997 年，第 105 页。
② 同上。

《圣女消失》中的奇迹与现实

与《大埋伏》结尾的悲伤沉重不同，在《圣女消失》的最后一章，叙事者明确指出，这是一个“大团圆”的故事。诚然，无论在叙事风格还是情节设置上，《圣女消失》都仿佛延续了《加布里埃拉》《弗洛尔和她的两个丈夫》《奇迹之篷》等都市小说的风格，行文中充满风趣幽默的奇思妙想，但细看之下，却不难发现亚马多之前作品中非常少见的残酷底色。倘若考虑到，《大埋伏》的结尾正是乡村的覆灭与城镇化的开始，而《圣女消失》则是亚马多都市文学的总结之作，那么对于一个建立在屠杀与掠夺之上的“新时代”来说，所谓美好只能是一种幻觉。

《圣女消失》与《大埋伏》篇幅相当，却仅仅讲述了48小时之内发生的事情。不同于上部作品以单一地点发展为核心的线性叙事方式，在这部都市小说里，多条叙事线索同时展开，纵横交错，并被叙事者不断的插话评论所打断。与此同时，亚马多此前作品中的人物以及现实生活中的好友也都被置于其中，一方面增加了作品本身的互文性，另一方面也模糊了虚构与现实的界限，使小说的主题变得更加含混驳杂。如果一定要在如此巨大的信息载量中提取主线，那便是所有简介中都会提到的两个故事。

第一个故事是巴伊亚神圣艺术博物馆馆长马克西米利安诺·冯·格鲁登神父为举办宗教艺术展，特地从圣阿马罗教区借了一尊珍贵的圣芭芭拉雕像，但这尊雕像刚刚运抵巴伊亚港口便凭空消失。这一事件既解释了小说题目《圣女消失》的由来，也为接下来警察、教会以及大庄园主方面的一系列活动做了铺垫。由于负责运送雕像的神父阿贝拉尔多·加尔旺是一名解放神学的倡导者，一贯以帮穷人争取权益著称，在圣像消失之后，他便被列为头号嫌疑人，甚至有传言称，圣像已被他走私到国外以换取革命经费。在遭到指控的同时，加尔旺神父的人身安全也遭到威胁。因为支持农民争取对土地的所有权，他差点遭到庄园主手下的暗杀。

而第二个故事则围绕着混血少女马内拉与她的姨妈阿达尔吉萨展开。马内拉 13 岁时便父母双亡，被阿达尔吉萨与姨父达尼洛收养，而她的妹妹玛丽埃塔则随姑姑吉尔德特一同生活。尽管阿达尔吉萨的母亲是一个深肤色的混血女郎，但却只承认父亲一方的西班牙血统。更重要的是，她不仅要求自己虔诚信教、言行端方，也以同样的标准教育马内拉，视一切逾矩行为为洪水猛兽，尤其禁止外甥女接触任何黑人文化。当阿达尔吉萨发现马内拉不仅参加了坎东布雷宗教仪式，甚至还与一名黑人偷偷恋爱时，便请求少年法官将外甥女监禁在修道院反省，引发了剧烈冲突。

这两个故事看似无关，却因消失的圣芭芭拉像而联系起来。事实上，这尊圣像并未被任何人盗走，而是在登陆巴伊亚港口之后，便化身成一名美貌的黑人女郎（也即奥里沙“烟散”的真身），亲自参与到坎东布雷的盛会之中。在此期间，她多次出手帮助了差点遭遇不测的加尔旺神父，并最终解决了阿达尔吉萨与马内拉的矛盾。不仅如此，在宗教艺术展开幕之际，这位天主教与坎东布雷宗教中的圣女还重新变回了神像，矗立在展厅最醒目的位置，使马克西米利安诺神父不必引咎辞职，并获得了他应得的荣耀。这一精巧的情节设计一方面呼应了亚马多一贯宣扬的“宗教融合”，另一方面也以一种轻松的方式解决了多名主人公所面对的困境，获得了毫无缺憾的“大团圆”结局。

然而，正如亚马多在引言中所强调的那样，这则故事“讲述，却并不解释”①，上述问题的解决仅取决于无法解释的奇迹，却不具备任何现实因素的支持。在这一点上，《圣女消失》仿佛是《奇迹之篷》的反面，因为后者虽然将“奇迹”二字放在标题之中，所描写的却都是历史与现实的斗争，而最终巴西之所以能够不断向前，依靠的是普通民众自发走上街头抗议独裁暴

① Jorge Amado, *O sumiço da santa: uma história de feitiçaria: romance baiano*, São Paulo: Companhia das Letras, 2010, p. 13.

政，是知识分子奔走呼吁为黑人文化正名，也是寒门子弟通过不断努力完成阶层跃升。而在《圣女消失》中，尽管也提及了无地农民组织[①]、解放神学运动[②]，也写到媒体为了对抗审查而不惜在报纸头版刊登菜谱，描写少女马内拉宁肯忍受殴打也不愿低头求饶，但最终若不是圣芭芭拉/烟散化身显圣，无产阶级神父恐怕早已被人暗杀，而马内拉也将被囚禁在修道院中。因此，与其说最后的圆满结局是对强权与偏见的真正胜利，倒不如说是一种幸运的巧合与安慰。

这番推测绝非没有凭据。毕竟，早在马内拉第一次参加坎东布雷活动时，姑姑吉尔德特便讲述了主神奥沙拉的传说。在这个传说里，奥沙拉试图了解信众的生活，专程乔装成乞丐实地探访，最后却因流浪的罪名被捕，险些在狱中丧命，幸而被他的儿子奥舒熙所救。而在他的典礼上用水冲刷地面，便是为了洗清世间的暴力与不公。在讲完这个传说之后，叙事者对此做了一番评述："很容易看出，奥沙拉无法改变民众的生活。但即便如此，也应当承认，任何反抗暴力与集权的话语都不是空洞无用的：听到这些话的人能够战胜恐惧，并开始抵抗。"[③]这番话在马内拉的故事正式展开之前，几乎可以算作是对读者的委婉提醒，因为如果作为主神的奥沙拉都无法拯救自己，奢求雷电女神烟散现身拯救众人更是天方夜谭。而作家虽然清楚地知道这一点，却还是要如此讲述，只能解释为他相信话语本身的力量，不愿以不加修饰的现实，彻底打碎人们的勇气与希望。

事实上，与轻松达成的幸福结局相比，《圣女消失》中对于不幸的描写更令人印象深刻。这种不幸深深内嵌在巴西的历史之中，是多种结构性力量

---

① 20世纪70年代，巴西军政府强制实施土地集中化的政策。无地农民迫于生计，纷纷组织起来，圈占土地，进行抵抗。1984年，各地的无地农民领袖聚集在巴拉纳州，共同决定开启一场全国性的乡村运动，即为"无地农民运动"（MST），以推进土地改革，缩小贫富差距。该运动延续至今，是巴西规模最大的社会运动之一。

② 解放神学产生于20世纪60年代的拉丁美洲，是一种以解放穷人为己任的神学运动。在巴西，解放神学运动与军事独裁几乎同时出现，这一时期有许多左翼天主教神父遭到军政府迫害。

③ Jorge Amado, *O sumiço da santa: uma história de feitiçaria: romance baiano*, São Paulo: Companhia das Letras, 2010, p. 62.

联合作用的结果。简单说来，这些力量主要体现在以下4个方面：首先是服务于大庄园主或其他资本财团的经济垄断，其次是为了维护少数统治阶层的政治压迫，再次是以保证信仰正统与道德纯洁为理由的宗教迫害，最后则是扎根于奴隶制度与阶级分化的种族歧视。在《圣女消失》的两条主线中，上述4个层面的信息都大量存在。只不过，在圣像失窃的案件中，这些信息被描述得更为直接；而在马内拉的故事里，则更倾向于以隐喻的方式来展现。

作为一名解放神学的践行者，阿贝拉尔多·加尔旺的人物形象本身就凝结着对于宗教、政治与经济这3个层面上既定秩序的挑战。如果说，在20世纪50年代之前，巴西教会一直代表着社会保守阶层，旨在维护旧式的传统道德，对于共产主义思想极尽排斥打压，那么从20世纪60年代开始，“天主教左翼”便开始在巴西逐渐生根，并随着军事独裁的确立而进一步发展，成为20世纪六七十年代巴西社会反抗暴力与强权的核心力量。与此同时，巴西教会对于穷困信众的帮扶也直接触动了土地与资本所有者的利益，正如定居法国的巴西学者米夏埃尔·洛维（Michael Löwy）所指出的那样，在20世纪70年代，巴西东北部的天主教会：

> 不仅谴责独裁，而且谴责他们称之为“罪恶根源”的东西：资本主义。……现政权和统治阶级强加的发展模式——在农村地区扩展的并且把农民从他们土地上赶走的野蛮资本主义，日益严重的社会不平等和经济依赖性，耗资巨大的、不注重实际效果的发展工程（核电厂以及穿越亚马孙河流域的公路）——受到了主教联合会愈来愈尖锐的批评。[①]

正因为如此，加尔旺神父才会被代表政治秩序的警察部门以及代表经济利益的种植园主视为眼中钉。前者毫不掩饰对他的怀疑，并以自己洞察一切

① 〔法〕M.路埃著，张金鉴译：《马克思主义与解放神学（三）》，《马克思主义研究》1996年第4期，第89页。

为傲，为了让他尽快归案，甚至不惜对其他人进行威胁恫吓；而后者更是不择手段地想要除掉他，先是寄希望于通过偷拍令他声名扫地，后又派出杀手进行追踪暗杀。可以说，如果不是圣芭芭拉现身相助，如加尔旺神父这般的抗争者注定要付出代价。因此，就在加尔旺神父幸运逃脱的同时，小说家安排他接到了一则噩耗：恩里克·佩雷拉（Henrique Pereira）神父——也即奥林达地区大主教埃尔德·卡马拉（Hélder Câmara）的助手——被秘密警察残忍虐杀。[①] 令人唏嘘的是，这条新闻并非亚马多杜撰的消息，而是发生于1969年5月的真实事件。在巴西历史上，恩里克·佩雷拉神父的死亡标志着军政府对神职人员谋杀的开始，也意味着独裁暴力的直接升级。

在亚马多的作品中，此类对现实的直接指涉并不罕见。而倘若将《圣女消失》中的奇幻情节去除，第一条主线就仿佛是对巴西军政府时期的全景式解读，对于刚刚经历民主化不久的巴西而言，其中的审查、刺探、拷打、谋杀都并不遥远，很容易唤起读者的注意。然而，与这种直接表述相比，马内拉故事的隐喻色彩却更具讽刺意味，也更容易让巴西之外的读者感同身受。

自父母双亡、被姨妈阿达尔吉萨收养之后，马内拉便一直生活在监视与压迫之下。只要稍微违背姨妈的意志，等待马内拉的便是辱骂与责打。在阿达尔吉萨家的墙上有一根皮鞭，是马内拉犯下“大错”时的惩戒工具，而马内拉第一次受到鞭刑则仅仅因为她参加了一场选美比赛：

> 那时马内拉十五岁，距其父母下葬、她被送到这个监牢中，已过去了一年半的时间。姨妈铁面无情：抽遍了外甥女的全身，只留下脸没碰。她打累了才停下，将这个选美比赛的种子选手锁在房间，从九月的周五到周日晚上，只留下水和面包，让她反思忏悔。[②]

上述段落中，无论监禁还是殴打都不难让人联想到军政府对于异见人士

---

① Jorge Amado, *O sumiço da santa: uma história de feitiçaria: romance baiano*, São Paulo: Companhia das Letras, 2010, pp. 273-274.

② Ibid., p. 81.

的迫害，而“打累了才停下”“只留下水和面包”等叙述，更是与许多政治犯的回忆如出一辙。即便暗示已如此明显，亚马多仿佛仍担心大家意识不到家庭暴力与政治迫害之间的联系，专程在几页之前写了如下的一段话：

> 要说马内拉在父母家里从来没被打过，那是扯谎，是在叙事数据中造假，这是当下那些可敬的先生们在撰写历史——大写的历史时——常见的坏习惯。他们随心所欲地这样做，为了符合当权者的利益，将事实改编得符合独裁者的心意。他们解释说，这并非是在损害历史，而是清除掉一些人物或事件，以免它们损害不可或缺的意识形态纯洁性。[①]

谈到意识形态纯洁性，不能不让人想到马内拉故事中的另一个反面人物——何塞·安东尼奥·埃尔南德斯（José Antônio Hernandez）神父，这是一个将教条时刻挂在嘴边的人。虽然都是同时代的神职人员，安东尼奥神父不仅不同于积极进步的加尔旺神父，甚至与中立谨慎的马克西米利安诺神父或辅理主教都殊为不同。他本身是一名西班牙移民，连葡萄牙语都不屑于讲，对于巴西的社会历程更是毫不关心，仿佛从中世纪的宗教裁判所直接穿越而来。相比较之下，从德国来的马克西米利安诺神父则早已将巴西当作自己的家，甚至认为如果离开了巴伊亚，“去任何其他地方都无异于流放”[②]。于是，当阿达尔吉萨姨妈遭到反抗时，安东尼奥神父便成了她重要的力量来源，也正是在他的支持下，负责未成年人案件的法官才会迅速下令，将马内拉监禁在修道院中忏悔。尽管在小说的结尾，马内拉最终获得自由，但在历史上，梵蒂冈却在1979年将若泽·卡多索·索布尼奥（José Cardoso Sobrinho）从罗马调任至巴西，并于1985年任命他代替埃尔德·卡马拉成为大主教，也即用一个保守主义者代替了巴西解放神学的先锋人物。考虑到

---

① Jorge Amado, *O sumiço da santa: uma história de feitiçaria: romance baiano*, São Paulo: Companhia das Letras, 2010, p. 75.

② Ibid., p. 313.

《圣女消失》成书于1988年，若泽·卡多索上任后罢免进步教士等行为刚刚发生不久，上条主线中的小说与现实的矛盾又再度出现：仿佛令人憎恨的何塞·安东尼奥神父才是真正胜利的一方，而小说情节只是为了给斗争者以更多勇气。

上述分析揭示了《圣女消失》中对于经济、政治、宗教等元素的展现，也证明了在这些结构性弊端未彻底根除之前，小说的"大团圆"结局根本经不起推敲。同样的问题也存在于对种族问题的分析中。在小说里，阿达尔吉萨不仅是一名独裁者与卫道士，更是一名种族主义者。她坚定地反对坎东布雷宗教，也严令禁止外甥女马内拉同黑人男友米洛交往。但她最后之所以改变态度，却并非得到了什么实际的教训，而仅仅因为烟散在她体内附身了一次，并揭露了她曾为阿比库（Abicu）[①]的秘密。在这一并不为外人所知的神秘事件发生之后，阿达尔吉萨就仿佛变成了另一个人，不仅成了巴西黑人宗教的信奉者，也毫不犹豫地同意了马内拉与米洛的婚事。与此同时，她也并未放弃天主教信仰，只是不再像之前那么疯狂。正如书中所描写的那样，她"依然会在吉尔德特的陪伴下参加周日弥撒，但却不再忏悔，也不再见何塞·安东尼奥·埃尔南德斯神父了"[②]。

然而，尽管种族问题的解决与其他方面一样缺少说服力，其困境却不仅仅在于积重难返，也在于新的危机。事实上，即使我们暂时接受阿达尔吉萨的突兀转变，也难以乐观相信，在小说结束之后，阿达尔吉萨当真能够与马内拉以及米洛和睦相处。这主要是因为，即使阿达尔吉萨已经在神迹之下学会宽容处事，能够同时信奉天主教与坎东布雷宗教，却不意味着被压迫的一方能够欣然接受这种和解。事实上，米洛一直都是一名有着反抗意识的黑人。当他与马内拉相遇时，便留有"黑人力量"风格的发型，对此亚马多还

① 在坎东布雷信仰中，阿比库为在世间短暂游历的灵魂，注定早夭。而在小说里，阿达尔吉萨正因为曾被母亲献给烟散，才能够在出生后幸免于难。

② Jorge Amado, *O sumiço da santa: uma história de feitiçaria: romance baiano*, São Paulo: Companhia das Letras, 2010, p. 401.

特别指出：“这是北美黑豹党发起的最新潮流，是反种族主义斗争的暗号。”[①] 联想到在《奇迹之篷》中，黑豹党还被亚马多视为逆向种族主义者，是达成巴西式混血文化的阻碍力量，此处对于米洛的描写便更值得玩味。而倘若以后来者的眼光来看，亚马多或许当时便预见到了种族混融可能遭遇的危机，正如巴西学者伊沃尼·马吉（Yvonne Maggie）在新版《圣女消失》的后记中所评论的那样：

> 如今那个（混血的）巴伊亚正在遭遇危机，因为有些人希望将混血女郎马内拉的烟散变成只属于黑人的女神。他们想要夺回坎东布雷圣殿的所有权，甚至夺回属于奥里沙的传统与黑人性。为了供奉一个不具有宗教融合色彩的烟散，他们驱逐了最美丽、最丰富也是最具混血性的奥雅[②]。[③]

比之亚马多设定的大团圆结局，伊沃尼·马吉的这段话似乎更接近于现实的情形。又或许，当亚马多将这部小说的副标题定为“一个巫术故事”时，就已经意识到巴西现实中的旧弊新困，恐怕只有靠“天外救星”（deus ex machina）式的设定才能够解决。从这个意义上说，《圣女消失》的副标题可谓与《大埋伏》相得益彰：一面是阴暗的现实，一面是虚假的巫术，巴西若想迎来真正的美好未来，确实还任重道远。这也是亚马多在人生步入暮年之际，在其笔下混血狂欢的巴西早已深入人心之时，最后做出的委婉提醒。

---

① Jorge Amado, *O sumiço da santa: uma história de feitiçaria: romance baiano*, São Paulo: Companhia das Letras, 2010, p. 64.

② 奥雅，即烟散的别称。

③ Yvonne Maggie, “Posfácio”, in Jorge Amado, *O sumiço da santa: uma história de feitiçaria: romance baiano*, São Paulo: Companhia das Letras, 2010, p. 416.

余论　于"差异"中建构"认同"

在《大埋伏》问世的同年年底，巴西作家、学者以及亚马多的研究者爱德华多·波尔泰拉（Eduardo Portella）在《巴西报》(*Jornal do Brasil*）上发表《民族不同》("A diferença nacional"）一文，呼吁建立一个更加包容的国家。在波尔泰拉看来，此前的巴西总希望以一劳永逸的完美方式，去达成某种单向度的民族认同，导致无论右翼政权还是左翼民粹，都曾采用激进的手段来推动改革，并不断引发社会动荡。然而现实却是，只有学会接纳"不同"，才能建立起有效的民族"认同"，因为真正"威胁（民族）身份认同的是拟象，而非异质"[①]。

站在1984年的时间节点来看，此番论述丝毫不让人意外。一方面，巴西的民主化进程刚刚起步，需要一种更加宽松包容的社会氛围；另一方面，20世纪下半叶在欧美逐渐兴起的"多元文化主义"也正悄然进入巴西，为军政府时期受到压抑的弱势群体提供了一个发声的出口。甚至可以说，当亚马多在20世纪80年代创作《大埋伏》与《圣女消失》时，之所以会用大量篇幅描写黎巴嫩的初代移民法都尔，允许马内拉的男友米洛保留"黑人力量"风格的发型，也是有意在统一的巴西混血身份之上，赋予每个巴西人更多的个性选择。

然而，这一转向绝不意味着否认亚马多此前50年的创作价值，反而恰恰说明了其写作的重要性。因为正是在巴西历史现实的无数矛盾与"不同"之中，亚马多发现了构建民族"认同"的密码，其关键词便在于"融合"。

① Eduardo Portella, "A diferença nacional", in *Jornal do Brasil*, Dec. 20, 1984 (1), p. 11.

通过混血文化减少种族对抗，用“人人都是混血儿”的口号将不同肤色的巴西人团结起来；依靠宗教综摄缓和不同教义间的冲突，将天主教圣徒与坎东布雷神祇一同祭拜；利用狂欢精神消解等级秩序，在嬉笑怒骂间发泄不满；借助人际关系调和价值冲突，用和平斡旋代替武装对抗。更重要的是，凭借对巴西民俗文化与历史传统的深入挖掘，这种以混血、狂欢与非暴力抗争为特点的身份特质早已受到巴西与国际社会的广泛承认。也正是因为有这样一种坚实有效的国家身份存在，20 世纪 80 年代的知识分子才能够放心地宣扬对“民族不同”的接纳。

明确了这一点之后，我们或许可以尝试回答本书开篇所涉及的两个问题：如何理解汤姆·若宾口中那个“不适合初学者”的巴西，以及如何处理阅读亚马多时所带来的种种矛盾感。事实上，这并非两个问题，而是同一个问题的两个切面，因为它们都源自于一种心态，希望用一种简单轻松的方式把握巴西民族的本质。正如无论是坚定的“巴西黑”还是“巴西吹”，似乎都只能看到巴西复杂现实的一个面向一样，对亚马多的讨论也常常衍变为立场之争。仿佛赞颂了混血文化，就必然要无视种族歧视；承认了巴西狂欢精神，就必须要否认存在等级意识；自诩为无神论者，便绝不能参加宗教活动；但上述这些非此即彼的观点却丝毫没有考虑到，巴西的特殊性其实正体现在这种矛盾的共存之中。

而亚马多之所以能够成为一名当之无愧的巴西书写者，不仅在于他找到了一种整合上述矛盾、直抵巴西精神的途径，也同样在于他向读者展示了所谓精神内核绝非凭空产生，而是经历了漫长的历史化过程。本书按照创作主题划分的 6 个章节，其实也恰好呼应了亚马多的几个创作阶段。具体来说，在其写作生涯最初的 15 年间，亚马多先是通过对底层社会的书写，将巴西的国家认同从“西方”转向了“第三世界”，进而借助民歌民谣与神话传说，塑造出迥异于欧洲的城乡形态与文化特色。在 1959—1969 年的 10 年中，“混血”与“狂欢”成为亚马多书写的关键词，既为巴西内部的社会问题提供了解决方法，也奠定了巴西在国际社会上的正面形象。到了政治氛围最为压抑的20世纪70年代，女性人物则一跃成为亚马多创作的中心，在避免矛盾激化的同时，展现出弱势一方的反抗力量。而当“再民主化”进程开启之后，亚马多创作了最后两部长篇小说，从城镇与乡村两个维度总结了此前创作，并委婉地指出了巴西所面临的旧问题与新挑战。

由此可见，亚马多的文学创作与巴西的社会发展是深深嵌套在一起的，因此只有将亚马多作品放置在产生的历史语境之下，我们才可能正确评估其价值。亚马多不仅是小说家，还承担起了社会学家、人类学家、民俗学家甚至政治家的角色。但他的小说又绝非是披着文学外衣的社科著作，因为他用文学的笔触捕捉到了学者与政客难以描摹的骨血与灵魂，并据此创造出一系列巴西文学史上光辉璀璨的人物。正是在这种科学与诗意、现实与想象的结合之下，亚马多为曾经困境重重的巴西找到了民族建设的出路，使这个南美大国能够直面殖民主义、父权思想与奴隶制度的沉重历史，尽一切可能将不同种族、不同性别与不同阶层的巴西人凝聚起来，共同抵抗制度性的不公，以建设一个更为平等和谐的国度。

可惜的是，从20世纪80年代后期开始，无论巴西文坛还是巴西社会，似乎都有些淡忘了亚马多曾积极开辟的这条“融合”之路。如果说，在再民主化进程开启之前，巴西社会的主要矛盾在于独裁强权对于广大人民的钳制，那么当民选政府上台之后，被放置在聚光灯下的就变成了巴西民众之间的冲突。贫富差距过大、枪支武器泛滥、毒枭团伙聚集，种种原因导致城市中产与贫民窟居民之间的敌意不断扩大，除了毒枭罪犯一方的烧杀抢掠之外，还爆发了许多军队警察针对囚徒或贫民的暴力事件，如圣保罗的卡兰迪鲁监狱大屠杀（Massacre do Carandiru，1992年）、里约热内卢的坎德拉利亚教堂屠杀（Chacina da Candelária，1993年）与“副主教”贫民窟屠杀（Chacina de Vigário Geral，1993年）等。

相应的，在文学创作上，亚马多式的斡旋抗议也逐渐被一种更加直白的暴力书写所取代，其中最具代表性的作品就是保罗·林斯（Paulo Lins）1997年出版的《上帝之城》(*Cidade de Deus*)。这部聚焦贫民窟罪恶生活的小说因电影改编而风靡全球，也在巴西掀起了一股“边缘文学”写作的热潮。在里约州立大学教授若昂·塞萨尔·卡斯特罗·罗沙（João César de Castro Rocha）看来，这意味着安东尼奥·坎迪多在1970年提出的《流氓性的辩证法》正逐渐让位于一种“边缘性的辩证法”(dialética da marginalidade)[①]，而后者最重要的表现便是拒绝社会和解，致力于通过对苦难及暴力的描绘，明确展示出不同社会团体间的对立与冲突。除了阶级冲突之外，黑人、女性、性少数群体以及其他各类弱势群体的平权运动也纷纷影响到了巴西作家的创作。

然而，这种聚焦对立的写作却未能帮助边缘群体更好地融入巴西社会。尽管目的在于揭示不公，但拒绝和解的强力批判与无差别攻击不仅没有使普通大众对贫民窟居民产生共情，反而催生出更多的恐惧与愤怒。仿佛只要走上巴西街头，就随时可能被流弹击中，而当身边出现一个或几个衣着随意的黑人后裔时，这种不安的感觉还会更加强烈。另一方面，弱势群体的行动也越来越故步自封，他们也常常拒绝其他团体的帮助，甚至将任何可能的协作都视为软弱。与此同时，身份的划定也变得愈发细致，黑人女性、黑人男性、白人女性，再加上混血人种和跨性别者，似乎每个人都需要先对号入座，再提出自己的权利诉求。

在当前这个社会撕裂不断加剧的时刻，阅读若热·亚马多也显示出特殊的意义。尽管其文字带有些许理想主义的天真，但他确实从巴西找了一种行之有效的方案，因为这种方案本就源自于历史本身。巴西特有的发展脉络使它很早便掌握了杂糅共存的智慧，各种族间不断的混居通婚创造了各式各样的巴西混血儿，并进一步造就了不同文化与信仰的交融。独立之后，为了实

① João César de Castro Rocha, “A guerra de relatos no Brasil contemporâneo. Ou: a ‘dialética da marginalidade’ ”, in *Letras*, 2006 (32), pp. 23-70.

现与前宗主国的切割，巴西帝国一面主动引入法国文化，一面努力发掘印第安传统。圣保罗的现代主义者们积极推进“食人主义”思想，也是为了找到一种新的融合手段。直到20世纪中叶，还能在那里看到桑巴与爵士结合的波萨诺瓦（Bossa Nova）音乐，以及借鉴了马克思主义的解放神学。

可以说，无论在社会层面还是文化层面，上述这些“混融”实践都对巴西社会具有极强的建设性意义。更重要的是，这种融合并不意味着要满足现状，而是要团结一切可以团结的力量，共同反抗强权与压迫。承认这一点，绝不是要将巴西视为平等的天堂，也不是要消除每个人身上的身份特质，毕竟亚马多一生都在与歧视和不公做斗争，斗争的目的便是为每个人争取自由。只不过，除了非黑即白的选边站队之外，自由也意味着保持一定的模糊性与混沌感，因为没有任何人、任何团体或民族是可以仅由少数排他性的标签所定义的。而在亚马多的文学世界里，巴西是一个能够接纳包容一切身份文化的地方，只要这种身份文化愿意融入巴西，而不是分裂割据。尽管对于巴西来说，构建全然和谐的混融文化或许只是一种理想，我们却始终需要这一理想，以期在彼此的差异之中建立共同生活的可能。这也是我们依然需要亚马多的原因。

参考文献

中文文献

1. 〔巴〕欧克里德斯·达·库尼亚著，贝金译：《腹地》，北京：人民文学出版社，1959 年。
2. 〔巴〕若热·亚马多著，范维信译：《死海》，哈尔滨：黑龙江人民出版社，1987 年。
3. 〔巴〕若热·亚马多著，樊星译：《格拉皮乌纳的小男孩 —— 若热·亚马多童年回忆录》，《世界文学》2013 年第 2 期。
4. 〔巴〕若热·亚马多著，樊星译：《金卡斯的两次死亡》，南京：译林出版社，2016 年。
5. 〔巴〕若热·亚马多著，樊星译：《奇迹之篷》，南京：译林出版社，2016 年。
6. 〔巴〕若热·亚马多著，孙成敖、范维信译：《大埋伏》，昆明：云南人民出版社，1995 年。
7. 〔巴〕若热·亚马多著，孙成敖、范维信译：《弗洛尔和她的两个丈夫》，南京：译林出版社，2016 年。
8. 〔巴〕若热·亚马多著，孙成敖译：《可可》，《外国文学》1985 年第 8 期。
9. 〔巴〕若热·亚马多著，孙成敖译：《味似丁香、色如肉桂的加布里埃拉》，南京：译林出版社，2016 年。
10. 〔巴〕若热·亚马多著，孙成敖译：《我是写人民的小说家》，昆明：云南人民出版社，1997 年。

11.〔巴〕若热·亚马多著，郑永慧、金满成译：《黄金果的土地》，北京：作家出版社，1956年。

12.〔巴〕若瑟·亚马多著，陈凤吾译：《军人、女人、文人》，北京：中国文联出版社，1989年

13.〔巴〕若热·亚马多著，吴劳译：《无边的土地》，上海：上海译文出版社，1992年。

14.〔法〕M. 路埃著，张金鉴译：《马克思主义与解放神学（三）》，《马克思主义研究》1996年第4期。

15. 埃里克·内波穆塞诺、李修民：《船长返航——访作家若热·亚马多：创作计划及其六十年作家生涯所受的文学影响》，《当代外国文学》1995年第4期。

16. 陈榕：《凝视》，赵一凡等主编：《西方文论关键词》，北京：外语教育与研究出版社，2006年。

17. 樊星：《隐形的巴西：论若热·亚马多在中国的译介》，《书写真实的奇迹——葡萄牙语文学漫谈》，北京：商务印书馆，2019年

18. 闵雪飞：《"拉美文学"涵盖了巴西文学吗？》，《书写真实的奇迹——葡萄牙语文学漫谈》，北京：商务印书馆，2019年。

19. 木子：《我喜欢〈黄金果的土地〉》，《中国青年报》1957年2月23日。

20. 中国社会科学院外国文学研究所外国文学研究资料丛刊编辑委员会编：《卢卡契文学论文集（二）》，北京：中国社会科学出版社，1981年，第1—33页。

外文文献

1. "A palavra escrita de Amado", in *Veja*, Dec 14, 1972, p. 90.
2. "A polícia e o carnaval: instruções às autoridades policiais", in *Correio da Manhã*, Fev 28, 1946.
3. "A polícia municipal executou o ballet bárbaro dos cassetetes", in *Manchete*, Fev 18, 1956 (200).
4. "Jubiabá, o famoso feiticeiro que Jorge Amado centralizou no seu livro, fala ao *Diário da Noite* na Bahia", in *Diário da Noite*, May 12, 1936.
5. Aguiar, Joselia, *Jorge Amado: uma biografia*, São Paulo: Todavia, 2018.
6. Almeida, José Américo de, *A bagaceira*, Rio de Janeiro: José Olympio, 1980.
7. Amado, Jorge, "Carta a uma leitora sobre romance e personagens", in José de Barros Martins, *Jorge Amado povo e terra: 40 anos de literatura*, São Paulo: Martins, 1972.
8. ——. "Nos domínios do direito internacional privado", in *O Jornal*, May 12, 1935.
9. ——. *Cacau*, São Paulo: Companhia das Letras, 2010.
10. ——. *O cavaleiro da esperança*, São Paulo: Companhia das Letras, 2011.
11. ——. *Dona Flor e seus dois maridos*: São Paulo, Livraria Martins, n.d..
12. ——. *Hora da guerra*, São Paulo: Companhia das Letras, 2008.
13. ——. *Jubiabá*, São Paulo: Livraria Martins Editora, 1970.
14. ——. *Navegação de cabotagem: apontamentos para um livro de memórias que jamais escreverei*, Rio de Janeiro: Record, 1992.
15. ——. *O compadre de Ogum*, São Paulo: Companhia das Letras, 2012.
16. ——. *O país do carnaval*, São Paulo: Companhia das Letras, 2011.
17. ——. *O sumiço da santa: uma história de feitiçaria: romance baiano*, São Paulo: Companhia das Letras, 2010.
18. ——. *Suor*, São Paulo: Companhia das Letras, 2011.
19. ——. *Tereza Batista cansada de guerra*, São Paulo: Companhia das Letras, 2008.
20. ——. *Tieta do Agreste*, Rio de Janeiro: Record, 1977.
21. Amaral, Carlos Soulié do, "Não sou papel carbono", in *Veja*, Sep 17, 1969.
22. Andrade, Mário de, *Macunaíma*, Rio de Janeiro: MEDIAfashion, 2008.

23. Andrade, Oswald de, *Obras completas Vol* 6 - *Do Pau-Brasil à Antropofagia e às utopias*, Rio de Janeiro: Civilização Brasileira, 1970.

24. ——. "A fraternidade de Jorge Amado", in *Ponta de Lança*, Rio de Janeiro: Civilização Brasileira, 1971.

25. Antonil, André João, *Cultura e opulência do Brasil*, Rio de Janeiro: Casa de Souza e Comp., 1837.

26. Armstrong, Piers, *Third World Literary Fortunes: Brazilian Culture and Its International Reception*, Lewisburg: Bucknell University Press; London: Associated University Presses, 1999.

27. Athayde, Tristão de, "Gabriela ou o crepúsculo dos coronéis", in *Diário de Notícias: Suplemento Literário*, Aug 28, 1959.

28. Bagno, Sandra, "Para uma gramática brasileira do pensamento decolonial: de alcunhas inaceitáveis como *O país do carnaval ao Brasil, um país do futuro* como manifesto contra o racismo", in *Revista da Anpoll*, 2018, 1(47).

29. Barros, Jayme de, "Espelho dos livros", in *Diário da Noite*, Nov 18, 1935.

30. Bastide, Roger, "Contribuição ao estudo do sincretismo católico-fetichista", in *Estudos afro-brasileiros*, São Paulo: Editora Perspectiva, 1973.

31. ——. "Jorge Amado e o romance poético", in *O Jornal*, Fev 08, 1944.

32. ——. "Sobre o romancista Jorge Amado", in José de Barros Martins, *Jorge Amado povo e terra:* 40 *anos de literatura*, São Paulo: Martins, 1972.

33. Batista, Juarez da Gama, "Gabriela e Dona Flor", in José de Barros Martins, *Jorge Amado povo e terra:* 40 *anos de literatura*, São Paulo: Martins, 1972.

34. Bergamo, Edvaldo, *Ficção e convicção: Jorge Amado e o neo-realismo literário português*, São Paulo: Editora Unesp, 2008.

35. Bojunga, Claudio, Benício Medeiros. "Contra o elitismo", in *Veja*, Aug 17, 1977.

36. Bourdon, Albert-Alain, "Les Religions afro-brésiliennes dans l'œuvre dc Jorge Amado", in *Bulletin des Etudes Portugaises et de l'Institut Français au Portugal* 1974-1975 (35-36).

37. Braga, Rubem, "Luiz da Silva e Julião Tavares", in *Revista Acadêmica*, Maio 1937, 3 (27).

38. Brookshaw, David, *Race and Color in Brazilian Literature*, Metuchen, N.J.: The Scarecrow Press, 1986.

39. Bueno, Luís, *Uma história do romance de* 30, São Paulo: Editora da Universidade de São Paulo; Campinas: Editora da Unicamp, 2015.

40. Camus, Albert, Trans. Ralph Schoolcraft. "The Reading Room: 'Bahia de tous les saints' by Jorge Amado", in *PMLA*, May, 2009, 124 (3).

41. Candido, Antonio, "Dialética da malandragem", in *O discurso e a cidade*, São Paulo: Duas Cidades, 1993.

42. ——. "Poesia, documento e história", in José de Barros Martins, *Jorge Amado povo e terra:* 40 *anos de literatura*, São Paulo: Martins, 1972.

43. Carneiro, Edison, *Candomblés da Bahia*, São Paulo: Editora WMF Martins Fontes, 2008.

44. Cope, R. Douglas, *The Limit of Racial Domination: Plebeian Society in Colonial Mexico City* 1660-1720, Madison: The University of Wisconsin Press, 1994.

45. Da'Matta, Roberto, *Carnavais, malandros e heróis: para uma sociologia do dilema brasileiro*, Rio de Janeiro: Rocco, 1997.

46. ——. *Relativizando: uma introdução à antropologia social*, Rio de Janeiro: Editora Rocco, 1987.

47. Davis, L. J., "Novels", in *The Washington Post*, Sep 12, 1971.

48. Douglass, Ellen H., " 'Dressing Down' the Warrior Maiden: Plot, Perspective, and Gender Ideology in *Tereza Batista cansada de guerra*", in Keith H. Crower et al. eds., *Jorge Amado: New Critical Essays*, London: Routledge, 2001.

49. Duarte, Eduardo de Assis, *Jorge Amado: romance em tempo de utopia*, Rio de Janeiro: Record, 1996.

50. Fan Xing, "Literatura brasileira oculta –tradução e recepção de Jorge Amado na China", in *EXODUS: deslocamentos na literatura, no cinema e em outras artes*, Belo Horizonte: Editora Relicário, 2020.

51. ——. *Tocaia Grande: romance síntese de Jorge Amado*, dissertação de mestrado, Unicamp, 2017.

52. Faria, Octavio de, *Machiavel e o Brasil*, Rio de Janeiro: Civilização Brasileira, 1933.

53. Fausto, Boris, *História do Brasil*, São Paulo: Editora da Universidade de São Paulo, 1995.

54. Freyre, Gilberto, "Dois livros", in *Jorge Amado:* 30 *anos de literatura*, São Paulo: Livraria Martins Editora, 1961.

55. ——. *Interpretação do Brasil: aspectos da formação social brasileira como processo de amalgamento de raças e culturas*, São Paulo: Companhia das Letras, 2001.

56. ——. "O afro-brasileiro", in *Diário de Pernambuco*, Nov 11, 1934.

57. ——. *Sobrados e mucambos*, São Paulo: Global, 2004.

58. Garrini, Selma Peleias Felerico, *Memória e representação da figura do Rei Momo na mídia impressa (1930-1945)*, dissertação de mestrado, PUC-SP, 2004.

59. Goldstein, Ilana Seltzer, *O Brasil best seller de Jorge Amado: literatura e identidade nacional*, São Paulo: Editora Senac São Paulo, 2003.

60. Hatoum, Milton, "O carrossel das crianças", in Jorge Amado, *Capitães da areia*, Companhia das Letras, 2008.

61. Holanda, Sérgio Buarque de, *Raízes do Brasil*, São Paulo: Companhia das Letras, 1995.

62. Jurema, Aderbal, "O novo romance de Jorge Amado", in *Boletim Ariel*, Set., 1934(12).

63. Lima, Jorge de, "Nota sobre *Cacau*", in *Jorge Amado: 30 anos de literatura*, São Paulo: Livraria Martins Editora, 1961.

64. Lobato, Monteiro, "Uma força da natureza", in *Jorge Amado: 30 anos de literatura*, São Paulo: Livraria Martins Editora, 1961.

65. Maggie, Yvonne, "Posfácio", in Jorge Amado, *O sumiço da santa: uma história de feitiçaria: romance baiano*, São Paulo: Companhia das Letras, 2010.

66. Medeiros, Ana Lúcia, *Sotaques na TV*, São Paulo: Annablume, 2006.

67. Mendes, Murilo, "*Cacau*", in *Jorge Amado: 30 anos de literatura*, São Paulo: Livraria Martins Editora, 1961.

68. Mendonça, Renato, "O romance do negro brasileiro", in *Diário de Notícias*, Jan 19, 1936.

69. Nunes, Maria Luisa, "Narratives by and about Women in the Third World", in *Brasil/ Brazil: a Journal of Brazilian Literature*, 1989, 02 (02).

70. Oliveira, Lúcia Lippi, "O romance e o pensamento político nos anos 30", in *Revista de Ciências Sociais, Fortaleza*, 1981-1982, 12/13(1-2).

71. Pagu, "Maltus Alem", in *O Homem do Povo*, Mar 27, 1931.

72. Palamartchuk, Ana Paula, *Ser intelectual comunista: escritores brasileiros e o comunismo, 1920-1945*, Teses de Doutorado Unicamp, 1997.

73. Parés, Luis Nicolau, *A Formação do Candombl*, Campinas: Editora da Unicamp, 2007.

74. Patai, Daphne, *Myth and Ideology in Contemporary Brazilian Fiction*, Rutherford: Fairleigh Dickinson University Press; London: Associated University Presses, 1983.

75. Pereira, Leonardo Affonso de Miranda, *O carnaval das letras: os literatos e as histórias da folia carioca nas últimas décadas do século XIX*, dissertação de mestrado, Unicamp, 1993.

76. Pereira, Lucia Miguel, "Livros", in *Gazeta de Notícias*, Out. 1934(18).

77. Picchio, Luciana Stegagno, "Il Paese del Carnevale: un topos di Jorge Amado", in Jorge Amado, *Il Paese del Carnevale*, Milano: Garzanti Editore, 1984.

78. Portella, Eduardo, "A diferença nacional", in *Jornal do Brasil*, Dec. 20, 1984 (1).

79. Prado, Paulo, *Retrato do Brasil*, São Paulo: IBRASA, 1981.

80. Queiroz, Maria Isaura Pereira, *Carnaval brasileiro: o vivido e o mito*, São Paulo: Brasiliense, 1999.

81. Queiroz, Rachel de, "De uma carta ao autor", in *Jorge Amado: 30 anos de literatura*, São Paulo: Livraria Martins Editora, 1961.

82. Queiroz Júnior, Teófilo de, *Preconceito de cor e a mulata na literatura brasileira*, São Paulo: Editora Ática, 1975.

83. Quinlan, Susan Canty, "Questioning Jorge Amado's Fictional Women-of-Color", in Keith H. Crower et al. eds., *Jorge Amado: New Critical Essays*, London: Routledge, 2001.

84. Rabassa, Gregory, "In Bahia, It's Living Theater", in *New York Times*, Oct 24, 1971.

85. Raillard, Alice, Trans. Annie Dymetman, *Conversando com Jorge Amado*, Rio de Janeiro: Record, 1990.

86. Ramos, Graciliano, *Linhas tortas*, Rio de Janeiro: Record, 1978.

87. *Recenseamento do Brasil em* 1872, Rio de Janeiro: Typ. G. Leuzinger, 1874.

88. Rego, José Lins do, "*Jubiabá*", in *Jorge Amado:* 30 *anos de literatura*, São Paulo: Livraria Martins Editora, 1961.

89. Ribeiro, Darcy, *O povo brasileiro: a formação e o sentido do Brasil*, São Paulo: Companhia das Letras, 2006.

90. Rocha, João César de Castro, "A guerra de relatos no Brasil contemporâneo, Ou: a 'dialética da marginalidade' ", in *Letras*, 2006 (32).

91. Rodrigues, Raymundo Nina, *As raças humanas e a responsabilidade penal no Brasil*, Rio de Janeiro: Centro Edelstein, 2011.

92. ——. *O animismo fetichista dos negros baianos*, Rio de Janeiro: Fundação Biblioteca Nacional; Editora UFRJ, 2006.

93. Rosa, João Guimarães, "Entrevistado por Günter Lorenz 'Diálogo com Guimarães Rosa'", in http://www.elfikurten.com.br/2011/01/dialogo-com-guimaraes-rosa-entrevista.html [2022-01-07].

94. Rossi, Luiz Gustavo Freitas, *As cores da revolução: a literatura de Jorge Amado nos anos* 30, São Paulo: Annablume, 2009.

95. Romero, Sylvio, *História da literatura brasileira*, Rio de Janeiro: H. Garnier, 1902.

96. Roquette-Pinto, "Euclydes da Cunha naturalista", in *Revista do Brasil*, 1918, 8 (29).

97. Rouquié, Alain, *América Latina: introducción al extremo occidente*, México: Siglo Veintiuno Editores, 1994.

98. Salles, Heráclio, "Oswald de Andrade explica por que a Semana da Arte Moderna aconteceu em S. Paulo", in *Diário de Notícias – Suplemento de IV Centenário de São Paulo*, Jan 24, 1954.

99. Santa'Anna, Affonso Romano de, *Que fazer de Ezra Pound*, Rio de Janeiro: Imago, 2003.

100. ——. "De como e porque Jorge Amado em *A morte e a morte de Quincas Berro d'Água* é um autor carnavalizador, mesmo sem nunca ter se preocupado com isto", in *Tempo Brasileiro*, 1983 (74).

101. ——. *Trajetória poética e ensaios*, São Paulo: UNESP (Edição digital), 2014.

102. Sarney, José, "Ata da 17ª sessão conjunta (solene)", in *Diário do Congresso Nacional – Sessão Conjunta*, Ago. 7, 2012.

103. Schmidt, Augusto Frederico, "Apresentação de um escritor estreante", in *Jorge Amado: 30 anos de literatura*, São Paulo: Livraria Martins Editora, 1961.

104. Schwarz, Roberto, *Ao vencedor as batatas*, São Paulo: Duas cidades, ed. 34, 2000.

105. ——. *Que horas são*, São Paulo: Companhia das Letras, 1987.

106. Seghers, Anna, "Um Balzac brasileiro fala da floresta virgem", in *Jorge Amado: 30 anos de literatura*, São Paulo: Livraria Martins Editora, 1961.

107. Silva, Renato da, *O candomblé da Barroquinha*, Salvador: Maianga, 2006.

108. Slater, Candace, Stories on a String: *The Brazilian Literatura de Cordel*, Berkeley ans Los Angeles: University of California Press, 1982.

109. Soares, Marcus Vinicius Nogueira, "Romances de exílio: *O mulato*, de Aluísio Azevedo, *e O país do carnaval*, de Jorge Amado", in *Anais do SILEL*, 3 (1), Uberlândia: EDUFU, 2013.

110. Souza, Octávio Tarquinio de, "*Jubiabá*", in *Jorge Amado:* 30 *anos de literatura*, São Paulo: Livraria Martins Editora, 1961.

111. Táti, Miécio, *Jorge Amado: vida e obra*, Belo Horizonte: Itatuaua, 1961.

112. Tinhorão, José Ramos, *Música popular de índios, negros e mestiços*, Petrópolis: Vozes, 1972.

113. Veríssimo, Erico, "A grande aventura de Baldo", in *Jorge Amado: 30 anos de literatura*, São Paulo: Livraria Martins Editora, 1961.

114. Villar, Valter Luciano Goncalves, *Os árabes e nós: a presença árabe na literatura brasileira*, tese de doutorado, Universidade Federal da Paraíba, 2012.

附录一

若热·亚马多生平及创作年表

- 1912 年

若热·亚马多出生在巴伊亚州的伊塔布纳地区，是可可庄园主若昂·亚马多·法利亚与尤拉里亚·莱奥·亚马多夫妇的第一个孩子。

- 1913 年

年仅 10 个月的若热·亚马多亲身经历了一场伏击，他的父亲中弹负伤。

- 1914 年

由于洪水漫灌、天花流行，可可收成锐减，亚马多举家搬至巴伊亚沿海的伊列乌斯市，以制鞋为生。与大海的早期接触在若热·亚马多心中产生了持续影响。

- 1917 年

亚马多一家搬至伊塔茹伊皮市，重新开始种植可可。

- 1918 年

亚马多一家在伊列乌斯购置房屋。若热·亚马多进入吉列尔米娜太太的学校。在此之前，他已经在母亲的教育下学会了认字。

- 1922 年

离开吉列尔米娜太太的学校，作为寄宿生进入萨尔瓦多市的安东尼奥·维埃拉中学。创办一份业余小报《望远镜》(*A luneta*)，在亲朋之间传阅。

- 1923 年

在安东尼奥·维埃拉中学的一堂作文课上，亚马多对于大海的描写引起了路易斯·贡撒加·卡布拉尔神父的重视。卡布拉尔神父看出了亚马多的写作天赋，并慷慨地将自己的私人藏书借给他。

- 1924 年

因无法忍受严格的寄宿生活，亚马多从安东尼奥·维埃拉中学逃跑。他用两个月的时间穿越巴伊亚腹地，来到祖父位于塞尔吉皮的庄园寻求庇护，后在叔叔阿尔瓦罗的陪同下回家。

- 1926 年

作为寄宿生进入伊皮兰加中学，并参与创办了两份报纸:《祖国》（*A pátria*）和《页报》(*A folha*)。

- 1927 年

成为伊皮兰加中学的走读生，居住在萨尔瓦多的佩洛林尼奥街区，与当地普通民众多有接触，并结识了坎东布雷宗教人士，如普罗考皮奥圣父。进入《巴伊亚日报》社，先是担任刑侦记者，之后成为编辑。在《手套》（*A luva*）杂志上发表了第一首诗歌作品。

- 1928 年

为多家刊物撰稿，并与朋友一起成立了“叛逆者学院”。

- 1929 年

与爱迪生·卡尔内罗、迪亚斯·达·科斯塔合作撰写长篇小说《莱尼塔》。同时迫于父母的压力，启程前往里约热内卢完成法律方向的课程。

- 1930 年

融入里约热内卢文学圈。《莱尼塔》虽获得出版，但在亚马多看来，这部作品的质量并不令人满意。年底,《狂欢节之国》完稿。

- 1931 年

《狂欢节之国》出版，被亚马多视为正式踏入文坛的处女作。

- 1932 年

完成长篇小说《鲁伊·巴尔博萨二号》(*Rui Barbosa No. 2*）并将手稿交给几位好友阅读，但是大家都觉得这部小说就像是《狂欢节之国》的翻版，无甚新意，因此亚马多并未出版该作品。

结识若泽·阿美里科·德·阿尔梅达、吉尔贝托·弗雷雷、拉盖尔·德·奎罗斯等东北部作家，并在奎罗斯的引介下加入巴西共产主义青年党。

· **1933 年**

《可可》完稿并出版，当年即获得再版。与此同时，亚马多还在为多家刊物撰稿，并担任《里约杂志》(*Rio magazine*）的主编。与马蒂尔德·加西亚·罗萨（Matilde Garcia Rosa）结婚，并与妻子共同撰写了儿童读物《发现世界》(*Descoberta do mundo*)。

· **1934 年**

《汗水》完稿并出版，同时开始《茹比亚巴》的写作。

· **1935 年**

长女尤拉里亚·达利拉·亚马多出生。《茹比亚巴》在里约热内卢出版。《可可》的西班牙语译本在布宜诺斯艾利斯问世。莫斯科推出了《可可》与《汗水》的俄语译本。

· **1936 年**

因被指控参与 1935 年的共产主义起义而被捕入狱，关押 10 天之后获释。完成并出版《死海》，该作品获得当年的“格拉萨·阿拉尼亚文学奖”(Prêmio Graça Aranha)。

· **1937 年**

创作并出版《沙滩船长》。《茹比亚巴》的西班牙语译本在布宜诺斯艾利斯问世。年底，亚马多再度被捕，他的小说也被当局在公共广场上焚毁。

· **1938 年**

亚马多一月获释，之后先后搬至圣保罗与塞尔吉皮居住。印制诗集《海路》，但并未公开售卖，只送给了一些朋友。《汗水》的西语与英语译本分别在智利与美国问世。法国伽利玛书店出版了《茹比亚巴》的法语译本。

· 1939年

担任《堂卡斯穆罗》(*Dom Casmurro*)与《方针》(*Diretriz*)杂志的主编，同时积极为在押政治犯与受迫害的共产党员奔走呼号。

· 1941年

完成并出版传记作品《卡斯特罗·阿尔维斯之歌》。旅居阿根廷与乌拉圭，为撰写巴西共产党总书记普雷斯特斯的传记搜集资料。年底，该传记最终在阿根廷完成，命名为《希望的骑士》。在亚马多撰写该传记时，已有人将其同步翻译为西班牙语。

· 1942年

《希望的骑士》的西语版本率先在阿根廷出版。尽管在巴西拥有此书即可被判定犯罪，依然有许多人购买。随着巴西加入第二次世界大战，亚马多决定回国，但刚一入境即遭到逮捕。《死海》英文版在美国出版。

· 1943年

《无边的土地》出版。《茹比亚巴》在葡萄牙问世。

· 1944年

与第一任妻子马蒂尔德分居。出版《黄金果的土地》。

· 1945年

带领巴伊亚作家代表团参加第一届巴西作家大会，并当选为副会长。结识圣保罗女作家泽利亚·加泰，与之相恋并结为伴侣。署名翻译出版了中国作家盛成的传记作品《我的母亲》。《希望的骑士》葡语版在巴西问世，出版城市导览作品《万神万圣的巴伊亚》。随着“二战”结束，巴西再度开启民主时代。年底，亚马多代表巴西共产党参加选举，以15315票当选为巴西联邦议员。

· 1946年

加入制宪委员会，负责文化与教育方面的法律制定，提出捍卫宗教自由、保护著作权利等提案，并获得通过。《饥饿的道路》出版。

· 1947年

与泽利亚·加泰的长子若昂·若热出生。

· 1948年

巴西共产党遭到政府取缔，亚马多随之失去议员资格，其作品也被视为颠覆书籍。年初，亚马多决定流亡欧洲。在欧洲，亚马多结识了让—保罗·萨特、巴勃罗·毕加索等文艺界人士，并参加了在波兰举办的“世界知识分子保卫和平大会”。为长子若昂·若热创作童话故事《花斑猫与燕子西尼娅》，但并不打算出版。

· 1949年

在欧洲各国旅行、演讲、参会。长女尤拉里亚因病去世。

· 1950年

接到上级指示，离开巴黎前往捷克斯洛伐克定居，游历东欧与苏联。

· 1951年

小女儿帕罗玛出生于布拉格。亚马多获得斯大林和平奖。

· 1952年

与泽利亚·加泰、尼古拉斯·纪廉以及纪廉的妻子罗萨一同访问中国，受到萧三、丁玲接待。结束4年多的流亡生活，回到巴西。

· 1953年

成为巴西作家协会主席。

· 1954年

《争自由的地下工作》三部曲出版。

· 1956年

决定脱离党务工作，专心投入写作。

- 1957 年

再度访问中国，与艾青、丁玲等人相聚。

- 1958 年

出版《加布里埃拉》，首版两万册在 15 天内销售一空，随后不断加印。

- 1959 年

《加布里埃拉》包揽雅布提文学奖、马查多·德·阿西斯文学奖等各大奖项。在《先生》杂志上发表中篇小说《金卡斯的两次死亡》、短篇小说《混血儿波尔西翁库拉如何放下死者》。亚马多作品 280 种不同语种的译本，在巴伊亚公共图书馆展出。

- 1961 年

全票当选为巴西文学院院士。出版《老船长外传》。由《加布里埃拉》改编的同名电视剧开播。

- 1962 年

当选为雅布提文学奖年度人物。创办电影公司“头面电影”（Proa Filmes），该公司制作的第一部电影改编自《饥饿的道路》。

- 1964 年

出版《夜间牧羊人》。

- 1965 年

发表《罗萨琳娜的死亡与胜利》，收录在短篇小说集《十诫》中。

- 1966 年

出版《弗洛尔和她的两个丈夫》，首印 75,000 册。由《无边的土地》改编的同名电视剧开播。

- 1969 年

出版《奇迹之篷》。

· 1970 年

巴西设立书籍预先审查制度，亚马多与埃里克·维利希莫公开反对。里约公共图书馆长禁止亚马多的作品上架。

· 1972 年

出版《厌倦斗争的特蕾莎·巴蒂斯塔》。

· 1976 年

应长子若昂·若热之请，出版《花斑猫与燕子西尼娅》。

· 1977 年

出版《来自阿格列斯特的季叶塔》。电影《弗洛尔和她的两个丈夫》《奇迹之篷》上映，均大获成功。

· 1979 年

《弗洛尔和她的两个丈夫》改编为音乐剧在百老汇上演。出版长篇小说《军人、女人、文人》与短篇小说《群鸟的奇迹》。

· 1981 年

出版《格拉皮乌纳的小男孩》。

· 1984 年

出版长篇小说《大埋伏》与儿童文学作品《球和守门员》。

· 1986 年

时任巴西总统若泽·萨尔内签署了成立“亚马多之家”基金会的法令。

· 1987 年

“亚马多之家”基金会成立。亚马多第三次访问中国。

· 1988 年

获得联合国教科文组织颁发的“毕加索奖”。出版《圣女消失》。

- **1992年**

  在亚马多80周岁之际，巴西国内外举办了一系列庆祝活动。亚马多出版回忆作品《沿海航行——为一部我永不会写的回忆录所做的笔记》。

- **1993年**

  心梗发作，进入重症监护室治疗。

- **1994年**

  出版中篇小说《土耳其人发现美洲》。获得葡语文学最高奖项卡蒙斯奖。

- **1996年**

  肺部水肿，进入重症监护室治疗。

- **1999年**

  因心肺功能下降、高血糖症、肾部感染等原因数度入院治疗。

- **2001年**

  8月6日，因心脏骤停去世。

附录二

若热·亚马多中译本目录[①]

葡文标题及出版年[②]	中译本标题	译者	出版社 / 期刊	中译本出版年	备注[③]
Cacau (1933)	《可可》	孙成敖	《外国文学》	1985	
Jubiabá (1935)	《拳王的觉醒》	郑永慧	湖南人民出版社	1983	法文转译
Mar morto (1936)	《死海》	范维信	黑龙江人民出版社	1987	
Capitães da areia (1937)	《沙滩船长》	王　渊	黄山书社	2014	
O cavaleiro da esperança (1942)	《希望的骑士》	王以铸	人民出版社	1953	俄文转译
Terras do sem-fim (1943)	《无边的土地》	吴　劳	文化工作社	1953	英文转译
			作家出版社	1958	
			上海译文出版社	1992	
			译林出版社	2016	
São Jorge dos Ilhéus (1944)	《黄金果的土地》	郑永慧 金满成	作家出版社	1956	法文转译
Seara vermelha (1946)	《饥饿的道路》	郑永慧	平明出版社	1954	法文转译
			新文艺出版社	1956	
			作家出版社	1957	
Os subterrâneos da liberdade (1954)	《争自由的地下工作》	陈迪勇	《人民文学》	1952	节选，俄文转译
Gabriela, cravo e canela (1958)	《加布里埃拉》	徐增惠 蔡华文 金二青	长江文艺出版社	1984	西文转译
		孙成敖	上海译文出版社	1985	
			译林出版社	2008	
	《味似丁香、色如肉桂的加布里埃拉》	孙成敖	译林出版社	2016	

① 本表格统计截至2020年底。
② 此处仅列出已有中译本的亚马多作品。
③ 若无特殊备注，则均为从葡语直译的长篇小说。

A morte e a morte de Quincas Berro d'Água (1959)	《金卡斯之死》	孙成敖	《世界文学》	1981	
			光明日报出版社	1985	
	《金卡斯的两次死亡》	樊　星	译林出版社	2016	
Os velhos marinheiros ou o capitão de longo curso (1961)	《老船长外传》	范维信	花山文艺出版社	1989	
Dona Flor e seus dois Maridos (1966)	《弗洛尔和她的两个丈夫》	孙成敖、范维信	云南人民出版社	1987	
				1994	
			译林出版社	2008	
				2016	
Tenda dos milagres (1969)	《奇迹之篷》	樊　星	译林出版社	2016	
Teresa Batista cansada de guerra (1972)	《厌倦了妓女生活的特蕾莎·巴蒂斯塔》	文　华 育　伦 忠　亮	北方文艺出版社	1988	俄文转译
O gato malhado e a andorinha Sinhá (1976)	《花斑猫与燕子西尼娅》	樊　星	人民文学出版社	2018	儿童文学
Tieta do Agreste (1977)	《浪女回归》	陈敬詠	《当代外国文学》	1982	俄文转译
			长江文艺出版社	1986	
Farda, fardão, camisola de dormir (1979)	《军人、女人、文人》	陈凤吾	中国文联出版社	1989	
O menino grapiúna (1981)	《格拉皮乌纳的小男孩——若热·亚马多童年回忆录》	樊　星	《世界文学》	2013	回忆录
A bola e o goleiro (1984)	《球和守门员》	樊　星	人民文学出版社	2018	儿童文学
Tocaia grande (1984)	《大埋伏》	孙成敖 范维信	云南人民出版社	1991	
Conversando com Jorge Amado (1991)	《我是写人民的小说家》①	孙成敖	云南人民出版社	1997	访谈录
Três contos ilustrados (2010)②	《三个彩色故事》	樊　星	人民文学出版社	2017	短篇小说选

① 《我是写人民的小说家》主体部分由1991年在巴西出版的《若热·亚马多访谈录》（*Conversando com Jorge Amado*）构成，但在此基础上又补充了3篇其他采访。

② 本选集中的3篇短篇小说《混血儿波尔西翁库拉如何放下死者》（*De como o mulato Porciúncula descarregou seu defunto*）、《罗萨琳娜的死亡与胜利》（*As mortes e o triunfo de Rosalina*）和《群鸟的奇迹》（*O milagre dos pássaros*）分别在1959、1965、1979年创作完成，并曾刊登在杂志或者其他巴西小说选中，2010年这3部小说才首次结集出版。